Lukas Erler

DER BLINDE SAMURAI

Thriller

btb

Sollte diese Publikation Links auf Webseiten Dritter enthalten,
so übernehmen wir für deren Inhalte keine Haftung,
da wir uns diese nicht zu eigen machen, sondern lediglich auf
deren Stand zum Zeitpunkt der Erstveröffentlichung verweisen.

Dieses Buch ist auch als E-Book erhältlich.

MIX
Papier aus verantwortungsvollen Quellen
FSC® C014496

Verlagsgruppe Random House FSC® N001967

1. Auflage
Deutsche Erstveröffentlichung September 2019

Neumarkter Str. 28, 81673 München
Covergestaltung: semper smile, München
Covermotiv: © Arcangel Images/Hayden Verry
Satz: Uhl + Massopust, Aalen
Druck und Einband: GGP Media GmbH, Pößneck
cb · Herstellung: sc
Printed in Germany
ISBN 978-3-442-71821-4

www.btb-verlag.de
www.facebook.com/btbverlag

»Everybody has a plan – until
they get punched in the face.«

(Mike Tyson)

Warming up

Boston, im Oktober 2015

Alles läuft wie geschmiert.

Er hört es, wenn ein Tresor besiegt ist. Schon bevor die Safe-Tür wirklich aufschwingt, bevor er *sehen* kann, was sich dahinter verbirgt, weiß er, dass er gewonnen hat. Der Tresor stirbt mit einem unhörbaren Ächzen, und das entschädigt ihn für die stundenlange Anspannung, den Schweiß und die Angst. Es ist ein guter Tresor. Ein *Trident* der Sicherheitsstufe 6, dem weder Schweißbrenner noch Stemmeisen etwas anhaben können und der jeden Diamantbohrer alt aussehen lässt. Nachgerüstet mit einem elektronischen Tastenkombinationsschloss und eingemauert in die Wand der Bibliothek, war er ein würdiger Gegner. Und jetzt ist er erledigt.

An der ganzen Ostküste gibt es niemanden sonst, der dieses Monster hätte öffnen können. Jedenfalls nicht in drei Stunden und vier Minuten.

Aber alles ist glattgegangen. Von Anfang an hat er bei dieser Sache ein gutes Gefühl gehabt. Die Beschreibung des Hauses in Beacon Hill stimmte, der Weg durch den Garten war leicht zu finden und die Alarmanlage an der Kellertür ein Witz. Sehr ungewöhnlich für einen der reichsten Stadtteile von Boston.

In seinem Rücken hört er ein leises Hüsteln und dreht sich

um. Stevie grinst und reckt anerkennend den rechten Daumen. Dann tippt er mit dem Zeigefinger auf das Zifferblatt seiner Armbanduhr und schaltet die Stablampe aus. Reglos verharren sie in der Dunkelheit und hören, wie draußen die Bullen in die Straße einbiegen. Alle sechzig Minuten umrundet ein Streifenwagen des Boston Police Department das Anwesen mit dem riesigen, parkähnlichen Garten. Auch das hat der Informant vorausgesagt. Genauso wie er gewusst hat, dass nur zwei weibliche Angestellte im Haus sein würden. Die Köchin und eine Haushälterin liegen jetzt gefesselt und geknebelt in einem der Schlafzimmer. Stevie hat sich um sie gekümmert. Hoffentlich nicht zu sehr. Er ist manchmal ein bisschen extrem, aber man kann sich seine kleinen Brüder nicht aussuchen.

Hauptsache, der Plan funktioniert.

Die Stablampe wird wieder angeschaltet. »Jetzt mach schon«, sagt Stevie. »Hol das Ding raus!«

Der Kleine hat recht. Vollkommen geräuschlos öffnet sich die Tresortür, und vor ihnen liegt das Paket. Vielleicht fünfzig mal siebzig Zentimeter groß, zehn Zentimeter hoch, eingeschlagen in festes Packpapier. Es wird sie reich machen. So unglaublich reich, dass sie nie wieder einen Finger rühren müssen. Vorsichtig hebt er es mit beiden Händen heraus, dreht sich dabei zu Stevie um, der ihn erwartungsvoll anlächelt. Und dann sieht er den alten Mann.

Er steht in der Tür zur Bibliothek und starrt fassungslos in den Raum. Von einer Sekunde auf die andere ist er aufgetaucht. Ein dicker, kahlköpfiger Typ, dessen Unterlippe vor Aufregung zittert. Wie ist das möglich? *Zwei* Personen sind im Haus, hat der Informant gesagt. *ZWEI!* Scheiße, Scheiße, Scheiße, der Alte öffnet jetzt seinen Mund zu einem gellenden Schrei, und dann ist Stevie bei ihm, reißt ihn herum und hat plötzlich ein Messer in der Hand.

Auf dem Hals des Mannes erscheint ein roter, höhnisch grinsender zweiter Mund, der immer breiter wird und dann aufklappt. Und statt eines Schreies schießt eine unvorstellbare Menge Blut heraus. Der alte Mann ist tot, bevor Stevie ihn auf den Parkettboden fallen lassen kann.

»Großer Gott, warum hast du das getan?«

Sein Bruder schaut ihn kühl an und wischt das Messer an der Jacke des Toten ab. »Reiß dich zusammen«, sagt Stevie. »Alles läuft wie geschmiert!«

Eins

Frankfurt, 22. Januar 2016

Lavendel!

Der Geruch der Finsternis war plötzlich da. Ganz schwach konnte er ihn wahrnehmen. Ihn herausfiltern aus einer Vielzahl von Gerüchen, die sich teils vermischten, teils in Schichten zu überlagern schienen. Ein Duft, der nur seinem Kopf entsprang. Heute, jedenfalls. Damals in Frankreich war er real gewesen. Als er die Ränder der violetten Felder plötzlich verzerrt sah und begriff, dass die Zeit der Dunkelheit begonnen hatte. Das war lange her.

Reiß dich zusammen. Hier gibt es nur Schweiß und Adrenalin.

Nichts davon war gefährlich, und er war gut vorbereitet. Er wippte auf den Fußballen und spürte das leichte Nachgeben der Matte. Die Geräusche um ihn herum, das Stampfen und Aufschlagen der Körper und das unterdrückte Stöhnen waren verstummt. Er hatte die ungeteilte Aufmerksamkeit des *Dojos*.

»Ippon-Seoi-Nage!«, sagte der Mann, der rechts von ihm am Mattenrand stand. »Cornelius ist Tori. Abstand eine Armlänge. Hajime!«

Cornelius Teerjong verbeugte sich. *Tori* zu sein bedeutete, dass er angreifen musste. Er machte einen raschen Schritt nach vorn, streckte beide Arme aus und krallte seine Finger in die Jacke seines Gegenübers. Er spürte, wie umgekehrt dessen Hände nach ihm griffen und ihn zurückdrängten. *Kuzushi,* dachte er, *brich das Gleichgewicht!* Die Stimme des alten Trainers hämmerte in seinem Kopf. *Wenn du geschoben wirst, dann zieh – wenn du gezogen wirst, dann schiebe!* Cornelius verstärkte die Vorwärtsbewegung seines Gegners, indem er sich ein wenig nach hinten fallen ließ, drehte dann lehrbuchmäßig ein, umfasste mit der Linken dessen rechtes Handgelenk, glitt mit der rechten Hand unter der Achsel seines Trainingspartners hindurch, bekam den Stoff der Jacke in Oberarmhöhe zu fassen und warf den neunzig Kilo schweren Mann über die rechte Schulter zu Boden. Einen kurzen Moment blieb er, nach vorn gebeugt und die Hände auf die Knie gestützt, stehen und brachte seinen Atem wieder unter Kontrolle. Dann richtete er sich auf und verbeugte sich. Ein überwältigendes Triumphgefühl durchströmte ihn. Dieser Wurf war fantastisch. Jedes Mal, wenn er spürte, wie sein Gegner vom Boden abhob, sich scheinbar gewichtslos in eine Flugbahn drehte und dann mit jenem typischen Klatschen auf der Matte landete, hätte er vor Begeisterung schreien können.

Ein starker Anfang, aber es war noch nicht vorbei. *Konzentrier dich!*

Er wandte sich dem Trainer zu und verbeugte sich in dessen Richtung. Gerade noch rechtzeitig.

»Tai-Otoshi, Ko-Soto-Gari, Ko-Soto-Gake und Ko-Uchi-Gari! In dieser Reihenfolge«, sagte der Alte. Cornelius verbeugte sich erneut, ging in die Ausgangsstellung und vergewisserte sich, dass auch sein Partner wieder in Position war.

Seine Nervosität war verflogen. Er hatte alle Würfe in den letzten Monaten bis zur Erschöpfung trainiert. Die Bewegungsabläufe waren automatisiert und sein körperliches Selbstbewusstsein so stark wie nie.

Tatsächlich gab es keine nennenswerten Probleme. Sein Trainingspartner verteidigte sich energisch und effektiv, aber Cornelius gelang es jedes Mal, sein Gleichgewicht zu brechen und den Wurf durchzubringen. Die *Kleine Innensichel* musste er wiederholen, weil er seinen Fuß zu hoch angesetzt hatte, aber am Ende waren alle zufrieden.

»Die Prüfungen für den Gelb-Orange-Gurt finden am Freitag statt. Cornelius ist dabei«, sagte der Trainer und löste mit dieser Feststellung ein diszipliniert erfreutes Gemurmel aus. »Nicht schlecht für einen blinden alten Professor«, sagte sein Trainingspartner mit einem breiten Lächeln in der Stimme. Am äußeren Rand der Halle applaudierte jemand langsam und rhythmisch, und obwohl es ihm unangenehm war, musste Cornelius grinsen. Beifallsbekundungen dieser Art waren im *Dojo* nicht üblich, aber Jenny Urban hatte sich noch nie um irgendwelche Konventionen gekümmert. Einer der vielen Gründe, warum er sie liebte.

Als sie sich zwanzig Minuten später vor dem Sportzentrum trafen, war sie immer noch aufgekratzt und bester Laune. »Das war großartig! Du hast dich in den letzten Monaten enorm verbessert. Jordan Mouton wäre stolz auf dich.«

Seit Cornelius mit dem Training begonnen hatte, war Jenny ein Fan der blinden amerikanischen Judoka, deren unglaubliche Technik in zahlreichen Internet-Videos zu bewundern war.

Cornelius grinste. »Vielen Dank! Ich dachte mir, ich fliege im Sommer nach Houston und nehme Unterricht bei ihr! Sie soll sehr gut aussehen!«

Für Cornelius war es völlig bedeutungslos, dass Menschen irgendwie aussahen, und natürlich wusste Jenny das, aber manchmal konnte er einfach nicht widerstehen, sie mit ihrer Eifersucht aufzuziehen. Es funktionierte nach viereinhalb Jahren Beziehung immer noch zuverlässig. Er registrierte, dass sie einen winzigen Moment stutzte, und trat sicherheitshalber einen Schritt zur Seite. Dennoch landete ihr Ellenbogen ungebremst und schmerzhaft in seinen Rippen. Dann schlang sie ihre Arme um seinen Hals und küsste ihn. »Kannst du das nicht *ein* Mal lassen?«

»Ab morgen. Ab morgen lasse ich es!« Er hakte sich bei ihr ein, und gemeinsam gingen sie zu dem Parkplatz, auf dem Jennys Auto stand. Cornelius stieg auf der Beifahrerseite ein, Jenny schob eine Joe-Cocker-CD in die Stereoanlage des alten Golfs, und mit *You can leave your hat on* glitten sie langsam durch den dichten Frankfurter Abendverkehr.

»Wollen wir noch irgendwo was trinken?«

»Machen wir zuhause«, sagte Cornelius. »Was hältst du von einem Vollbad mit viel Schaum und einem Gläschen Champagner?«

»Mmmhh, heißt das, du musst nicht noch was arbeiten? Durchlesen? Vorbereiten? Irgendwen anrufen?«

»Definitiv nein!«

»Gut«, sagte Jenny gedehnt, und Cornelius hörte an dem leicht angerauten Stimmklang, in welche Richtung ihre Fantasie sich bewegte. »Wir sind gleich da.«

Sie fuhr in die ruhige Seitenstraße im Nordend, die er wie immer an den Schlaglöchern und einem typischen Geräusch des Straßenbelages erkannte, und bog dann nach links in eine Kieseinfahrt ab, die zu dem etwa fünfzig Meter zurückliegenden Haus führte, das Cornelius von seinen Eltern geerbt hatte. Jenny hielt vor dem Garagentor, stieg aus, um es zu öffnen, und ließ den Motor währenddessen laufen. Cornelius wollte ebenfalls aussteigen, drückte den entsprechenden Hebel an der Innenseite der Beifahrertür herunter und musste feststellen, dass die Tür sich keinen Millimeter bewegte. Jenny öffnete inzwischen das Garagentor. Trotz des im Leerlauf schnurrenden Motors hörte er deutlich das leicht kreischende Geräusch, als es nach oben schwang.

Und dann einen schrillen Schrei, der nur den Bruchteil einer Sekunde andauerte. Jenny!

Erneut suchten seine Finger den Hebel, dieses Mal drückte er kräftig mit der Schulter gegen die Tür, zunächst erfolglos, dann wurde sie plötzlich aufgerissen. Er landete mit dem Oberkörper auf dem Kiesweg, jemand zog ihn ganz aus dem Auto und riss seinen Kopf an den Haaren hoch. Als sein Mund sich zum Schreien öffnete, schob sich ein kaltes, rundes Stück Metall hinein.

»Hey, Blindfisch«, sagte eine leise Stimme mit osteuropäischem Akzent. »Kannst du schmecken, was das ist?«

Cornelius war außerstande, sich zu bewegen. Sein Herzschlag schien kurz auszusetzen und dann mit einem brutalen Hämmern den Brustkorb sprengen zu wollen. Die Angst und der Revolverlauf im Mund nahmen ihm den Atem, und seine Lunge brannte. Dann schrie Jenny ein zweites Mal. Der

Lauf wurde tiefer in seinen Mund gerammt, und er begann heftig zu würgen. Noch einmal beugte der Mann sich zu ihm hinunter. »Denk nicht mal dran, dich zu bewegen. Sie wird jetzt ruhig sein!«

Der letzte Teil der Drohung brachte Cornelius dazu, sie in den Wind zu schlagen. Er umfasste mit der Linken das Handgelenk des Mannes, riss den Revolver aus seinem Mund und bäumte sich auf. Seine rechte Hand griff dorthin, wo er die Beine des Angreifers vermutete, und bekam ein Knie in einer weiten Baumwollhose zu fassen. Er ballte die Finger zur Faust und stieß sie an der Innenseite des Beines entlang nach oben in den Schritt des Mannes. Der gab einen unterdrückten Schrei von sich und schlug ihm mit der schweren Waffe auf den Kopf. Es war, als ob eine Granate unter seiner Schädeldecke explodierte. Der Schmerz war so heftig, dass er nach vorn kippte und mit dem Gesicht über den Kies der Einfahrt schrammte. *Sechs Monate Training und nicht der Hauch einer Chance.* Das hier war kein sportlicher Kampf, sondern ein Albtraum aus Demütigung und Todesangst. Einen kurzen Augenblick lang verlor er das Bewusstsein, dann trat der Angreifer mit seinem vollen Gewicht auf Cornelius' Finger, und der Schmerz holte ihn zurück. *Wenn jemand denkt, er hat die Oberhand, dann brich sie ihm!* Wer hatte das gesagt? Der Mann schien sich zu entfernen, offenbar war er auf die Fahrerseite des Wagens gewechselt und öffnete die Autotür. Ein vertrautes quietschendes Geräusch.

Jennys alter Golf knatterte immer noch im Leerlauf. Trotz des lauten Motors konnte Cornelius jetzt aufgeregte Stimmen aus den Nachbarhäusern hören. Dann knirschende Schritte auf dem Kiesweg, die sich rasch näherten. Der zweite Mann, der in der Garage Jenny angegriffen hatte, riss die Beifahrertür auf und trat Cornelius beinahe beiläufig in den Magen. Die Tür wurde zugeknallt, dann setzte der Golf rückwärts aus der Einfahrt auf die Straße und verschwand mit aufheulendem Motor. Die Stimmen aus den Nachbarhäusern klangen jetzt lauter, jemand rief nach der Polizei. Cornelius richtete den Oberkörper auf und schrie vor Schmerz, als er versuchte, sich mit der verletzten linken Hand abzustützen. Völlig unmöglich. Er konnte sie nicht benutzen, hielt den Arm weit von sich gestreckt und bewegte sich auf den Knien mit der rechten Hand über den Kies tastend vorwärts. Wo genau war er? Tausend Mal war er in den letzten Jahren diese Einfahrt entlanggegangen, aber dabei war er auf den Beinen gewesen und hatte seinen Stock benutzen können. Sich auf Knien zu orientieren war etwas völlig anderes. Außerdem war ihm entsetzlich übel. Der wütende Schmerz in seinen Eingeweiden trieb seinen Mageninhalt nach oben, und die heftiger werdenden Explosionen in seinem Kopf torpedierten jeden klaren Gedanken.

Er krallte seine Finger in den Kies, nahm einen Stein auf und warf ihn mit einer weit ausholenden Bewegung nach vorn. Der Kiesel traf die Hauswand mit einem leisen Klacken, und Cornelius versuchte aus dem Geräusch auf die Entfernung zum Haus zu schließen. Doch die Echoortung funktionierte nicht wie sonst. Vielleicht war er zu nah am Boden. Er warf einen zweiten Stein, dann einen dritten, der das Badezimmerfenster traf. Das Geräusch war heller, prägnanter. Drei oder vier Meter, dachte er, mehr nicht. Er kroch jetzt schneller, versuchte verzweifelt die Vorwärtsbewegung seiner Knie in Schrittlängen umzurechnen und erreichte die Hauswand.

Nun nach links und dann nach rechts. Wenige Augenblicke später roch er die Garage. Öl, Benzin und ein leicht erdiger Geruch, der von den nachlässig gereinigten Gartengeräten an den Wänden ausging. Wo war Jenny? Seine rechte Hand glitt an der Hauswand entlang, bis sie die zementierte Einfassung der geöffneten Garagentür erreichte, und fuhr dann über den rauen Betonboden.

»Jenny?!« Er schrie in die Garage hinein. Keine Antwort. Dafür wurden die Stimmen der Nachbarn in seinem Rücken lauter. Jemand rief nach der Polizei. Von irgendwoher näherte sich eine Sirene, die hoffentlich zu einem Notarztwagen gehörte. Sie musste hier sein. Verletzt oder tot. Cornelius setzte sich wieder in Bewegung, rutschte auf den Knien vorwärts und tastete mit der rechten Hand den Garagenboden ab. Seine Finger gerieten in eine schmierige Substanz, die sich dennoch körnig anfühlte, und da wusste er, wo genau er war. Vor zwei Wochen hatte der Golf in der Garage über Nacht Öl verloren. Jenny hatte die große Lache mit Sägemehl bestreut und ihm ausführlich erklärt, wo sie sich befand. *Im vorderen Drittel der Garage, ziemlich genau in der Mitte. Versuche einfach, nicht durchzulatschen.*

»Scheiß drauf!«, sagte er laut und kroch weiter. Dann fand er sie. Trotz der Angst und der starken Gerüche in der Garage konnte er auf einmal ihre körperliche Präsenz vor sich auf dem Boden wahrnehmen. Seine Hände berührten die Sohlen ihrer Stiefel, glitten hoch zum Oberkörper und zum Handgelenk. Der Arm war schwer und leblos, die Hand kalt. Er beugte sich weiter vor, strich mit den Fingern über ihr Gesicht und tastete nach ihrer Halsschlagader. Nein, das war nicht möglich, großer Gott … Jetzt nicht durchdrehen! Cornelius zwang sich zur Ruhe, brachte sein Ohr nahe an Jennys Mund und Nase, legte es dann auf ihre Brust und konzentrierte sich. Keine Atmung! Wieder fuhren seine Finger an ihrem Hals entlang, wussten, wo sie zu suchen hatten, doch da war nichts. Kein Atem. Kein Puls. Jennys Herz stand still.

Zwei

Eli Weidmann beobachtete den Mann, der das Gaspedal durchtrat und mit überhöhter Geschwindigkeit in Richtung Innenstadt fuhr. Er trug einen dunklen Trainingsanzug und eine graue Wollmütze, die er tief in die Stirn gezogen hatte. Sein hartes, verschlossenes Gesicht war von zahlreichen Narben gezeichnet, die auf eine lange Karriere als Schläger und Messerkämpfer schließen ließen. Er würde heute Nacht noch nach Rostock fahren und morgen früh um sieben Uhr auf einer Fähre nach Lettland sein. Weidmann hatte ihn über seine Kontakte in Ventspils und Riga angeheuert und sorgfältig darauf geachtet, jemanden zu finden, der noch nie mit irgendwelchen Geheimdienstaktivitäten in Berührung gekommen war. Der heutige Abend hatte nichts mit dem Mossad zu tun, und es gab nichts, was ihn mit dem Letten in Verbindung bringen würde. Gut so, dachte er. Er war froh, ihn nicht töten zu müssen. Er lotste den Mann zu einem Parkplatz in der Nähe des Eschenheimer Turms und bedeutete ihm den Motor abzustellen.

»Den Taser«, sagte er. Der Lette reichte ihm den Elektroschocker und bekam dafür zweitausend Euro in einem Briefumschlag und den Schlüssel für einen alten Toyota Corolla, der drei Reihen weiter geparkt war. »Der Wagen hält bis Rostock durch. Stellen Sie ihn einfach am Hafen ab, und seien Sie pünktlich bei der Fähre.«

Der Mann nickte wortlos, stieg aus und stapfte davon. Weidmann wartete, bis der Toyota den Parkplatz verlassen hatte, rutschte dann auf die Fahrerseite und startete den Golf. Er fuhr Richtung Museumsufer und warf den Taser bei einem türkischen Imbiss, der sich auf einem Boot befand und in den Wintermonaten geschlossen war, in den Fluss.

Was für ein beschissener Job. Ausgerechnet er hatte die Botschaft aller Terroristen und Stalker dieser Welt überbracht: »Ihr werdet niemals sicher sein!«

Eli Weidmann ging zurück zum Auto und rief eine Nummer in Antwerpen an. Schon nach dem zweiten Läuten war jemand am Apparat.

»Ihre Vorspeise wurde zugestellt. Das ganze Menü kann jederzeit ausgeliefert werden.«

»Ich lasse Sie den Termin wissen«, sagte eine trockene kultivierte Männerstimme. »Behalten Sie ihn im Auge.« Dann war die Verbindung unterbrochen.

Drei

Sie ist tot.

Wenn du nichts tust, ganz sicher!

Cornelius stemmte sich gegen die heranrollende Panik und versuchte sich zu erinnern, was er gelernt hatte.

Herzdruckmassage.

Mit nur einer Hand?

Einen winzigen Augenblick lang dachte er daran, die Linke mit einzusetzen, aber er hatte Angst, vor Schmerz ohnmächtig zu werden. Er riss Jennys Bluse auf, platzierte den rechten Handballen auf der Mitte des Brustkorbes, spreizte die Finger und streckte den Arm durch. Dann beugte er sich so weit vor, dass seine Schulter sich senkrecht über dem Brustbein befand und er sein Körpergewicht einsetzen konnte.

Seit er in Frankfurt arbeitete, hatte er jedes Jahr an einem Erste-Hilfe-Kurs teilgenommen. Die Stimme des ruppigen Notarztes, der die Kursteilnehmer regelmäßig anfuhr, wenn sie zu zimperlich waren, lärmte in seinem Kopf: *Nicht wie 'n Mädchen, verdammt! Drücken Sie das Brustbein fünf Zentimeter nach unten. Haben Sie keine Angst, ein paar Rippen zu brechen. Wenn der Mensch überlebt, wird er Ihnen dankbar sein. Wenn nicht, sind die Rippen auch egal. Kennen Sie noch das Lied »Staying Alive« von den Bee Gees? Laden Sie sich den Song auf Ihr Handy! Er gibt den richtigen Takt vor: 100 Beats pro Minute. Das ist genau Ihr Tempo! Legen Sie los!*

Cornelius begann nach einer Minute zu keuchen. Bei den Übungen an den Dummys hatten sich die Kursteilnehmer alle zwei Minuten abwechseln können. Wie lange würde er das hier durchhalten? *Whether you're a brother or whether you're a mother, you're staying alive, staying alive* … er hatte nicht nur die Taktfrequenz, sondern auch den bescheuerten Text noch im Kopf, aber schon jetzt war er völlig fertig. Schweiß umgab ihn wie eine feine Wolke, und in seinem rechten Schultergelenk begann ein dumpfer Schmerz zu wüten. Er schaffte es nicht. Verdammte Bee Gees. Einhundert Beats in der Minute war viel schneller, als er gedacht hatte. Einundzwanzig – zweiundzwanzig – dreiundzwanzig: in diese Zeile gehörten sechs Herzmassagen. Mit einem Arm? Er konnte, trotz des Einsatzes seines Körpergewichtes, nicht mehr genug Kraft aufbringen.

Drücken Sie das Brustbein fünf bis sechs Zentimeter runter.

Unmöglich.

Wissen Sie, was passieren kann, wenn Sie zu schwach sind? Dann reicht der Druck nicht aus, um das Gehirn zu durchbluten.

Ruhig jetzt, um Gottes willen!

Sie kriegen vielleicht das Herz wieder in Gang, aber im Kopf kommt nichts an. Dann haben Sie einen Hirntoten mit 'nem prima Herzschlag!

Halt die Klappe, Arschloch!

Er hielt einen Augenblick inne, tastete nach Jennys Halsschlagader, nichts …

Reiß dich zusammen!

Ich kann nicht mehr.

Hören Sie nicht auf, bis professionelle Hilfe eintrifft.

Wo blieb der Notarztwagen? Es musste eine Ewigkeit her sein, seit er die näher kommende Sirene gehört hatte. Und wo waren die verdammten Nachbarn? *Life goin' nowhere, somebody help me, I'm staying ali-i-i-ive… Wissen Sie, was passiert, wenn Sie zu schwach sind?*

Bin ich nicht!

In seinem Rücken war ein Geräusch, das er so noch nie gehört hatte, aber er wusste sofort, was es war. Ein Auto fuhr mit derart hoher Geschwindigkeit die Einfahrt hoch, dass der Kies wegsprang, und kam mit quietschenden Bremsen zum Stehen. Türen wurden aufgerissen und zugeknallt, drei Stimmen, zwei Männer und eine Frau: »In der Garage!«

Jemand fasste ihn an den Schultern und schob ihn unsanft beiseite. »Ich mache für Sie weiter. Gehen Sie weg von ihr.« Eine ruhige, souveräne Frauenstimme, die offenbar das Sagen hatte. »Lars, kümmere dich um den Mann! Kann mal jemand Licht machen?!«

Cornelius kroch auf den Knien nach rechts und spürte, dass ihm eine Decke über die Schultern gelegt wurde. Die Notärztin hatte die Herzdruckmassage wiederaufgenommen. Er konnte sie einen schnellen Viererrhythmus zählen hören.

»Defibrillator!«

»Ist bereit«, sagte einer der Männer.

»Platzieren! Abstand halten! Und los!«

Cornelius registrierte, wie sich die Stimmen von ihm entfernten. Der über einen langen Zeitraum irrsinnig hohe Adrenalinspiegel blockierte seine Wahrnehmung und riss ihn hinab in einen Strudel aus Erschöpfung und Verzweiflung.

Die Stimmen wurden schwächer, obwohl die Frau einen zornigen Schrei auszustoßen schien. »Scheeeiiiiiße!«

»Adrenalin?«

»Noch mal, Defi!«, kommandierte die Notärztin. »Abstand! Und los!«

»Wir verlieren sie!«

Die Ärztin antwortete etwas Wütendes, das Cornelius nicht verstand. Er hörte ihren keuchenden Atem leiser werden, und dann gab etwas in seinem Kopf nach, und um ihn herum wurde es still.

Vier

»Wir verlieren sie!«

Wen? Jenny hörte Worte, ohne deren Sinn zu begreifen.

»Kommt nicht infrage«, entschied eine Frau. Atemlos und angestrengt, aber sachlich. »Wie heißt sie?«

»Jenny Urban.«

Die Antwort kam von einer verzerrten, halb erstickten Männerstimme, die sie kannte.

»HEY, JENNY URBAN!«, blaffte die Frau. »BLEIBEN SIE BEI MIR!«

Nicht so laut. Das tat weh. Alles tat weh. Jeder einzelne Muskel ihres Körpers schmerzte, als habe man sie in Stücke gerissen. Und auf ihrer Brust tobte ein Ungeheuer, das auf und nieder sprang und ihr die Luft aus der Lunge … *Aufhören* …

»Ich hab sie«, rief die Frauenstimme. »Sie ist wieder da! Her mit der Trage und Anruf im St. Elisabeth: Patientin mit Zustand nach Reanimation. Alle zusammen! Auf drei!«

Jenny wurde hochgehoben und wieder abgelegt. Sie schnappte nach Luft, gierig und voller Angst. Das Monster war von ihrer Brust verschwunden, aber was sie einatmete, roch nach Benzin, Erde und Schweiß. Sie musste husten. Über ihr flackerte eine Neonröhre, die sie blendete. Eine Frau mit kurzen dunklen Haaren beugte sich über sie und leuchtete ihr zu allem Überfluss in die Augen. »Adrenalin bereithalten! Und Abmarsch!«

»Ich will mit!« Noch einmal die vertraute Männerstimme. Aufgeregt, aber nicht mehr so verzweifelt. Cornelius war da.

»Natürlich! Lars, hilf ihm! Können Sie laufen? Und Sie bleiben wach, Frau Urban! Hören Sie mich?«

Als Jenny noch einmal kurz zu sich kam, registrierte sie, dass ein Auto mit aufheulendem Motor startete und sie sich irgendwie darin befand. Jemand hielt ihre Hand. *Cornelius?*

»Sauerstoff und Zugang legen!«

Meinetwegen, dachte Jenny. Sie fühlte einen Stich im Arm und eine wohlige Wärme, die sich unversehens in lodernde Hitze verwandelte. Zu heiß, das war viel zu heiß, sie würde in diesem Auto verbrennen ... würde ... Dann tauchte sie in den See.

Die schräg einfallenden Sonnenstrahlen ließen das Wasser smaragdgrün schimmern. Es war ein glühend heißer Augusttag, und Jenny war eben noch an der Wasseroberfläche gewesen, inmitten des übermütigen Gelächters ihrer Freundinnen, mit denen sie hier rausgefahren war. Jetzt bewegte sie sich mit kräftigen Zügen und dennoch geräuschlos nach unten. Sie sah sich selbst durch das Wasser gleiten, eine sehr junge und dünne Jenny, die sich hier unten anmutiger bewegte als an Land. Wie lange würde es dauern, bis ihre Abwesenheit bemerkt wurde? Bis diese blöden Gänse begriffen, dass sie vielleicht ertrunken war? Und alle rumheulten und anfingen, sich Vorwürfe zu machen, dass sie sie so mies behandelt hatten?

Zeit, wieder aufzutauchen und das Ufer anzusteuern. Sie musste Luft holen. Ein Meter bis zur Oberfläche. Höchstens. Die Sonnenstrahlen bildeten einen Korridor aus Licht, der sich unter ihr in einem undurchdringlichen Grau verlor. Sie machte zwei Züge in Richtung Wasseroberfläche, stieß sich kräftig mit den Beinen ab, stieg aber nicht auf. Ihr Fuß hatte sich in etwas verfangen. So heftig sie konnte, trat sie danach, versuchte es mit dem anderen Fuß abzustreifen, aber der unbarmherzige Griff um ihren Knöchel lockerte sich nicht. Das war keine Schlingpflanze oder irgendein anderes Gewächs. Nicht so weit weg vom Grund des Sees. *Lieber Gott, bitte ...!* Die Luft wurde knapp. Unter ihr war etwas, das nicht wollte, dass sie nach oben kam. Etwas, das sie umklammerte und in die Tiefe zog.

Es gibt keine Monster!

Ach nein?

Noch einmal trat sie wild um sich und ruderte verzweifelt mit den Armen, während sie sank und das Licht sich entfernte. Ihre Lunge brannte, sie musste atmen, endlich den Mund öffnen und ...

»Mehr Sauerstoff!«

Die Frau, die das Kommando hatte, zog sie zurück an die Oberfläche.

Fünf

»Frau Urban ist stabil und ansprechbar, aber extrem erschöpft. Sie ist noch auf der Intensivstation.«

»Was genau ist passiert?« Cornelius riss sich zusammen. Die atemlos und gehetzt wirkende Sprechweise des jungen Stationsarztes ging ihm auf die Nerven, aber er war heilfroh, überhaupt Informationen zu bekommen.

»Wir haben zwei typische kleine Verletzungen im Brustbereich gefunden und glauben, dass sie mit einer Elektroschockwaffe angegriffen wurde. So ein Ding verschießt zwei kleine Pfeile, die an langen dünnen Drähten hängen. Nachdem die Pfeile in die Haut eingedrungen sind, schickt die Waffe 50.000 Volt starke Spannungsimpulse hinterher. Das holt auch den stärksten Mann von den Beinen. Bei empfindlichen Menschen kann so ein Taser durchaus Kammerflimmern oder einen Herzstillstand bewirken. Aber es geht Frau Urban eigentlich schon wieder einigermaßen gut. Wir haben ihre Körpertemperatur heruntergekühlt, um eventuellen zerebralen Schädigungen vorzubeugen, und kontrollieren fortwährend Atmung, Kreislauf und Blutzucker. Sie ist hier optimal versorgt. In einer halben Stunde können Sie kurz zu ihr. Danach nehmen wir Sie ebenfalls stationär auf. Nur zur Beobachtung.«

Cornelius nickte. Er saß auf einer unbequemen Pritsche in einem überheizten Behandlungsraum und war zu müde, um zu antworten. Natürlich hatten sie auch ihn untersucht und seinen Kopf, die Hand und den Brustkorb geröntgt. Obwohl sein ganzer Körper nur aus Schmerz zu bestehen schien, war er offenbar in den Augen des munteren jungen Unfallchirurgen nicht besonders schwer verletzt. »Sie haben eine Gehirnerschütterung, Ihre Hand ist übel zugerichtet, aber nicht gebrochen, und die Rippen sind auch okay. Ihre rechte Schulter ist massiv gezerrt. Das alles wird noch ziemlich lange wehtun, aber unterm Strich haben Sie Glück gehabt. Etwa in einer Stunde will die Polizei mit Ihnen sprechen. Schaffen Sie das?«

Cornelius nickte erneut.

»Ich lasse Sie jetzt kurz allein. Es kommt gleich jemand, der Sie zu Frau Urban bringt. Dann kriegen Sie auch was Stärkeres gegen die Schmerzen. Laufen Sie nicht weg.« Der Arzt entfernte sich in Richtung Tür, überlegte es sich dann offenbar anders und kam noch einmal zurück. »Sie sind wirklich vollständig blind? Keine Sehreste?«

»Nein.«

»Die Notärztin hat mir erzählt, was Sie getan haben. Mit einem Arm. Das war sehr cool. Meine Kollegin sagt, Sie haben Ihrer Freundin das Leben gerettet.«

»Ich hätte keine Minute länger durchgehalten. Wenn sie nicht gekommen wäre …«

Der Arzt schwieg einen Augenblick und schien Cornelius anzustarren. »Nein, das glaube ich nicht«, sagte er schließlich. »*Sie* hätten länger durchgehalten. Viel länger. Und irgendwann hätten Sie Ihre Linke mit dazugenommen und auf den Schmerz geschissen!«

Er drehte sich um, und Cornelius hörte, wie sich die Zimmertür hinter ihm schloss. Die Luft in dem kleinen Raum wurde immer wärmer und stickiger. Stimmte es, was der Arzt gesagt hatte? Er hätte es gerne geglaubt, aber als er seine linke Hand vorsichtig bewegte, tat das so weh, dass ihm unmittelbar übel wurde. *In einer Stunde will die Polizei mit Ihnen sprechen. Schaffen Sie das?* Nicht ohne Schmerzmittel.

Was sollte er den Beamten erzählen? Zumindest, was die unmittelbaren Ereignisse an diesem Abend betraf, konnte er problemlos bei der Wahrheit bleiben. Schwieriger wurde es, wenn sie wissen wollten, ob er hinsichtlich der Täter einen Verdacht hatte. Selbstverständlich hatte er den, aber abgesehen davon, dass es nicht den Hauch eines Beweises gab, wäre es sehr dumm gewesen, den Bullen zu erzählen, was in Antwerpen vor einem Jahr geschehen war. Zum Beispiel, dass er den gänzlich unschuldigen Diamantenhändler Coen Malinsky mit einem gefälschten Beweisfoto gezwungen hatte, seine Geheimdienstverbindungen zum Aufspüren von Marten Rykers spielen zu lassen. Und dass er Malinskys Informationen bedenkenlos benutzt hatte, um Jenny aus der Hand ihres Entführers zu befreien, wohl wissend, dass dieser Handel zur Ermordung des ehemaligen Blauhelmsoldaten führen sollte. Er hatte sich für die Polizei damals eine komplizierte Lügengeschichte ausgedacht, die der BKA-Beamte Leonard keinen Augenblick lang geglaubt hatte. Und dieser Polizist hatte ihr letztes Gespräch mit einem Satz beendet, den Cornelius nicht vergessen hatte: *Wenn sich herausstellt, dass Sie mich verarscht haben, bringe ich Sie in den Knast. Und es kümmert mich einen Dreck, dass Sie blind sind.*

Sechs

»Das Bett rechts von Ihnen. Sie haben fünf Minuten.« Jenny war wach, als die junge Krankenpflegerin Cornelius in den Raum schob, und erschrak bei seinem Anblick.

Er sah nicht gut aus. Das Gesicht mit dem kurzen rotblonden Bart war sehr blass, und die Anstrengungen und Schmerzen der letzten Stunden hatten ihm ein paar tiefe neue Falten beschert. Sein linker Arm ruhte angewinkelt in einer Schlinge, die Hand war grün-schwarz verfärbt und glänzte ungesund. Er führte den Teleskopstab wie immer in der rechten Hand, aber die Tastbewegung am Boden war zögernd und unsicher, und sie begriff, dass er auch den rechten Arm nur unter Schmerzen bewegen konnte. Cornelius setzte sich zu ihr auf die Bettkante, und Jenny streichelte vorsichtig mit den Fingerspitzen über seine rechte Hand. »Hast du Schmerzen?«

»Ich krieg gleich was dagegen. Wie ist es mit dir?«

»Die haben mich sauber abgeschossen. Ich spüre gar nichts mehr und schlafe dauernd ein. Als ich dieses Ding abgekriegt habe, das hat furchtbar wehgetan, aber jetzt ist alles gut.«

»Wir haben beide Glück gehabt. In ein paar Tagen sind wir wieder auf den Beinen.«

Jenny schwieg und spürte, wie ihr die Tränen kamen. »Kannst du mich mal küssen? Als Vorschuss?«

»Wenn ich meinen Kopf zu dir runterbeuge, explodiert er.«

»Bloß nicht.« Cornelius' Gesicht begann vor ihren Augen

zu verschwimmen, aber Jenny war entschlossen, die wenigen Augenblicke mit ihm zu nutzen. »Was waren das für Leute?«

»Genau weiß ich es nicht.«

»Die hätten uns auch umbringen können.«

»Ja«, flüsterte Cornelius. »Aber das wollten sie noch nicht.«

Jenny schloss die Augen. Seine Stimme schien mitten in ihrem Kopf zu sein und ein wenig nachzuhallen. Dann schlief sie ein, ohne zu verstehen, was sie an diesem Satz so beunruhigend fand.

Sieben

Vierzehn Tage später erwachte Cornelius nachts, weil Jenny neben ihm schrie. Er zog sie an sich und streichelte sie, bis ihr Atem sich beruhigte. Als sie eingeschlafen war, drückte er einen Knopf an seiner Armbanduhr und fragte die Zeit ab. *Es ist 4.15 Uhr,* sagte eine sanfte Frauenstimme. Noch mindestens zwei Stunden bis zum Aufstehen. Beinahe sofort begannen seine Gedanken zu kreisen, und er wusste, dass an Schlaf nicht mehr zu denken war.

Behutsam, ohne Jenny aufzuwecken, brachte er sich in eine bequemere Liegeposition und versuchte seine Schulter zu entlasten. Die malträtierte linke Hand hatte sich erholt, und er hatte auch die Kopfschmerztabletten absetzen können, aber der Schmerz in der Schulter erinnerte ihn jeden Augenblick daran, was in der Garage geschehen war.

Die letzten zwei Wochen waren nicht leicht gewesen. Nach seinem Gespräch mit dem jungen Arzt und einer abschließenden Untersuchung war er am nächsten Morgen aus der Klinik entlassen worden, und sieben Tage später hatte er Jenny nach Hause geholt. Sie hatten sich für mehrere Wochen krankgemeldet und in Cornelius' Haus verkrochen. Jenny verließ es nur, wenn sie zur kardiologischen Nachuntersuchung musste oder die Psychotherapeutin aufsuchte, an die das Krankenhaus sie verwiesen hatte. Sie verbrachten ganze Tage im Bett, hörten Musik, schliefen miteinander und ließen sich das

Essen von diversen Restaurants aus der Innenstadt liefern. Sie hatten sich einfach aus dem Alltag ausgeklinkt. Aber wie lange konnten sie so weitermachen?

Jenny ging es vor allem psychisch immer noch ziemlich schlecht. Sie hatte Albträume, war deprimiert und schreckhaft, konnte sich nicht konzentrieren und vermied es, mit ihm über den Abend des Angriffs zu reden. Ob sie wenigstens mit der Psychologin darüber sprach? Cornelius verstand sehr gut, was in ihr vorging. Bei seinen Reisen nach Sarajevo hatte er traumatisierte Menschen getroffen, die noch Jahre nach dem Bürgerkrieg unter ähnlichen Symptomen litten. Jenny war in den vergangenen sieben Monaten entführt, eingesperrt, mit dem Tod bedroht und beinahe umgebracht worden, und die Erinnerung daran quälte sie jeden verdammten Tag.

Ihm machte ein anderer Gedanke zu schaffen: Er hatte sie nicht beschützen können. Lief es nicht darauf hinaus? Sprach sie deshalb mit ihm nicht über diesen Abend? In der Garage hatte er ihr vermutlich das Leben gerettet, aber das war nicht dasselbe wie beschützen. Das alles hätte gar nicht erst geschehen dürfen. Er erinnerte sich an den letzten Sommer. An das unglaubliche Gefühl, das ihn erfüllt hatte, als er begriff, was geschehen war: Er hatte Coen Malinsky herausgefordert, Jenny zurückbekommen und Max Leonard ausgetrickst. Er war nicht schwach gewesen, sondern stark, wie ein Sehender. Nicht nur noch ein Schatten des Mannes, der er früher gewesen war, wie der Mörder Hasani behauptet hatte. Niemand, den man übergehen oder ignorieren konnte.

Nun, ignorieren vielleicht nicht, aber ohne großen Aufwand zusammenschlagen, jederzeit.

Trotz seines Hochgefühls war ihm damals klar gewesen, dass Coen Malinsky die Sache nicht einfach auf sich beruhen lassen würde. Genauso wenig, wie der BKA-Beamte Leonard. Er hatte gewusst, dass die Ereignisse des letzten Sommers sie einholen würden, und er hatte versucht, sich dagegen zu wappnen.

Mit großartigem Erfolg, dachte er bitter. *Als Nächstes wird Max Leonard auftauchen.*

Die Befragung durch die Polizei am Abend ihrer Einlieferung ins Krankenhaus war ziemlich genauso abgelaufen, wie er es sich vorgestellt hatte. Zwei aufmerksame Beamte hatten sich den Tathergang in allen Einzelheiten schildern lassen und ihm dabei ein Aufnahmegerät unter die Nase gehalten. Ein Protokoll seiner Aussage in Brailleschrift würde ihm innerhalb einer Woche zugehen. Die Polizisten hatten exakt die Punkte merkwürdig gefunden, die er vorausgesehen hatte. Natürlich erinnerten sie sich an Jennys Entführung durch den Nachtclubbesitzer Hasani und wussten von dem Mord auf der »documenta«-Ausstellung, dem vor dreieinhalb Jahren Cornelius' Freund Henk de Byl zum Opfer gefallen war. Er hatte behauptet, weder hinsichtlich der Täter noch ihrer möglichen Motive irgendeine Vorstellung zu haben und einen Zusammenhang mit Ereignissen in der Vergangenheit nicht erkennen zu können.

»Wie sind die beiden Täter zu Ihnen gelangt?«, hatte einer der Polizisten unvermittelt gefragt.

»Wie meinen Sie das?«

»Na ja, laut Ihrer Aussage haben die Männer Frau Urbans Golf zur Flucht benutzt. Warum? Hatten sie kein eigenes

Fahrzeug? Sind sie zu Fuß oder mit dem Taxi zum Tatort gekommen? Oder ließen sie ihr Auto irgendwo in der Nachbarschaft stehen und fanden es in der zugespitzten Situation praktischer, in Frau Urbans Wagen zu springen? Ist doch eine gute Frage, oder?«

Es war eine gute Frage, aber niemand wusste eine Antwort darauf, und nach dreißig Minuten waren die Beamten mit freundlich gemurmelten Genesungswünschen wieder abgezogen.

Doch natürlich würden sie wiederkommen.

Cornelius konnte plötzlich nicht länger liegen. Vorsichtig löste er sich von Jenny, schob sich in Richtung Bettkante und stand auf. In der Küche stellte er die Kaffeemaschine an, ging duschen und setzte sich anschließend an den aufgeräumten Schreibtisch in seinem Arbeitszimmer. Um sich abzulenken, schaltete er den PC ein und rief das Manuskript seiner aktuellen Vorlesung auf, mit der er möglichst bald fortfahren wollte. Jenny würde nicht vor acht Uhr aufwachen. Falls er es schaffte, sich auf das Thema zu konzentrieren, hatte er drei Stunden in völliger Ungestörtheit vor sich. Er ließ sich den bisher verfassten Text vom Computer noch einmal vorlesen und begann anschließend mit einem neuen Abschnitt, der sich mit der Konzeptualisierung der Kunst im 20. Jahrhundert und dem Hauptvertreter dieser Richtung, Marcel Duchamp, beschäftigte.

Sein Handy klingelte, als er sich gerade aus der Küche den dritten Becher Kaffee holte. Es war noch nicht einmal 7.30 Uhr. Wer zum Teufel rief um diese Zeit an? Leise fluchend schlurfte er zurück ins Arbeitszimmer. Der Screen Reader des Smartphones teilte ihm die Nummer des Anrufers mit. Nie gehört, dachte er missmutig, als er den Anruf entgegennahm: »Ich hoffe, Sie haben einen guten Grund, um diese Zeit hier anzurufen.«

»Guten Morgen, Herr Professor.«

Es war die Stimme eines alten Mannes, aber sie klang weder schwach noch brüchig. Der japanische Akzent war minimal. Wie Cornelius wusste, war Ichiro Masamoto vor dreißig Jahren als Leibwächter eines japanischen Geschäftsmannes nach Düsseldorf gekommen und niemals in seine Heimat zurückgekehrt. Vor einigen Jahren hatte er in Frankfurt die Kampfkunstschule gegründet, in der Cornelius ihn als Judotrainer kennengelernt hatte – und als einen Mann, der Unhöflichkeit verabscheute. Es war ratsam, den Ton zu ändern. »Konnichiwa Masamoto-San. Bitte verzeihen Sie meine schlechten Manieren.«

»Ich habe gehört, was geschehen ist. Wie geht es Frau Urban?«

»Besser.«

»Das ist gut. Und was ist mit Ihnen?«

»Mein Kopf tut noch weh, wenn das Wetter umschlägt, aber die Hand ist schon wieder ganz in Ordnung. Zum Glück war nichts gebrochen. Die Schulter muss noch besser werden, aber ich habe eine ausgezeichnete Physiotherapeutin.«

»Gut, dann sollten wir uns treffen.«

»Ich kann noch nicht wieder trainieren.«

»Das weiß ich.«

»Wozu dann?«

»Ich möchte mit Ihnen sprechen.«

»Was wollen Sie von mir?«

»Kommen Sie zu mir in den Dojo. Am besten noch heute Vormittag.«

Cornelius überlegte kurz. Jenny hatte um zehn Uhr einen Termin bei ihrer Therapeutin und würde ihn bei der Sportschule absetzen können.

»Ich werde kommen.«

»Gut«, sagte Ichiro Masamoto und legte auf.

»Wohin wirst du kommen?«, fragte Jenny. Cornelius drehte sich um und grinste. Er hatte gewusst, dass sie hinter ihm in der Tür seines Arbeitszimmers stand. Jenny konnte sich sehr leise bewegen, aber er hatte das Geräusch registriert, das der Bettrahmen verursachte, wenn man sich von der Kante erhob, und wenig später den schwachen Duft ihres Parfüms wahrgenommen. Zedernholz, Rosenöl und Nelke. Würzig und wunderbar.

»Wieso schläfst du nicht?«

»Warum haust *du* einfach ab.«

»Weit bin ich ja nicht gekommen.«

Jenny war mit drei Schritten bei ihm. Sie küsste ihn, und ihre Hände waren überall. »Wenn ich noch einmal aufwache und du bist nicht da, werde ich sehr böse werden.«

Cornelius ließ seine Fingerspitzen sacht ihren nackten Rücken hinuntergleiten. »Okay«, sagte er.

Acht

Sie trafen sich in der großen Halle des Studios, die gut gelüftet war und völlig anders roch, als Cornelius es von den abendlichen Trainingseinheiten her kannte. In die kühle Luft, die durch die geöffneten Fenster strömte, mischten sich Ausdünstungen diverser Putzmittel, die von den Mitarbeitern des Reinigungsdienstes offenbar großzügig eingesetzt wurden. Irgendjemand hörte Heavy Metal auf dem Handy. Durch das Brummen der Staubsauger und die scheppernde Rockmusik drang die Stimme einer Frau, die etwas auf Russisch rief, das von ihren Kolleginnen mit schallendem Gelächter quittiert wurde. Um ihn herum herrschte eine gut gelaunte, konzentrierte Geschäftigkeit.

Masamoto nahm ihn am Arm und führte ihn in eine Ecke der Halle, in der es etwas ruhiger zuging. Er war höflich und liebenswürdig, schien sich aber nicht mit langen Vorreden aufhalten zu wollen.

»Als Sie vor sieben Monaten zu mir gekommen sind, um eine Kampfsportart zu erlernen, habe ich Ihnen Judo empfohlen. Wissen Sie noch, warum?«

»Sie haben gesagt, es sei ein Vollkontakt-Sport, bei dem meine Blindheit am wenigsten ins Gewicht fiele, weil Schläge und Tritte aus der Distanz nicht erlaubt sind. Anders als bei Karate, Taekwondo oder Kung-Fu. Es gibt viele erfolgreiche blinde Judoka.«

»Fanden Sie, dass ich recht hatte mit meinen Worten? Waren Sie erfolgreich? Und hat Ihnen der Sport Spaß gemacht?«

»Ja. Ich bin fitter geworden und habe mehr Vertrauen in die eigene Kraft bekommen. Die direkte körperliche Auseinandersetzung und die schnellen Bewegungsabläufe machen mir Spaß. Worauf wollen Sie hinaus?«

»Ich sehe, dass Sie wütend und enttäuscht sind.«

»Ach ja?«

»Sie haben sehr hart trainiert und in kurzer Zeit viel gelernt, aber es hat Ihnen gegen die Leute, die Sie angegriffen haben, nichts genutzt. Woran lag das, Ihrer Meinung nach?«

»Daran, dass die beiden Männer mit Sport nichts im Sinn hatten.«

»Richtig! Zwischen uns hat es offenbar ein Missverständnis gegeben. Als Sie hierhergekommen sind, wollten Sie nicht einfach nur eine Sportart erlernen, sondern Sie haben befürchtet, dass Frau Urban und Sie in ernste Schwierigkeiten geraten könnten. Sie wollten lernen, sich als Blinder gegen einen gewalttätigen Angriff, wie er vor zwei Wochen stattgefunden hat, zu verteidigen. Warum haben Sie mir das damals nicht einfach gesagt?«

»Vielleicht war es mir nicht so klar.«

»Und wie ist es jetzt? Wollen Sie etwas über effektive Selbstverteidigung lernen?«

»Ja.«

»Gut. Dann setzen Sie sich auf den Mattenstapel rechts hinter Ihnen, und hören Sie mir zu!«

Cornelius gehorchte, und Ichiro Masamoto nahm neben

ihm Platz. »Wir fangen gleich heute mit der Theorie an, und die beginnt in Ihrem Fall mit einer sehr einfachen Frage: Haben Sie schon mal jemandem absichtlich starke körperliche Schmerzen zugefügt? Denken Sie nach, und antworten Sie ehrlich.«

Cornelius überlegte und schüttelte dann den Kopf. »Nein.«

»Glauben Sie, dass Sie dazu *in der Lage* sind?«

»Ich weiß es nicht.«

»Dann klären Sie das mit sich selbst, bis wir uns für den praktischen Teil wiedertreffen. Selbstverteidigung beginnt im Kopf. Im Grunde damit, dass man die Fluchtwege im Auge behält. Am besten wäre es, wenn Sie weglaufen könnten, aber das ist in Ihrem Fall keine besonders gute Option. Bleibt also nur die Verteidigung, und hier gibt es etwas, das Ihnen unbedingt klar sein muss: *Wenn* Sie den Entschluss fassen, sich zu wehren, müssen Sie bereit sein, massive Gewalt anzuwenden. Vergessen Sie die Idee eines sportlichen Schlagabtausches und alles, was Sie über Fairness und Verhältnismäßigkeit gelernt haben. Wenn Sie eine Situation so einschätzen, dass Sie oder eine Person, die Ihnen nahesteht, wirklich in Gefahr sind, dann schlagen Sie zuerst zu, und zwar so hart wie möglich. Zögern Sie nicht, und machen Sie keine halben Sachen!«

Cornelius setzte an, um etwas zu erwidern, aber Masamoto ließ ihn nicht zu Wort kommen. »Sie sollen zuhören und nicht diskutieren. Ich werde das nur einmal erklären: In jeder gewalttätigen Auseinandersetzung gibt es einen Punkt, den wir als ›Turn over‹ bezeichnen, als ›Drehung‹ der Geschehnisse in eine andere Richtung. Diesen Punkt müssen Sie so schnell wie möglich herbeiführen. Es ist der Punkt, an dem Sie das Blatt zu Ihren Gunsten wenden und die Kontrolle über die Lage gewinnen. Je länger Sie Ihrem Gegner diese Kontrolle überlassen, desto schwerer werden Sie verletzt.

Ich werde Ihnen eine Handvoll sehr effektiver Techniken beibringen, die aber nur dann funktionieren, wenn sie mit maximaler Entschlossenheit angewandt werden. Wakari-masu-ka?«

»Ja, das verstehe ich!«

»Am menschlichen Körper gibt es ein paar Ziele, die für Sie besonders geeignet sind. Neben den Genitalien sind das vor allem Ziele am Kopf. Eine menschliche Nase ist nicht viel stabiler als eine Scheibe Knäckebrot, und wenn man sie bricht, klingt es auch so ähnlich. Die Wirkung ist sehr beeindruckend. Ihr Gegner wird mit heftigen Schmerzen, Blutfluss und Träneneinschuss zu kämpfen haben, und Ihnen bleibt genug Zeit, seine Augen, Ohren oder den Kehlkopf anzugreifen. Wichtig ist, dass Sie nicht aufhören, bevor Sie sicher sind, dass der ›Turn over‹ geschafft ist und Ihr Gegner sein Vorhaben nicht weiterverfolgen kann. Mike Tyson hat einmal gesagt: *Alle haben einen Plan: Bis sie einen Schlag ins Gesicht bekommen.* Der Mann ist eine Schande für den Boxsport, aber der Satz fasst genau zusammen, was ich Ihnen zu erklären versuche. Haben Sie das begriffen?«

»Theoretisch, ja.«

»Für die Praxis sorge ich schon. Kommen Sie wieder, wenn Sie keine Schmerzen mehr haben.«

Neun

An einem Morgen in der ersten Märzwoche war es so weit. Als Cornelius aufwachte, sich auf dem rechten Ellenbogen abstützte und mit der linken Hand nach Jenny tastete, spürte er beinahe sofort, dass etwas anders war. Eigentlich spürte er nichts, und genau das war der Unterschied. Die rechte Schulter war wieder belastbar, und die linke Hand tat nicht mehr weh. Das bedeutete, dass er Ichiro Masamoto anrufen musste.

Cornelius stand auf, bereitete das Frühstück vor und weckte dann Jenny. Ihr Zustand hatte sich gebessert, insbesondere, was die Depression und die Angst betraf. Sie war wieder in der Lage, allein das Haus zu verlassen, um irgendwelche Besorgungen zu erledigen, und stand in telefonischem Kontakt mit ihren Kollegen aus der Redaktion. Zweimal war sie inzwischen bereit gewesen, kurz mit ihm über den Angriff zu sprechen, aber es hatte sie nicht entlastet oder irgendetwas zur Erklärung beigetragen. Der Mann war plötzlich auf der Schwelle der Garage aufgetaucht und hatte dieses merkwürdige Ding auf sie gerichtet. Dann hatte der unbeschreibliche Schmerz sie niedergestreckt, und ein Dämon, der sich als Ärztin ausgab, war auf ihrem Brustkorb herumgetobt. Diese Frau hatte ihr erzählt, was Cornelius vor ihrem Eintreffen in der Garage getan hatte, aber Jenny selbst wusste nichts davon. Überhaupt schien die Erinnerung an den Abend zu verblassen wie ein altes Foto in der Sonne. Vielleicht ein Verdienst der Psychotherapeutin, die ihnen geraten hatte, ab dem Monat April unbedingt wieder zu arbeiten und zur Normalität zurückzufinden.

Sie frühstückten ausgiebig, und Jenny las ihm wie früher aus der Zeitung vor, was Cornelius sehr erleichterte. Es war ein Morgenritual, das sie nach dem Überfall abrupt aufgekündigt hatte. Dass sie es von sich aus wieder aufnahm, war ein gutes Zeichen. Die Nachrichten selbst waren wie immer höchst unerfreulich. »Wahlen in Amerika, Abgasskandal bei VW, brennende Flüchtlingsheime in Sachsen, irgendwas, das du genauer hören willst? Das hier könnte dich interessieren.« Jenny faltete die Zeitung neu und veranstaltete ein umständliches Geraschel, das er liebte. »Kennst du einen gewissen Derek Fitzwilliam aus Oxford?«

»Ein englischer Kunsthistoriker. Ist der nicht gestorben?«

»Im letzten Sommer. Scotland Yard hat jetzt offiziell verkündet, dass es Selbstmord war. Wegen irgendeiner Sexgeschichte. Willst du das hören?«

»Um Gottes willen, nein. Gibt es sonst nichts?«

»Noch eine weitere Nachricht aus der Welt der Kunstgeschichte. Offenbar lauter schwarze Schafe in deiner Branche. Dein berühmter Kollege Franz Nikolai muss seinen Posten an der Münchner Uni endgültig räumen. Hat angeblich drei Viertel seiner Doktorarbeit abgeschrieben und jetzt das letzte Widerspruchsverfahren verloren.«

»Interessiert mich auch nicht. Schau noch einmal in den Sportteil.«

Das Frühstück verlief harmonisch wie schon lange nicht mehr. Jenny las ein paar Sportnachrichten vor und erzählte ihm dann, dass sie am Vormittag ihre Kollegen in der Redaktion des Generalanzeigers besuchen und mittags mit einer Freundin shoppen und essen gehen wolle. Cornelius freute sich und bestärkte sie in dem Plan. Nachdem sie aus dem Haus war, rief er in der Kampfkunstschule an.

Ichiro Masamoto empfing ihn am Nachmittag im Dojo. Wieder kam er gleich und ohne Umschweife zur Sache. »Wir sind allein hier, und das aus gutem Grund«, sagte er. »Ich will ein paar Dinge besprechen, die nicht für fremde Ohren bestimmt sind. Bitte kleiden Sie sich um.«

Der Japaner hatte eine charmant altmodische Art, sich auf Deutsch auszudrücken, die Cornelius immer schon erheiternd gefunden hatte.

Das nun folgende fünfundvierzigminütige Aufwärmprogramm und Konditionstraining war weniger erheiternd. Am Ende saß Cornelius schweißgebadet und zitternd im Lotussitz auf dem Boden der Halle und verspürte heftige Schmerzen in Muskeln, von deren Existenz er nichts geahnt hatte.

Masamoto ließ sich ihm gegenüber auf dem Hallenboden nieder und schien ihn eine Weile aufmerksam zu betrachten. »Sie sind ziemlich außer Form, aber nicht so sehr, wie ich befürchtet habe. Beruhigen Sie Ihren Atem und sagen mir, wann Sie wieder zuhören können.«

»Jetzt.«

»Gut! Haben Sie über die Frage, die ich Ihnen vor einiger Zeit gestellt habe, nachgedacht? Sind Sie dazu fähig, jemandem starke körperliche Schmerzen zuzufügen?«

»Ja!«

»Wir werden sehen. Was ich Ihnen beibringen will, dauert

etwa drei Monate. Rechnen Sie mit zwanzig Trainingseinheiten von jeweils zwei Stunden. Bilden Sie sich nicht ein, dass Sie danach für einen Nahkampf gerüstet sind, aber Sie werden ein paar sehr schmutzige Tricks beherrschen, die zusammen mit dem Überraschungseffekt Ihre Haut retten könnten. Wie es anschließend weitergeht, entscheiden wir dann. Ich will kein Geld von Ihnen, aber ich verlange, dass Sie pünktlich erscheinen und ernsthaft trainieren. Außerdem möchte ich, dass Sie weiterhin zum Judo kommen.«

»Selbstverständlich!«

»Lassen Sie mich ein paar Dinge vorausschicken, die mit Ihrem speziellen Handicap zu tun haben. Danach höre ich mit dem Gerede auf, und wir beginnen mit der Praxis. Ihre Blindheit ist definitiv ein erheblicher Nachteil. Sie erschwert Ihnen zu wissen, wo genau ein Angreifer sich befindet und was er unmittelbar vorhat. Doch in einer Hinsicht relativiert sich dieser Nachteil ein wenig: Sie können zwar einen Schlag nicht kommen sehen, aber ich verrate Ihnen etwas: Niemand kann das. Einen schnell und entschlossen ausgeführten Schlag ins Gesicht kann überhaupt *niemand* kommen sehen, um ihm auszuweichen oder ihn zu blocken. Muhammad Alis Phantom-Punch gegen Sonny Liston haben damals nicht mal die Fernsehkameras mitbekommen.

Ganz allgemein ist es Unsinn, unter der Prämisse zu trainieren, dass man gute Sichtverhältnisse hat. Im normalen Alltag ist es nicht wie im Dojo oder in einem ausgeleuchteten Boxring. Im wirklichen Leben wird man vielleicht im Dunklen angegriffen, Scheinwerfer können einen blenden, Rauch liegt in der Luft, Menschen oder Objekte stehen im Weg und nehmen einem die Sicht. Alles Gründe, warum man sich nicht allzu sehr darauf verlassen sollte, dass man etwas *sieht*.

Was also können wir tun? Wir müssen die Sinne schärfen, die Ihnen zur Verfügung stehen, und Ihre Instinkte verbessern. Wie in der Legende von Zatōichi, dem blinden Samurai. Kennen Sie die Geschichte?«

Cornelius nickte. Jenny hatte ihm davon erzählt.

»Sie müssen werden wie er. Mir ist aufgefallen, dass es Ihnen oft gelingt, Personen, mit denen Sie sprechen, scheinbar anzuschauen. Wie machen Sie das?«

»Ich habe gelernt, dass menschliche Stimmen anders klingen, wenn sie direkt auf mich gerichtet sind, und bemühe mich aus Höflichkeit, in ihre Richtung zu sprechen.«

»Heißt das, Sie können den Herkunftsort einer Stimme in etwa orten?«

»Ich denke schon.«

»Gut. Wie Sie wissen, sitze ich Ihnen gegenüber. Was denken Sie, wie weit mein Kopf von Ihnen entfernt ist?«

»Etwa eine Armlänge.«

»Überprüfen Sie es.«

Cornelius streckte einen Arm gerade nach vorn, aber da war nichts. »Sie haben sich bewegt.«

»Nein, Sie haben sich verschätzt!«

»Um wie viel?«

»Zwanzig Zentimeter. Wenn ich jetzt um diese zwanzig Zentimeter näher an Sie heranrücke, befindet sich mein Kopf tatsächlich in Ihrer Reichweite. Probieren Sie es.«

Cornelius streckte erneut den Arm aus, und seine Finger strichen über Masamotos Gesicht. Der alte Mann knurrte zufrieden. »Gut. Das ist Ihre Reichweite, ohne dass Sie den Rumpf vorbeugen oder die Schulter einsetzen. Stellen Sie sich jetzt hin.«

Cornelius erhob sich und registrierte, dass Masamoto mit einer einzigen geschmeidigen Bewegung ebenfalls auf die Beine kam. »Wir trainieren zuerst das Einschätzen der Reichweite, und ich helfe Ihnen, indem ich laut zähle. Prägen Sie sich ein, wie meine Stimme klingt, wenn ich in Ihrer Reichweite bin. Später müssen Sie ohne diese Hilfe auskommen. Ich werde mich nicht zur Seite bewegen, sondern nur auf Sie zu und von Ihnen weg.«

Masamoto begann mit halblauter Stimme zu zählen und trat an ihn heran.

»In Reichweite«, sagte Cornelius.

Der Japaner trat einen Schritt zurück.

»Außer Reichweite.«

»Richtig«, sagte Masamoto.

So ging es die nächste Stunde weiter. Irgendwann begann Masamoto ihn zu umkreisen. Cornelius bewegte sich mit, lauschte konzentriert auf die Stimme des Alten und versuchte unverdrossen den Abstand zu ihm einzuschätzen. Am Anfang lag er oft daneben, aber nach und nach verringerte sich die Fehlerquote. Schließlich blieb der Trainer vor ihm stehen.

»Wissen Sie, wo genau sich mein Kopf befindet?«

»In Reichweite.«

»Versuchen Sie, ihn mit der rechten Faust zu treffen. Langsam und vorsichtig, versteht sich.«

Cornelius setzte zu einem veritablen Faustschlag in Super-Slow-Motion an, traf Masamoto aber nur seitlich an der rechten Schläfe, obwohl dieser kontinuierlich weiterzählte. Auch die nächsten beiden Schläge verfehlten das Gesicht.

»Wir versuchen jetzt, Ihre Treffsicherheit zu erhöhen. Greifen Sie mit der linken Hand nach meinem Genick, reißen Sie meinen Kopf zu sich heran und schlagen Sie mit der rechten Faust dreimal nacheinander in mein Gesicht.«

Vorsichtig und in Zeitlupe folgte Cornelius den Anweisungen, und tatsächlich traf er jetzt jedes Mal die Nase.

»Viel besser«, sagte Masamoto. »Jetzt bewegen Sie beide Hände nach unten, so dass Ihre Handkanten meine Schultern berühren. Das verschafft Ihnen die nötige Orientierung: Und nun schlagen Sie mit den flachen Händen gleichzeitig auf meine Ohren. Wenn Sie es richtig machen, werden mir beide Trommelfelle platzen, und Sie haben Ihren ersten ›Turn over‹ geschafft. Irgendwelche Fragen?«

»Ja! Was haben Sie gemacht, bevor Sie nach Deutschland kamen?«

Masamoto zögerte einen winzigen Augenblick. »Glauben Sie mir«, sagte er dann förmlich, »das wollen Sie nicht wissen!«

Zehn

Als Cornelius an einem verregneten Nachmittag Ende März die Kampfsportschule verließ, seine schmerzenden Glieder dehnte und genüsslich die kalte feuchte Frühlingsluft inhalierte, rief Jenny ihn auf dem Handy an. Wie so oft in den letzten Wochen klang ihre Stimme ungeduldig und gereizt. »Die Handwerker sind da.«

»Welche Handwerker?«

»Die du bestellt hast.«

»Ich hab keine …«, setzte Cornelius an, und dann fiel es ihm wieder ein. Seit er den Auftrag erteilt hatte, waren sechs Wochen vergangen.

»Die Smarthouse-Geschichte?«

»Genau«, sagte Jenny.

Während der langen Phase der Rekonvaleszenz hatte Cornelius sich daran erinnert, wie mühelos Valbon Hasani im letzten Jahr über die Terrasse eingedrungen war, und beschlossen, das Haus besser zu sichern und zugleich für seine Bedürfnisse zu optimieren. Er hatte eine Firma gefunden, die auf elektronische Umweltkontrollsysteme und Sicherheitskonzepte spezialisiert war. Man hatte ihm versprochen, dass er Heizung, Fenster, Türen, Rollos, Lampen sowie alle wichtigen Elektrogeräte im Haus von einer Konsole aus würde steuern können, die nicht größer als eine TV-Fernbedienung war.

»Sag ihnen, sie sollen schon mal anfangen. Ich bin in einer Stunde da.«

»Beeil dich! Ich habe keine Lust, mich mit denen herumzuschlagen. Der Dreck und der Krach gehen mir jetzt schon auf die Nerven, und sie haben noch gar nicht richtig angefangen. Zwei verdammte Tage soll das dauern.« Jenny gab sich keine Mühe, ihren Missmut zu verbergen.

»Du musst nicht zuhause bleiben und die Möbel bewachen. Die Firma ist vertrauenswürdig. Geh shoppen oder besuch deine Schwester in Bad Homburg.«

»Gute Idee«, erwiderte Jenny mürrisch. »Vielleicht bleibe ich über Nacht. Ich rufe dich später an.« Sie legte auf, bevor er etwas antworten konnte.

Cornelius stand auf dem Gehweg und lauschte trotz des Lärms um ihn herum dem Nachhall ihrer Stimme in seinem Kopf. Vor und hinter ihm strömten Passanten vorbei, aber niemand rempelte ihn an. *Vielleicht bleibe ich über Nacht.* So war sein Ratschlag nicht gemeint gewesen. Egal. Ein Wiedersehen mit ihren Nichten und Neffen würde Jenny guttun. Und danach mussten sie miteinander reden. Dringend.

Als er das Telefon wieder in seiner Tasche verstaute, war Max Leonards Stimme hinter ihm. »Hallo, Teerjong!«

Cornelius zuckte zusammen. Ein wenig erschrocken, aber nicht überrascht drehte er sich um. »Sie haben sich Zeit gelassen.«

»Wohin sollten Sie schon weglaufen.«

Cornelius nickte. »Weiter rechts die Straße runter ist ein Café. Lassen Sie uns da reden.«

Er setzte sich in Bewegung und wusste, dass Leonard ihm

folgen würde. Er hatte dessen Stimme sofort erkannt und erinnerte sich noch an den Eindruck, den er bei ihrer ersten Begegnung anhand dieser Stimme von Max Leonard gewonnen hatte: Ein tatkräftiger Mensch, hatte er damals gedacht. Kommt gleich zur Sache, scheint aber nicht ungeduldig zu sein. Energisch, intelligent, eine Spur arrogant vielleicht. Mittleres Alter, mittlere Größe, aber alles andere als Durchschnitt.

Cornelius dachte daran, wie er während der documenta in einem Café in Kassel auf seinen Freund Henk de Byl gewartet hatte. Doch statt de Byl war Kriminaloberkommissar Max Leonard aufgetaucht und hatte ihm mitgeteilt, dass Henk auf dem Gelände der documenta ermordet und verstümmelt worden war. Der Mörder hatte seinem Opfer die Augenlider abgeschnitten. Leonards Bemühungen, den Mord aufzuklären, waren ergebnislos geblieben, und seine zunächst entgegenkommende und kooperative Haltung gegenüber Cornelius und Jenny hatte sich im Laufe der Ermittlungen in kühle Distanz verwandelt. Als der Mörder schließlich Jenny entführte und Cornelius bei ihrer Befreiung die Polizei hinterging, war Leonard stinkwütend gewesen. Jenny hatte seine Gefühlslage auf ihre trockene Art zusammengefasst: *Aus seiner Sicht hat man ihm den Fall seines Lebens versaut. Alle haben quergeschossen. Und dann auch noch du: ein blinder Kunstprofessor, der sich einmischt und sein eigenes Ding durchzieht, statt die Polizei ihre Arbeit machen zu lassen. Klar, dass er sauer ist.*

Soll er, dachte Cornelius. Es gibt keine Beweise, daran hat sich nichts geändert. Er schritt kräftig aus und registrierte nach etwa sechzig Metern die typische Geräuschkulisse und den Duft von Kaffee und frischem Gebäck. Sie traten durch die große Glastür, und sofort näherte sich von rechts die freundliche Stimme der Inhaberin, die ihn als Stammgast begrüßte. »Professor Teerjong. Schön Sie zu sehen. Ein Tisch für zwei Personen?«

Cornelius berührte leicht ihren Unterarm und ließ sich in eine ruhige Ecke des Cafés geleiten. Leonard nahm ihm gegenüber Platz und bestellte Pfefferminztee.

»Für Sie wie immer? Doppelter Espresso und Calvados?« Cornelius nickte in Richtung der weichen, wohlwollenden Frauenstimme. Im ersten Jahr nach seiner Erblindung hatte er sich die Chefin des Cafés als eine große, rundliche Blondine vorgestellt und sich zugleich gefragt, warum ihn das überhaupt interessierte.

Um ihn herum an den Nachbartischen herrschte reger Betrieb. Ein angenehm gedämpftes Gemisch von männlichen und weiblichen Stimmen aller Altersstufen, dezentes Geklapper von Geschirr und Besteck, hin und wieder die lauteren Rufe der Servicekräfte, die irgendwelche Bestellungen weitergaben. Der allgegenwärtige Geruch von geröstetem Kaffee vermischte sich mit Parfümaromen und den Ausdünstungen von feuchter Kleidung. Im Hintergrund war klassische Gitarrenmusik zu hören. Hin und wieder klingelte ein Handy. Max Leonards Stimme machte die behagliche Atmosphäre zunichte. »Wie geht es Ihnen?«

»Geschenkt«, sagte Cornelius. »Was wollen Sie?«

Leonard lachte leise und wartete, bis die Bedienung die Getränke vor ihnen abgestellt hatte und wieder verschwand. »Es hat sich bis nach Den Haag herumgesprochen, was Ihnen zugestoßen ist. Böse Sache.«

»Ja, böse Sache. Nächste Frage.«

»Es war ziemlich knapp, oder?«

»Ich nehme an, Sie konnten die Krankenakten einsehen.«

»Das ist in Deutschland nicht so einfach.« Der süffisante Ton in Leonards Stimme besagte das Gegenteil. Cornelius hatte keine Lust, darauf zu antworten. Dem Polizisten schien das nichts auszumachen.

»Haben Sie eine Ahnung, wer Sie angegriffen hat?«

»Nein! Weder mit dem Geruch noch mit der Stimme konnte ich irgendetwas anfangen, und Jenny hat den Mann, der sie mit dem Taser verletzt hat, höchstens zwei Sekunden gesehen. Sie kann sich nur noch an den Schmerz erinnern. Das alles haben wir Ihren Frankfurter Kollegen bereits erzählt. Also, was wollen Sie von mir?«

»Wir haben einiges zu bereden. Was versprechen Sie sich von dieser Kampfsportschule? Rechnen Sie mit einem weiteren Angriff, gegen den Sie sich dann verteidigen wollen? Mit Judo?«

»Judo mache ich schon länger. Hat bei dem Überfall nichts genutzt.«

»Einen interessanten Trainer haben Sie sich da ausgesucht.«

»Wie meinen Sie das?«

»Wir haben ihn uns ein wenig angeschaut. Kennen Sie ihn näher?«

»Nein, aber er ist ein sehr netter alter Herr.«

»Ja«, sagte Leonard gedehnt, »seit er in Deutschland ist schon. Mitte der achtziger Jahre ist er ins Land gekommen.

Mit ein paar japanischen Geschäftsleuten, die ihn als Bodyguard eingestellt hatten. Er soll sehr gute Beziehungen zur japanischen Botschaft und auch zu deutschen Regierungsstellen in Bonn gehabt haben. Als nach fünf Jahren seine Arbeitgeber nach Japan zurückkehrten, blieb Masamoto jedenfalls in Düsseldorf und bekam zunächst eine unbefristete Aufenthaltsgenehmigung und später eine Arbeitserlaubnis.«

»Warum zum Teufel erzählen Sie mir das?«

»Weil Ihr netter Judolehrer in seiner Heimat offenbar nicht so nett war. Er hat für die japanische Mafia gearbeitet. Die Behörden in Osaka gehen davon aus, dass er im Auftrag der Yakuza mindestens acht Menschen umgebracht hat.«

Cornelius brauchte einen Augenblick, um zu begreifen, dass Leonard es absolut ernst meinte. Er kippte seinen Calvados hinunter und sog scharf die Luft ein. Masamotos Stimme klang in seinem Kopf wie ein fernes Echo. *Eine menschliche Nase ist nicht stabiler als eine Scheibe Knäckebrot. Schlagen Sie zuerst zu. Zögern Sie nicht, und machen Sie keine halben Sachen!*

Cornelius riss sich zusammen. »Sie wollen doch nicht behaupten, dass ein gesuchter Mörder mit Wissen der Behörden in Deutschland dreißig Jahre lang leben und eine Kampfsportschule betreiben kann.«

»Masamoto wird nicht gesucht. Das ist ja das Schöne! Die japanischen Behörden haben keine Beweise für die Taten, und vor allem haben sie kein Interesse an einer Strafverfolgung. Sie sind gewissermaßen froh, dass er hier ist. Die mutmaßlichen Morde geschahen während eines Bandenkrieges und interessieren in Japan niemanden mehr. Alle Opfer waren Schwerkriminelle. Der Staatsanwalt in Osaka hat deutlich signalisiert, dass er den Alten nicht zurückhaben will.«

»Warum haben Sie ihn dann überhaupt derartig unter die Lupe genommen?«

»Na, Ihretwegen!« Leonard lachte fröhlich. »Seitdem Sie im letzten Jahr diese unverschämte Nummer mit dem Nachtclubbesitzer abgezogen haben, gilt Ihnen unsere besondere Aufmerksamkeit. Europol, die Frankfurter Polizei, der niederländische Geheimdienst… alle interessieren sich für Sie. Und dann wären da noch ein zwielichtiger Diamantenhändler in Antwerpen und ein verbitterter Holländer ohne Augenlider, der Ihnen die Schuld gibt an dem, was ihm angetan wurde. Wie wir beide wissen, liegt er damit völlig richtig.«

»Was genau meinen Sie mit wissen! Das, was Sie sich zusammenreimen, oder das, was Sie beweisen können?«

»Jemand hat beim AIVD in Den Haag ausgepackt. Die ganze schmutzige Geschichte. Die Holländer sind stinksauer!«

Cornelius überlegte kurz und beschloss, seiner Intuition zu vertrauen. Er war sicher, dass Leonard bluffte. Demonstrativ streckte er ihm die Handgelenke entgegen.

»Ich hätte den Haftbefehl gern in Brailleschrift. Falls Sie jemals einen ausgestellt bekommen. Was auch immer Sie aus wem herausgepresst haben, interessiert mich überhaupt nicht. Entscheidend ist, ob er es vor einem deutschen oder niederländischen Gericht wiederholen wird. Viel Glück dabei!«

»Ach Gott«, sagte Leonard spöttisch, »wer braucht schon Gerichte? Haben Sie wirklich diesen Diamantenhändler mit einem gefälschten Foto erpresst? Wer hat das Bild für Sie gefakt?«

»Ein Drogeriemarkt in der Innenstadt.«

»Sie sind ein arrogantes Arschloch! Was auch immer passiert: Erwarten Sie von mir keine Hilfe!«

Elf

Sein erster Arbeitstag war ein Freitag im April, und Cornelius wunderte sich, wie glücklich es ihn machte, wieder in einem Hörsaal zu sein. Der typische Geruch von Bohnerwachs, regennasser Kleidung, kaltem Zigarettenrauch und Kosmetika, das Stimmengewirr der Studierenden und die lässige Ironie seines Assistenten hatten ihm gefehlt. »Full House, Professor«, sagte Rupert Wagner. »Bis auf den letzten Platz. Und es kommen noch mehr. Wenn Sie wollen, kassiere ich ein bisschen Eintritt.«

Nach Cornelius' vollständiger Erblindung hatte die Hochschule Rupert als Assistenten für den Medieneinsatz und alle technischen Hilfsmittel eingestellt. Er war keine wissenschaftliche Hilfskraft im üblichen Sinne, sondern ein überaus talentierter Computer-Nerd, Jazzmusiker, Barkeeper und Cartoonist. Im letzten Jahr hatte er Cornelius geholfen, Coen Malinsky zu erpressen.

Rupert trat jetzt zu Cornelius an den Tisch, schnipste mit den Fingern gegen das Mikrofon und wandte sich dann an die Studenten. »Okay, Leute! Wenn ihr ein bisschen Ruhe gebt und die Füße still haltet, können wir beginnen.«

Er schob das Mikrofon zu Cornelius hinüber, bis es dessen Finger berührte, und beschäftigte sich dann mit dem Beamer. Cornelius sprach in das Mikro und spürte, wie seine Nervosität nach wenigen Sätzen verschwand.

»Guten Morgen! Ich begrüße Sie nach längerer krankheitsbedingter Abwesenheit zur Veranstaltungsreihe *Kunst und Kunsttheorie im 20. Jahrhundert.*«

Aus dem Auditorium ertönte ein freundliches Begrüßungsgemurmel.

»Gibt es von Ihrer Seite irgendwelche Fragen, die wir klären sollten, bevor wir anfangen?«

»Geht es Ihnen wieder richtig gut?« Eine schüchterne, junge Frauenstimme rechts von Cornelius. Offenbar eine seiner zahlreichen jungen Verehrerinnen. Ein paar andere Studenten lachten und tuschelten.

Cornelius nickte und wartete, bis Ruhe einkehrte. »Mir geht es großartig, vielen Dank. Weitere Fragen?«

Es gab keine.

»Gut! Unser heutiges Thema ist der moderne Kunstbegriff als solcher, und ich würde gerne direkt in die Thematik einsteigen.« Cornelius machte eine theatralische Pause und freute sich über die erwartungsvolle Stille.

»Lassen Sie uns mit einem kleinen Gedankenexperiment beginnen. Jeder von Ihnen kennt diese Situation: Ein sogenannter Normalbürger geht durch eine Ausstellung zeitgenössischer Kunst und betrachtet aufmerksam die Exponate. Man sieht förmlich, wie es in ihm arbeitet, und nach einiger Zeit kann er nicht mehr an sich halten: *Das soll Kunst sein?*, bricht es aus ihm heraus. *Das kann ich auch!* Könnte mir jemand von Ihnen erklären, warum der gute Mann einerseits richtig- und andererseits völlig falschliegt?«

Die Studenten schwiegen. Manche scharrten mit den Füßen, in den hinteren Reihen kicherten ein paar junge Frauen.

Cornelius drehte den Kopf nach links und dann ganz langsam wieder nach rechts. Einer seiner kleinen Tricks. Er wusste, dass es so aussah, als ob er seinen Blick über die Zuhörerschaft wandern ließ.

»Ihnen ist klar, dass Wortmeldungen per Handzeichen bei mir sinnlos sind, oder?«

Verhaltenes Lachen und Gemurmel, dann kam irgendwo aus der Mitte des Auditoriums eine männliche Stimme, die nicht nach einem Studenten klang. Zu alt, zu weltgewandt und mit einem deutlichen italienischen Akzent.

»Der Mann hat in der Hinsicht recht, dass er das, was er dort sieht, vielleicht tatsächlich *auch* hinbekommen hätte. Unrecht hat er in der Hinsicht, dass er denkt, die Frage, ob etwas Kunst sei, hinge von der konkreten Beschaffenheit des Objekts beziehungsweise von seinem persönlichen Können ab.«

»Ja«, sagte Cornelius, »das haben Sie sehr schön auf den Punkt gebracht. Auch wenn ich mir gewünscht hätte, dass die Antwort von einem meiner Studenten gekommen wäre. Denken Sie alle einmal kurz an Marcel Duchamp, den Begründer der Konzeptkunst. Er hat aus einem seriell hergestellten Alltagsgegenstand wie einem Pissoir ein Kunstwerk gemacht, indem er es *signierte*. Begreifen Sie, was da passiert? Duchamp hat vorgeführt, dass der Status als Kunst einem Werk nicht *inne*wohnt, sondern ihm von außen zugeschrieben wird. Diese Zuschreibung kann vollzogen werden, wenn man es in einer Galerie oder einem Museum ausstellt, aber auch durch einen performativen Akt, der einfach alles zu Kunst *erklärt.* Erinnern Sie sich an die Performance *Nail Biting*, mit der die documenta 13 eröffnet wurde? Ceal Floyer verdeutlichte die

Spannung, mit der die Fachwelt auf die Ausstellung wartete, indem sie vor den Mikrofonen ihre Nägel abknabberte. Ein höchst unangenehmes Geräusch übrigens.«

Einige Studenten kicherten, ansonsten war es sehr still geworden.

»Lassen Sie mich zusammenfassen: Es handelt sich also um eine *Setzung*, eine *Behauptung*, die aus einem Pissoir oder einer unappetitlich schlechten Angewohnheit Kunst macht. Diese Behauptung kann und soll niemals am Gegenstand selbst überprüft werden. Je weniger sie mit dem *konkreten* Objekt zu schaffen hat, desto besser.

Wir erleben also im ersten Schritt, wie ein beliebiger Gegenstand auf wunderbare Weise in Kunst verwandelt wird. In einem zweiten Schritt bestaunen wir, wie er sich geradezu alchemistisch in Geld wandelt. Wir sind beim Thema Kunst*spekulation*. Auch hier handelt es sich um eine Zuschreibung, und auch für sie gilt die wichtige Grundregel aus dem ersten Schritt: Moderne Kunst ist zu einer magischen Werterzeugung fähig, aber nur dann, wenn eine Bedingung erfüllt ist. Der Preis eines Kunstwerkes darf nichts mehr mit nachvollziehbaren Kriterien zu tun haben. Materialwert, Seltenheit, Musealität, Können oder Inhalt dürfen keine Rolle spielen.«

Im Auditorium schien sich ein gewisser Unmut breitzumachen. Cornelius hörte Gemurmel und Geflüster, das langsam anschwoll.

»Ich finde, so radikal und polemisch wie Sie kann man das nicht sagen«, wandte ein Student in der ersten Reihe ein.

»Mir ist das alles zu abstrakt«, meinte eine junge Frau, die irgendwo links von Cornelius sitzen musste.

»Nun, wie Sie wissen, befinden wir uns an einer Hochschule«, erwiderte er spitz, um die Stimmung ein wenig anzuheizen.

»Vielleicht kann ich Ihnen ein Beispiel nennen, das Professor Teerjongs These illustriert«, sagte die kultivierte Stimme mit dem italienischen Akzent aus der Mitte des Saals. Cornelius konnte beinahe hören, wie hundert Studenten ihre Köpfe in eine Richtung drehten. Wer zum Teufel war das?

»Ihnen allen ist sicher der britische Künstler Damien Hirst bekannt. Er produzierte im Jahr 2007 einen grandiosen Flop, weil er Teerjongs Grundregel missachtete. Er schuf ›For the Love of God‹, jene berühmte Schädelskulptur aus Platin und Diamanten, deren Material- und Herstellungskosten sich auf 14 Millionen Pfund belaufen haben sollen. Sie wurde für 75 Millionen Euro angeboten – und blieb zunächst liegen. Schließlich verlor der Künstler die Nerven, und eine Investorengruppe, zu der Damien Hirst selbst gehörte, holte sich den Zuschlag. Was war da passiert? Warum war der Verkauf so unerwartet schwierig? Ganz einfach, weil der Verkaufspreis gerade mal ein Drei- oder Vierfaches des Herstellungspreises betrug. Eine für Kunstspekulanten geradezu lächerlich geringe Wertsteigerungsrate. Hirst hatte einen superwertvollen konkreten Gegenstand angeboten und damit die Regel in den Wind geschlagen, dass Spekulationskunst möglichst frei von materiellem Wert und Inhalt zu sein hat.«

Die Studenten schwiegen beeindruckt.

»So ist es«, sagte Cornelius. »Es klingt verrückt, aber die Skulptur war zu wertvoll, um *wirklich* wertvoll zu werden.« Er wandte sich in die Richtung, aus der die fremde Stimme gekommen war: »Vielleicht haben Sie Lust, nach der Vorlesung in meinem Büro eine Tasse Kaffee mit mir zu trinken?«

»Con molto piacere, professore. Ecco perché sono venuto«, sagte der Mann.

Zwölf

Als die Studenten lachend und schwatzend den Hörsaal verließen, packte auch Eli Weidmann sein Notizbuch und eine kleine Kamera ein. Er hatte sich beizeiten einen guten Platz in der letzten Reihe des Saals gesichert und aufmerksam zugehört. Was genau thematisch verhandelt wurde, hatte er nicht verstanden, aber dennoch erstaunt registriert, mit welch luxuriösen Dingen man sein Gehirn beschäftigen konnte, wenn das Leben es gut mit einem meinte.

Teerjong hatte sich offenbar prächtig erholt. Er machte dort vorn einen souveränen Eindruck, war eloquent und bestens aufgelegt. Ob es seiner Freundin auch so gut ging? Vermutlich eher nicht. Weidmann war ihr ein paarmal gefolgt, wenn sie ihre Psychotherapeutin aufsuchte. Jenny Urban hatte blass und in sich gekehrt gewirkt und ihre Körpersprache eine gewisse Mutlosigkeit verraten. Wenn sie das Auto verlassen musste, um einen Teil des Weges zu Fuß zurückzulegen, ging sie sehr rasch und sah sich häufig um. In unmittelbarer Nähe der psychotherapeutischen Praxis befand sich ein Parkhaus, in das sie offensichtlich nicht hinein wollte. Stattdessen kurvte sie manchmal zwanzig Minuten und länger in dem Viertel herum, um für ihren alten Golf einen Platz im Freien zu finden.

Wie auch immer, er würde diese Eindrücke weitergeben und auf eine Entscheidung warten. »Wir servieren den zweiten Gang, wenn beide wieder imstande sind, ihn wirklich zu würdigen«, hatte der Mann in Antwerpen gesagt. In seiner Stimme war ein Lächeln gewesen, das Weidmann äußerst beunruhigend fand. Dieser zweite Gang würde erneut schmerzhaft, aber nicht tödlich sein. Und so würde es bis zum Ende weitergehen.

Warum brachte die Katze die Maus nicht gleich um, sondern spielte ein Weilchen mit ihr? Weil es so verdammt viel mehr Spaß machte.

Ihm allerdings nicht. Er war ein Profi, der sein Leben lang Job und Emotionen voneinander getrennt hatte, was auch für seine Vorgesetzten in Tel Aviv galt. Warum sie bei dem Mann in Antwerpen eine Ausnahme machten, war ihm ein Rätsel.

Dreizehn

»Das war sehr scharfsinnig, wie Sie mir da zur Seite gesprungen sind. Damien Hirst ist ein großartiges Beispiel für das, was ich erklären wollte.« Cornelius hatte hinter seinem Schreibtisch Platz genommen und seinem Gast den großen Besuchersessel auf der anderen Seite angeboten.

»Kunststudenten hören solche prosaischen Thesen, wie Sie sie verkünden, nicht gern. Sie möchten um jeden Preis an der Idee festhalten, dass die absolut einzigartige Machart des Kunstwerkes seinen Wert begründet«, sagte sein Besucher mit milder Ironie. »Darf ich mich Ihnen vorstellen: Mein Name ist Antonio Forsini vom Opificio delle Pietre Dure in Florenz.«

Cornelius war beeindruckt. Das »Opificio« war eine Einrichtung des italienischen Ministeriums für Kulturgüter. Es beherbergte neben dem berühmten Museum zur Intarsien-Kunst aus Halbedelsteinen und Instituten für die Restaurierung von Kunstwerken auch eines der drei weltweit renommiertesten Forschungslabore, die sich mit alter Kunst, speziell der Renaissance beschäftigten. Die dort tätigen Kunsthistoriker waren in gewisser Hinsicht zugleich hochspezialisierte Kriminaltechniker, die Bilder mit Röntgen- und Infrarotstrahlen untersuchten und Leinwände und Farbpigmente genauer zu datieren vermochten, als es sich die meisten Fälscher vorstellen konnten.

»Ben venuto a Francoforte, Dottore«, sagte Cornelius. »Ihr

Besuch ist eine Ehre und zugleich eine Überraschung, die mich äußerst neugierig macht. Darf ich Ihnen etwas anbieten? Espresso, Tee, Wasser?«

»Nein, vielen Dank. Bitte verzeihen Sie, wenn ich so direkt – wie sagt man auf Deutsch – mit der Tür ins Haus stürze, aber die Angelegenheit derentwegen ich gekommen bin, duldet keinen Aufschub.«

Dottore Forsini schien nicht mehr so ruhig zu sein, wie er im Hörsaal gewirkt hatte, sondern klang nervös und besorgt.

Cornelius lehnte sich zurück und versuchte, seine Neugier zu zügeln. »Was kann ich für Sie tun?«

Forsini zögerte einen Augenblick und gab sich dann einen Ruck. »Ich brauche Ihre Hilfe!«

»Wobei?«

»›Die Hirten auf dem Felde‹ sind aufgetaucht.«

»Wow«, sagte Cornelius. Sein Gast ging offenbar davon aus, dass er mit diesem kryptischen Satz etwas anfangen konnte, und so war es auch. ›Die Anbetung Jesu durch die Hirten auf dem Felde‹ war ein legendäres und sehr umstrittenes Gemälde von Leonardo da Vinci. Vermutlich in der Mailänder Schaffensperiode Ende der 1480er Jahre entstanden, war das Werk jahrhundertelang verschollen gewesen und später im 19. Jahrhundert dann zunächst den Gesellen und Epigonen des Meisters zugeordnet worden. Danach hatte es nicht mehr viel Beachtung gefunden. Vor einem Jahr hatte man es auf dem Speicher eines Bostoner Millionärs wiederentdeckt, und sehr schnell war die internationale Fachwelt zu dem Schluss gekommen, dass es sich zweifelsfrei um einen echten Leonardo handelte. Innerhalb einer Woche waren die Kaufangebote aus

Russland und den Emiraten auf 240 Millionen Dollar hochgeschnellt.

Vor sechs Monaten war das Bild dann bei einem beispiellos brutalen Einbruch in die Bostoner Villa des Eigentümers geraubt worden. Wenn es jetzt wieder auftauchte, konnte das nur eines bedeuten.

»Artnapping?«

»Naturalmente«, seufzte Forsini.

Artnapping leitete sich von Kidnapping ab und war in Zeiten des Internets die favorisierte Methode moderner Kunstdiebe, ihre Beute zu Geld zu machen. Seitdem nahezu alle gestohlenen Kunstwerke ab einem bestimmten Mindestwert ins Art-Loss-Register aufgenommen wurden, war es so gut wie unmöglich geworden, berühmte und wertvolle Objekte auf dem freien Markt zu verkaufen. Also »entführten« die Diebe die Bilder und boten sie nach einer gewissen Zeit den Eigentümern oder Versicherungen gegen ein »Lösegeld« zum Rückkauf an. Wegen der extrem hohen Preise auf dem Kunstmarkt hatte sich aus dieser Geschäftsidee eine kriminelle Branche entwickelt, bei der hinter den Kulissen regelmäßig Millionendeals zwischen Kunsträubern, Museen und Versicherungen über die Bühne gingen. Cornelius selbst hatte mit Artnapping zu tun bekommen, als 1994 aus der Frankfurter *Schirn* zwei Bilder von William Turner und das berühmte Gemälde ›Nebelschwaden‹ von Caspar David Friedrich geraubt wurden. An der undurchsichtigen Wiederbeschaffung der ›Nebelschwaden‹ im Jahr 2003 war er maßgeblich beteiligt gewesen.

»Wie hoch ist die Forderung?«

»Fünfzig Millionen Dollar.«

Cornelius pfiff leise durch die Zähne. »Der Marktwert liegt bedeutend höher. Ich nehme an, das Bild ist versichert?«

»Ja, gleich bei mehreren Gesellschaften. Die Versicherer und der Eigentümer wollen die Summe aufbringen und es zurückkaufen.«

»Sie wären dumm, wenn sie es nicht täten.«

»Ja, mit der Nummer kommen die Gangster fast immer durch.« Forsini gab erneut einen tiefen Seufzer von sich.

»Haben sie damit gedroht, das Gemälde zu zerstören, wenn der Rückkauf nicht stattfindet?«

»Si! Auch das tun sie immer. Und im Zweifelsfall ist es keine leere Drohung. Wenn die Lösegelderpressung nicht funktioniert, bekommen sie wahrscheinlich nirgendwo auf der Welt auch nur einen Cent für das Bild. Es hat auf einmal den Wert einer Apfelsinenkiste, die einem zehn Jahre Knast einbringt, wenn man damit erwischt wird. Also muss der Druck auf den Eigentümer so groß wie möglich sein.«

Cornelius nickte. »In diesem Fall könnte auch lebenslänglich auf die Gangster warten. Bei dem Überfall in Boston hat es einen Toten gegeben.«

»Ich weiß«, sagte Forsini betrübt. »Die Schweine haben den Verwandten einer Hausangestellten umgebracht, der in dieser Nacht ganz woanders hätte sein sollen. Sehr ungewöhnlich für Kunstdiebe.«

»Darf ich fragen, wie Sie in die ganze Sache involviert wurden?«

»Nach der Entdeckung der ›Hirten‹ vor einem Jahr wurde unser Institut mit der materialtechnischen Analyse des Bildes betraut. Wir untersuchten Farben, Leinwand, diverse Malschichten etc. auf historische Authentizität. Das Ergebnis war eindeutig. Es handelt sich bei dem Objekt zweifellos um ein Werk der Hochrenaissance.«

»Gut«, sagte Cornelius gedehnt, »und was habe ich nun mit alldem zu tun?«

Diesmal zögerte Forsini nicht mit der Antwort, und seine trockene Stimme vibrierte vor Abscheu und Empörung. »Diese Verbrecher wollen, dass Sie das Lösegeld überbringen.«

Vierzehn

Cornelius war einen Augenblick völlig sprachlos, dann lachte er leise und versuchte, die Aufregung aus seiner Stimme zu verbannen. »So einen Schwachsinn habe ich seit Jahren nicht mehr gehört. Was soll der Quatsch?«

»Kein Quatsch«, erwiderte Forsini düster. »Genau das ist die Forderung der Entführer.«

»Wann haben diese Leute Kontakt aufgenommen?«

»Vorgestern. In der Hauspost des Opificio fand sich ein kurzer Brief, an mich persönlich adressiert. Ich wurde aufgefordert, in einer Bar unweit des Instituts einen Umschlag abzuholen. In dieser Bar trinke ich sowieso jeden Mittag einen Espresso, also fragte ich dort nach dem Kuvert. Es war aus schlichtem braunem Papier. DIN-A5-Format, völlig unauffällig. Nach Auskunft des Barmanns hatte ein etwa zwölfjähriger Junge es einen Tag zuvor abgegeben. Mein Name stand darauf, sonst nichts. Ich öffnete es und fand ein billiges altes Prepaid-Handy. Die Taste mit der »eins« war markiert. Als ich sie drückte, meldete sich eine Männerstimme. Die Unterhaltung fand auf Englisch statt, aber der Mann war zweifellos Italiener. Er bot ›Die Hirten auf dem Felde‹ zum Rückkauf an. Für fünfzig Millionen Dollar. Ich sollte den Besitzer und die Versicherungen informieren und achtundvierzig Stunden später von diesem Handy aus noch einmal anrufen. Keine Polizei, keine Versicherungsdetektive selbstverständlich, und dann kam der

Clou: *Professor Cornelius Teerjong aus Frankfurt soll den Austausch vornehmen.* Hat er wörtlich gesagt. *Das ist nicht verhandelbar. Sprechen Sie mit ihm.* Nun, und das tue ich gerade. Der Eigentümer und die Versicherungen haben dem Deal bereits zugestimmt. Was sagen Sie dazu?«

Cornelius antwortete nicht und versuchte seine wild durcheinanderwirbelnden Gedanken und das Adrenalin, das durch seine Blutbahn schoss, unter Kontrolle zu bringen. War das die Chance, auf die er gehofft hatte? Die Chance, etwas von seinem alten Leben zurückzubekommen. Was hatte er im letzten Jahr zu Jenny gesagt? *Ich plane mein Comeback als Cornelius Teerjong, der Alte. Ich werde mich nicht länger mit dem Vorlesungsbetrieb zufriedengeben. Um genau zu sein: Ich werde mich überhaupt nicht mehr abspeisen lassen!*

Ganz schön großspurig. Vor allem, wenn man in Betracht zog, was Jenny und ihm erst vor wenigen Monaten passiert war.

Wieso waren die Gangster ausgerechnet auf ihn gekommen? Natürlich wegen seiner Blindheit. Ein blinder Geldbote machte keine Probleme und konnte hinterher auch niemanden identifizieren. Das dachten sie vermutlich. Aber der Plan hatte einen gewaltigen Haken. Was immer Cornelius für das Geld bekam, er würde es nicht beurteilen oder begutachten können. Selbstverständlich war den Versicherungen und auch Forsini diese Tatsache bewusst. Wie wollten sie sich gegen einen Betrug wappnen? Oder gab es einen Grund, den Dieben ein Minimum an Vertrauen entgegenzubringen? Wenn man das ungewöhnlich brutale Vorgehen beim Raub des Bildes berücksichtigte, wohl eher nicht.

»Werden Sie uns helfen?« Forsinis Stimme riss ihn aus seinen Gedanken.

»Nur mal angenommen, ich mache es: Wie haben Sie sich das Ganze denn vorgestellt? Wollen Sie allen Ernstes einen Blinden mit einem Fünfzig-Millionen-Dollar-Koffer auf den Weg schicken? Den er dann gegen etwas eintauscht, das er nicht sehen kann?«

»Diamanten«, erwiderte Forsini. »Sie wollen Diamanten. Klein, unauffällig und gut zu transportieren. Der Mann am Telefon hat den Ablauf grob skizziert, damit Sie wissen, worauf Sie sich einlassen. Die Gangster haben es offenbar geschafft, das Bild nach Europa zu schmuggeln. Angeblich befindet es sich in einem Bankschließfach in der Schweiz. Ganz schön dreist, oder? Um an dieses Fach heranzukommen, braucht man einen Schlüssel und ein Passwort. Man wird Sie in irgendein Hotel in Europa bestellen, und Sie werden mit den Steinen dort einchecken. Die Diebe kommen zu Ihnen aufs Zimmer, und Sie übergeben die Diamanten im Austausch gegen den Schlüssel. Die Gangster verlangen fünfzehn Minuten Zeit, um die Steine zu prüfen. Wenn alles in Ordnung ist, nennen sie Ihnen Namen und Anschrift der Bank sowie das Kennwort und verschwinden.«

»Ohne dass jemand sie gesehen hat.«

»Klar«, sagte Forsini zynisch. »Was denken Sie denn, warum Sie den Job angeboten bekommen?«

»Weil ich eine ehrliche Haut bin. Und als solche sträuben sich mir sämtliche Nackenhaare bei dem, was Sie erzählen. Sind Sie wirklich so naiv? Ich kann weder diesen Schlüssel beurteilen noch wissen, ob das Kennwort oder die Angaben zur Bank korrekt sind. Was sollte diese Leute davon abhalten, mich zu verarschen und mit den Diamanten einfach zu verschwinden?«

»Ich bin ganz Ihrer Meinung, und ich habe gegenüber den Versicherungen und dem Eigentümer auch so argumentiert. Aber die wollen das Risiko eingehen. Das Lösegeld entspricht etwa einem knappen Fünftel der Versicherungssumme, was für die Gesellschaften ein günstiges Verhältnis ist. Wenn die Entführer falschspielen, tun sie sich keinen Gefallen damit. Sie haben zwar die Steine im Wert von fünfzig Millionen, aber gleichzeitig alle Chancen verspielt, das wesentlich wertvollere Bild jemals zu Geld machen zu können. Niemand würde mehr mit ihnen verhandeln, und der internationale Fahndungsdruck würde sich enorm erhöhen. Umgekehrt lässt dieser Fahndungsdruck erfahrungsgemäß sofort nach, wenn ein Kunstwerk wieder aufgetaucht ist. Dementsprechend niedrig ist ja auch die Aufklärungsrate. Die Diebe wissen sehr wohl, dass Eigentümer und Versicherungen sich am Rande der Legalität bewegen und einiges riskieren, wenn sie das Strafverfolgungsinteresse des Staates unterlaufen. Warum also durch Betrug künftigen Deals die Grundlage entziehen? So in etwa lautet die Argumentation der Versicherer.«

»Eine sehr fragwürdige Logik. Was wäre, wenn die Diebe bereits einen Käufer hätten und bei den Versicherungen zusätzlich abkassieren?«

»Sie meinen den berühmten, obsessiven Sammler, der Kunstwerke stehlen lässt und die dann allein und exklusiv in seiner privaten Kemenate genießt? Das ist ein Mythos! Ich habe so jemanden noch nie getroffen!«

»Ich schon«, erwiderte Cornelius nachdenklich.

Forsini ging nicht auf die Bemerkung ein. »Es gibt etwas anderes, das mir Sorgen macht«, sagte er. »Ich glaube, dass diese Typen ungewöhnlich skrupellos und gefährlich sind. Wissen Sie, wie der Überfall in Boston abgelaufen ist?«

»Nicht genau.«

»Der Eigentümer des Bildes wohnt in Beacon Hill, einem der teuersten Stadtteile von Boston. Kleine Gassen, Backsteinhäuser, diskreter, nicht zur Schau gestellter Reichtum. Altes Geld. Die Villa liegt ein wenig abseits von der Straße, umgeben von einem Garten, den manch einer wohl als Park bezeichnen würde. Der Besitzer war mit seiner Frau zur Zeit des Überfalls in Florida. Im Haus anwesend waren drei Personen. Die Köchin und eine Hauswirtschafterin, die beide dort leben, und – was die Gangster vermutlich nicht wussten – ein älterer Mann, der sich ohne Wissen des Hausbesitzers dort aufhielt. Es handelte sich um einen Onkel der Köchin, den diese für ein paar Tage bei sich aufgenommen hatte, ohne ihren Boss um Erlaubnis zu fragen. Wie auch immer, die Gangster sind gegen zwei Uhr nachts durch den Garten in die Kellerräume eingedrungen. Die teure Alarmanlage war offenbar kein Problem. Danach haben sie die beiden Frauen in ihren Zimmern ausgeschaltet. Sie haben sie gefesselt, geknebelt und dabei ziemlich grob angefasst. Drei Stunden brauchten sie für den Safe in der Bibliothek. Ein englisches Fabrikat. Angeblich unüberwindbar. Der Rolls-Royce unter den Tresoren. Porca miseria! Die Diebe sind extrem vorsichtig und leise gewesen. Während sie im Haus waren, hat zweimal ein Streifenwagen des Boston Police Department das Anwesen umrundet, ohne dass die Beamten Verdacht geschöpft hätten. Als die Gangster den Scheißtresor endlich geknackt hatten, muss der Onkel der Köchin plötzlich aufgetaucht sein. Sie haben ihm sofort die Kehle durchgeschnitten. Der Alte ist auf der Türschwelle verblutet. Keine Hinweise auf irgendeine Art von Gegenwehr …«

Forsini brach ab und räusperte sich erschöpft. »Hätten Sie vielleicht doch etwas zu trinken?«

Cornelius öffnete eine Schreibtischschublade, nahm die Flasche Calvados und ein Glas heraus und stellte beides auf den Tisch. »Bitte, bedienen Sie sich.«

Forsini goss sich einen offenbar großen Schluck ein, und einen Augenblick später hörte Cornelius ihn ausgiebig husten. »Entschuldigung, ich trinke sonst niemals Alkohol.«

»Ein guter Zeitpunkt, damit anzufangen. Wann genau wollen die Entführer sich wieder melden?«

»Heißt das, Sie machen es?«

»Ja!«, sagte Cornelius und hörte in seinem Kopf, wie Jenny ihn anschrie.

Forsini gab einen Seufzer der Erleichterung von sich. »Ich soll die Nummer auf dem Prepaid-Handy noch einmal anrufen, wenn Sie Ihre Zustimmung gegeben haben.«

»Tun Sie das!«

Forsini tippte auf dem altmodischen Telefon herum, das er offenbar auf »Mithören« gestellt hatte.

»Pronto?«, fragte eine kehlige Männerstimme.

»He will cooperate«, sagte Forsini.

»Okay! Tomorrow, 10.00 o'clock, Hotel des Arts in Amsterdam. Room 12.«

Die Verbindung wurde unterbrochen.
»Alles mitbekommen?«, fragte Forsini.
Cornelius nickte.

Fünfzehn

»Das ist nicht dein Ernst!« Jenny starrte in Cornelius' schmal gewordenes Gesicht mit dem kurzgeschnittenen rotblonden Bart und der dunklen Stevie-Wonder-Brille. Sie hatten sich mittags auf einen Kaffee in Cornelius' Haus getroffen, und er hatte ihr ohne Umschweife von dem Gespräch mit Forsini erzählt.

»Doch«, sagte er jetzt. Sie konnte sehen, wie er sich verschloss. Zwei Jahre hatte sie gebraucht, um die Mauer von Verbitterung und Zynismus, die er um sich herum errichtet hatte, zu durchbrechen. Jetzt wurde sie im Minutentakt wieder hochgezogen.

»Warum tust du mir das an?«

»Ich tue dir gar nichts an. Ich fahre in ein Hotel und tausche einen Beutel mit Diamanten gegen einen Schlüssel und ein Passwort. Eine Sache von zehn Minuten. Völlig ungefährlich. Ein Botengang, nichts weiter.«

»Dann soll es, verdammt noch mal, jemand anders machen!« Jenny spürte, wie sie zunehmend die Beherrschung verlor.

»Ich habe gerade eben erklärt, warum das nicht geht. Wenn ich es nicht tue, platzt der Deal, und das Bild ist verloren.«

»Na und? Dann ist es eben verloren. Es ist ein Stück alte Leinwand, auf die jemand eine kitschige religiöse Szene gemalt hat. Nur weil dieser Jemand zufällig Leonardo hieß, ist das Ding wertvoll. So wertvoll, dass ein paar kriminelle Arschlöcher bereit sind, dafür anderen Leuten die Kehle durchzuschneiden. Ist dir das klar? Das sind keine normalen Kunstdiebe, sondern Mörder! Und denen bringst du jetzt fünfzig Millionen, damit sie in Ruhe untertauchen können? Es ist falsch und gefährlich, mit solchen Leuten zu verhandeln. Nach all dem, was in den letzten neun Monaten passiert ist. Ich wäre zweimal fast gestorben.«

»Soweit ich weiß, habe ich das nicht zugelassen. Und eine Kleinigkeit noch: Dass wir überhaupt ins Visier dieses Mörders geraten sind, lag an einem Artikel, den *du* unbedingt schreiben musstest. Weißt du noch, was du zu mir gesagt hast? *Auch ich habe einen Job, der wichtig ist und den ich ernst nehme. Also versau mir das nicht!* Deine Worte!«

Jenny zuckte zusammen und schwieg einen verbitterten Augenblick. Dann brach ihre Wut erneut durch. »Ich hätte nicht gedacht, dass du mir das vorhältst.«

Cornelius verzog keine Miene. »Mach ich nicht. Ich habe deinen Standpunkt damals verstanden und akzeptiert. Und darum bitte ich dich jetzt umgekehrt auch. Ich liebe dich mehr als jeden anderen Menschen, und es gibt nichts, was ich nicht für dich tun würde, außer einem: Ich werde nicht bis ans Ende meiner Tage den Schwanz einziehen, nur weil ich blind bin. Ich habe dir gesagt, dass ich was von meinem alten Leben zurückhaben will, und das war ernst gemeint.«

Jenny holte Luft, setzte zu einer Antwort an und sah, dass es zwecklos war. Er würde sich nicht umstimmen lassen. »Touché«, sagte sie tonlos. »Ich habe einfach nur Angst. Angst um dich und um *mich*. Ich weiß nicht, ob ich ohne dich …«

Cornelius stand auf und kam auf sie zu. Er nahm ihr Gesicht in seine Hände und küsste ihre Augenlider. »Das wird nicht geschehen. Es wird überhaupt nichts geschehen.«

Jenny umfasste seine Handgelenke und drückte die Hände beiseite. Sie schluckte ihre Tränen hinunter und versuchte, so rational und sachlich wie möglich zu klingen. »Die ganze Geschichte stinkt. Wieso sollten die ausgerechnet dich als Mittelsmann auswählen?«

»Ich hatte mal einen gewissen Ruf in diesen Kreisen. Schon vergessen? Sie halten mich für zuverlässig und berechenbar und versprechen sich einen Vorteil von meiner Blindheit. Eine durchaus realistische Einschätzung. Ich werde später niemanden identifizieren können. Jedenfalls nicht so, wie die Gerichte es verlangen.«

»Ja, das mag alles sein, es macht dich zu einem gut geeigneten Kandidaten für den Job. Aber es reicht nicht als Begründung dafür aus, dass sie unter allen Umständen ausschließlich dich in diesem Hotelzimmer haben wollen. Überleg doch mal: Diese Leute stehen unter erheblichem Druck. Sie wollen und müssen das Bild zu Geld machen. Die Versicherungen und der Eigentümer sind bereit mitzuspielen, was angesichts der Tatsache, dass bei dem Raub jemand ermordet wurde, schon mehr als ungewöhnlich ist. Und jetzt *bestehen* die Diebe auf einer ganz bestimmten *Person* für den Austausch? Machen das Zustandekommen des Deals tatsächlich davon *abhängig*, dass du ihn abwickelst? Kommt dir das nicht auch verdammt komisch vor?«

»Doch«, gab Cornelius widerstrebend zu und setzte sich neben sie auf das Sofa. »Über diesen Punkt habe ich in den letzten Stunden ununterbrochen nachgedacht. Ohne Ergebnis. Aber egal, wie ich es auch drehe, ich sehe nicht, wieso aus dieser Situation eine Gefahr für mich erwachsen sollte. Den Geldboten anzugreifen ergibt einfach keinen Sinn!«

»Und welchen Sinn hatte es, dem alten Mann die Kehle durchzuschneiden?«, fragte Jenny bitter. »Geht das nicht in deinen Kopf, dass diese Leute offenbar nach anderen Regeln spielen als die Kunstdiebe, mit denen du es früher zu tun hattest? Das sind keine Gentleman-Gangster!«

»Ich weiß. Als sie die Köchin und die Hauswirtschafterin überwältigt haben, trugen sie wahrscheinlich Masken, die sie später beim Knacken des Tresors abgesetzt haben. Als der alte Mann plötzlich auftauchte, haben sie ihn getötet, weil sie Angst hatten, er könnte sie wiedererkennen. Diese Gefahr ist in meinem Fall ausgeschlossen.«

»Du hast auf alles eine Antwort, oder?«

»Nicht auf alles. Ich hätte zum Beispiel gern gewusst, wieso sie so sicher sein konnten, dass ich bei dieser Geschichte mitmache.«

»Sie spekulieren auf deine Eitelkeit. Zu Recht, wie man sieht.«

Cornelius verzog das Gesicht, antwortete aber nicht.

»Wann und wo soll das Ganze über die Bühne gehen?«

»Morgen. In Amsterdam. Ich werde mit den Steinen um zehn Uhr vormittags in einem Hotelzimmer sein und auf die Entführer warten.«

»Ich komme mit!«

»Auf keinen Fall«, sagte Cornelius.

»Ich werde niemandem auffallen, weil wir nicht zusammen

reisen. Du fliegst, und ich nehme den Nachtzug, der morgens um 7.30 Uhr in Amsterdam Centraal eintrifft. Ich will nur in der Lobby des Hotels sitzen und für dich da sein, wenn etwas passiert.«

»Nein!«

Jenny griff nach seiner Hand und drückte sie. »Hör mir jetzt genau zu: Wenn dein neues altes Leben darin besteht, mich auszuschließen, musst du es allein leben. Ich mache da nicht mit. Und jetzt sagst du mir, wie das verdammte Hotel heißt.«

Cornelius zögerte noch, aber Jenny wusste, wann sie gewonnen hatte. »Hotel des Arts, Zimmer zwölf«, sagte er schließlich. »Es liegt mitten in der Stadt. Von der Centraal Station kannst du in zehn Minuten hinlaufen.«

Sechzehn

Die Lufthansa-Maschine aus Frankfurt landete um 8.00 Uhr auf dem Amsterdamer Flughafen Schiphol. Cornelius war durchaus in der Lage, in Abfertigungshallen von Flughäfen allein zum Ausgang zu finden, indem er den Geräuschen der Rollkoffer folgte, aber in diesem Fall hielt er sich an den Ablaufplan und bestieg mit Hilfe einer Service-Kraft der Flughafengesellschaft ein vorher gebuchtes Privattaxi von Driver Airport Transfer. In dem Fahrzeug befanden sich außer dem Fahrer zwei weitere Männer, die sich als Mitarbeiter der Firma Amsterdam Security vorstellten. Nur einer von ihnen sprach.

»Mein Name ist Willem. Der Kollege auf dem Beifahrersitz heißt Marinus. Unsere Firma ist mit der Durchführung des Transports beauftragt. Wir sind in einem gepanzerten Spezialfahrzeug, das nach Absprache mit Driver Airport Transfer gegen eines ihrer normalen Taxis getauscht wurde. Das Auto ist absolut kugelsicher. Auch der amerikanische Präsident hat kein besseres. Die Steine haben wir bei uns. Sie sind in einem besonders gesicherten kleinen Koffer, der mit einem Schloss, dessen Code ich nicht kenne, an meinem Handgelenk befestigt ist. Vor einer halben Stunde haben die Entführer noch einmal den Übergabeort neu bestimmt. Statt zum »Hotel des Arts« fahren wir jetzt zum »Emirates International«. Von dort rufe ich eine bestimmte Nummer an, lasse meinen Aufenthaltsort verifizieren und erfahre dann den Code für das Schloss. Wir übergeben Ihnen die Diamanten gegen eine Empfangsbestätigung, und danach sind Sie auf sich allein gestellt. Bis hierhin irgendwelche Fragen?«

Cornelius schüttelte den Kopf.

»Sie müssen mir Ihr Handy geben. Eine Forderung der Entführer. Wir schalten es aus und lassen es im Auto.«

Cornelius angelte sein Smartphone aus der Tasche. »Passen Sie gut darauf auf. Es hat ein paar spezielle Funktionen, auf die ich angewiesen bin.«

»Wenn Sie sonst keine Sorgen haben ...«

Der Security-Mann war höflich und professionell, aber ein gereizter Unterton in seiner Stimme machte deutlich, was er davon hielt, einen Fünfzig-Millionen-Dollar-Job von einem blinden Amateur durchführen zu lassen. Doch das war jetzt nicht wichtig. Jenny würde nicht da sein. *Das* war wichtig. Durch die Änderung des Übergabeortes in letzter Minute war sie definitiv raus, und sie würde ihn telefonisch nicht erreichen können.

»Wenn die Gangster das Hotelzimmer verlassen haben, rufen Sie uns mit einem Telefon, das ich Ihnen geben werde, an. Wir sammeln Sie wieder ein, melden uns in der Zentrale und warten auf neue Instruktionen. Möglicherweise fahren wir gleich in die Schweiz und holen das Gemälde ab. In diesem Fall würden wir noch auf Verstärkung warten. Bringen Sie also genügend Zeit mit.«

»Gut«, sagte Cornelius. Er wurde nach hinten gegen den Sitz gedrückt, als der Fahrer Gas gab und mit hohem Tempo die Tiefgarage verließ.

»Erzählen Sie mir etwas über das Hotel.«

Der Mann, der sich als Willem vorgestellt hatte, räusperte sich und antwortete nicht gleich. Er schien sehr groß und breit zu sein und neben Cornelius den gesamten Rest der Rücksitzbank einzunehmen. Eine Aura von bulliger Männlichkeit umgab ihn. Trotz des Aromas eines teuren Eau de Toilette konnte Cornelius einen leichten Schweißgeruch wahrnehmen.

»Das ›Emirates International‹ liegt in der Stadhouderskade, knapp zwei Kilometer von der City entfernt. Ein typisches Luxushotel mit allen erdenklichen Annehmlichkeiten und entsprechenden Preisen. Ich habe es gegoogelt: elf Etagen, 382 Zimmer und 14 Suiten. Roomservice rund um die Uhr. Absolut internationales Publikum und diskretes Personal. Die Regieanweisungen für die Übergabe sind sehr dezidiert. Im dritten Stock ist das Zimmer 344 reserviert. Die Schlüsselkarte bekommen wir an der Rezeption. Wir gehen hinein und treffen unsere Vorbereitungen. Mein Kollege und ich ziehen beim Verlassen des Zimmers die Tür hinter uns ins Schloss. Die Diebe werden klopfen und Ihnen ein Passwort nennen. Es heißt ›Gilead‹. Sie lassen sie rein und alles läuft wie geplant.«

»Wieviel Zeit brauchen Sie für die Strecke zum Hotel?«

»Ungefähr eine halbe Stunde. Hängt vom Verkehr ab, aber ich denke, wir können spätestens um 9.40 Uhr im ›Emirates‹ einchecken. Dann bleiben Ihnen zwanzig Minuten, um sich auf das Treffen vorzubereiten.«

Cornelius antwortete nicht und hing seinen Gedanken nach. Dass er auf Jenny nicht mehr zählen konnte, beunruhigte ihn nicht besonders. Er hatte sie sowieso nicht dabeihaben wollen. Sie würde zum ›Hotel des Arts‹ gehen und sehr schnell feststellen, dass es dort keinen Gast namens Teerjong in einem Zimmer Nummer 12 gab und dass sie ihn auch telefonisch nicht erreichen konnte. Danach würde sie ihn in allen Sprachen verfluchen, die sie jemals gelernt hatte, und ihren Plan vermutlich aufgeben. Schließlich hatte sie nicht den leisesten Anhaltspunkt, wo sie ihn suchen sollte. Und das war auch nicht nötig. Jenny machte sich unnötige Sorgen. Cornelius lehnte sich zurück und zwang den massigen Mann neben sich dazu, ein wenig Platz zu machen. Der hatte offenbar alles gesagt, was zu sagen war, und schwieg, bis die Limousine langsamer wurde und zum Stehen kam.

»Wir sind jetzt in einer Kurzparkerzone direkt vor dem ›Emirates‹. Hier können wir nicht bleiben. Mein Kollege und ich bringen Sie auf Ihr Zimmer, und währenddessen stellt der Fahrer den Wagen noch einmal um.«

Sie stiegen aus, die Security-Leute nahmen Cornelius in ihre Mitte und lotsten ihn durch die riesige Drehtür in den Eingangsbereich des Hotels. Der Mann, der sich Willem nannte, versuchte Cornelius unterzuhaken, was dieser hasste wie die Pest. »Sie brauchen mich nicht durch die Gegend zu zerren wie ein Kleinkind. Lassen Sie mich eine Hand leicht auf Ihren Unterarm legen, das reicht völlig!« Willem antwortete etwas Unfreundliches im Limburger Dialekt, den Cornelius nur schlecht verstand.

In der Lobby herrschte reger Betrieb und ein babylonisches Sprachgewirr, in das sich jede Menge schreiende Kinderstimmen mischten. Die Klimaanlage sorgte für eine beinahe unangenehme Kühle, und aus einem der Frühstückssalons drang das Aroma von gebratenem Speck und Rührei.

Seine Begleiter erledigten die Formalitäten, und gemeinsam

fuhren sie in den dritten Stock. »Das letzte Zimmer am Ende des Ganges«, sagte Willem leise. Sie bewegten sich lautlos über den dicken Teppichboden und betraten Sekunden später das Hotelzimmer.

»Es riecht nach Blumen«, sagte Cornelius.

»Ein großer Strauß auf einem runden Tisch mit vier Stühlen in der Mitte des Raumes«, erwiderte Willem. »Das Zimmer ist ungefähr fünfundzwanzig Quadratmeter groß. Rechts von Ihnen an der Wand befindet sich eine Sitzgruppe. Sofa, Sessel und ein kleiner Couchtisch, auf dem ein Sektkühler mit einer Flasche Champagner und drei Gläser stehen. Links sind das Bad und das Bett. Vielleicht gehen Sie es selbst einmal ab und verschaffen sich einen Eindruck.«

Cornelius fuhr seinen Teleskopstab aus, umrundete den Esstisch und versuchte die Abmessungen des Raumes und die Abstände zwischen den Einrichtungsgegenständen zu erfassen. Die beiden Security-Leute schwiegen, bis er wieder bei ihnen war.

»Gut«, sagte Willem. »Ich muss jetzt telefonieren, und dann bekommen Sie die Steine. Setzen Sie sich solange auf das Sofa. Es ist direkt hinter Ihnen.«

»Das weiß ich!« Cornelius riss sich zusammen, drehte sich um und setzte sich auf die erstaunlich bequeme Ledercouch. Der Security-Mann führte in seinem merkwürdigen Limburger Dialekt ein Telefonat und legte dann etwas vor Cornelius auf den Tisch. Er tastete danach, und seine Finger umschlossen einen Beutel aus weichem Leder, der nicht besonders groß zu sein schien. Willem schien seine Gedanken zu erraten.

»Machen nicht viel her, die fünfzig Millionen, oder? Passen Sie trotzdem gut darauf auf. Ich brauche noch eine Unterschrift von Ihnen.«

»Ich unterschreibe nur Sachen in Brailleschrift.«

»Das konnten wir einrichten.«

Willem legte Cornelius ein Schriftstück vor, dass dieser mit den Fingerspitzen überflog. Es handelte sich um eine einfache Empfangsbestätigung. Er unterschrieb und nahm auch das Handy an sich, das Willem in seine Hand legte. »Ein altmodisches Tastentelefon: Drücken Sie die 3, wenn Sie alles erledigt haben. Dann holen wir Sie hier ab.«

Cornelius nickte. Er lehnte sich zurück, hörte die beiden Männer den Raum verlassen und die Tür hinter sich schließen. Was würde jetzt passieren? Genau das, was im Drehbuch stand. Die Diebe würden pünktlich erscheinen, die Steine untersuchen und ihm anschließend einen Schließfachschlüssel und ein Passwort aushändigen. Es gab keinen Grund, nervös zu sein. Cornelius spürte kühle Rinnsale von Schweiß, die sich von allen möglichen Stellen seines Körpers auf den Weg nach unten machten.

Siebzehn

Das ›Hotel des Arts‹ lag tatsächlich nur zehn Gehminuten von Amsterdam Centraal entfernt. Jennys Zug aus Frankfurt war um halb acht eingetroffen, und sie hatte zunächst einmal zwei Stunden in einem Bahnhofscafé verbracht und sich bei einem opulenten Frühstück durch diverse Tageszeitungen auf ihrem Tablet gearbeitet. Ein guter Start in den Tag, aber als sie jetzt vor dem Hotel stand, hatte sie Mühe, nicht laut zu schreien. Es handelte sich um ein vierstöckiges historisches Stadthaus mit einer braungrauen Klinkerfassade, das links und rechts von ähnlichen Gebäuden eingerahmt wurde. Die schön verzierten Dachgiebel sahen von unten wie kleine Türmchen aus. Ein typisches Amsterdamer Familienhotel. Direkt vor dem Haus befand sich eine von zwei Seiten begehbare Treppe, auf der die Besucher das etwas erhöht liegende Erdgeschoss erreichten. Jenny fluchte leise vor sich hin. Sie hatte es sofort gesehen. Das war garantiert nicht das Hotel, in dem die Übergabe stattfinden würde. Zu klein, zu gemütlich und nicht anonym genug. Vor allem Letzteres nicht. Wer hier ein- und ausging, wurde von freundlichen Hausangestellten betreut, die sich die Gesichter ihrer Gäste merkten. Der Service war aufmerksam und persönlich, niemand blieb unbemerkt. Definitiv kein Ort für einen kriminellen Millionendeal.

Jenny stieg die Treppe hinauf und ging hinein. Die junge Frau an der Rezeption schaute bereitwillig in ihrem Computer nach, aber erwartungsgemäß fand sich keine Reservierung für einen Professor Teerjong. Jenny trat wieder hinaus, setzte sich auf die Treppenstufen und wählte Cornelius' Handynummer. Nach dem zwanzigsten Klingeln gab sie auf. Was um Gottes willen war hier passiert? Sie schloss die Augen und versuchte sich trotz des um sie herum brandenden Verkehrslärms zu konzentrieren. War es denkbar, dass Cornelius ihr absichtlich ein falsches Hotel genannt hatte, weil er sie bei dieser Sache nicht dabeihaben wollte? Nein, das würde er nicht tun. Er würde ihr vielleicht etwas verschweigen, aber sie nicht belügen. Es gab nur eine plausible Erklärung: Der Übergabeort war im letzten Augenblick geändert worden, und Cornelius hatte keine Möglichkeit gehabt, sie zu informieren, weil er sein Handy nicht mehr hatte. Der Kontakt war abgerissen. Der Gedanke verursachte ihr eine leichte Übelkeit. Jenny riss die Augen wieder auf und starrte auf das Display ihres Smartphones. Dann googelte sie das Opificio delle Pietre Dure in Florenz und fand eine Telefonnummer, die sie antippte. Nach wenigen Augenblicken meldete sich eine Frauenstimme in sehr schnellem Italienisch. Jenny verstand kein Wort und versuchte ihr Glück auf Englisch. Die Dame am anderen Ende der Leitung hörte geduldig zu und bemühte sich dann um eine ebenfalls englische Antwort. »I am sorry, Signora, Dottore Forsini is not in Italy. He is in Frankfurt.«

»Could you please tell me his mobile phone number?«

Die Sekretärin gab ein herzhaftes Lachen von sich. »Dottore Forsini does not use any mobile phones. He never did and he never will.« Es klang wie ein Naturgesetz. Dann legte sie auf.

Jennys Magen zog sich in einem schmerzhaften Krampf zusammen, ihr Brustkorb schien sich zu verengen, und gleichzeitig beschleunigte ihr Herzschlag. Mit Gewalt drängte das Frühstück nach oben. Jenny wusste, was das bedeutete. Sie schluckte und schluckte, krümmte sich und schloss die Augen. Kalt … sie begann zu frieren und bekam keine Luft mehr. Eine namenlose Angst überwältigte sie. Das Gefühl zu sinken. Sie war unter Wasser. Vergeblich versuchte sie an die Oberfläche zu schwimmen, ihr Fuß wurde festgehalten von etwas Grauenhaftem, das sie tot sehen wollte. Wie der Dämon, der auf ihrer Brust geritten war. Der See – … das war dreißig Jahre her! Aber der Verrückte, der anderen Leuten die Augenlider abschnitt und sie in das Kellerloch gesperrt hatte … Er ist tot, verdammt! Und der Mann in der Garage? Das war nicht lange … Hör auf damit! Du hast eine Panikattacke. Mehr nicht! Du musst dich beruhigen. Schluss jetzt!

»Kan ik u helpen?«

Jenny öffnete die Augen. Drei Treppenstufen unter ihr hatte sich die junge Frau von der Rezeption hingekauert und ergriff jetzt ihre Hand. »Can I help you in a way?«

»No, thank you.«

»Do you need medical aid?«

Jenny schüttelte den Kopf. Die Angst flaute etwas ab. Sie musste sich zusammennehmen, das war alles.

»Could you help me getting up?«

Die junge Holländerin half ihr auf die Beine und sah sie zweifelnd an. Jenny brachte ein bemühtes Lächeln zustande. »Ich brauche ein Zimmer und eine Dusche.«

»Gaarne.«

Die Frau trat zur Seite und zeigte auf die Eingangstür.

Achtzehn

Und ich frage mich, ob eine Erinnerung etwas ist, das man hat, oder etwas, das man verloren hat… Letzteres, dachte Cornelius, auf jeden Fall etwas, das man verloren hat. Der Satz war wie aus dem Nichts in seinem Kopf aufgetaucht und leuchtete wie eine Neon-Reklametafel. Es war ein Zitat, aber er konnte sich nicht erinnern, von wem. Um genau zu sein, konnte er sich überhaupt nicht mehr erinnern. Wie war das möglich?

Weil sein Kopf, weil jemand seinen Kopf…? Hinter seinen Augen flammte ein heller Schmerz auf. Er hob vorsichtig den rechten Arm und tastete mit der Hand nach seinem Genick. Seine Finger glitten hinauf zum Hinterkopf und registrierten eine schmerzhafte Verdickung. Etwas hatte ihn am Kopf getroffen, und jetzt saß er auf… saß er tatsächlich?

Konnte man unsicher sein, ob man saß, stand oder lag? Er ließ beide Hände am Körper hinuntergleiten und strich mit den Fingerspitzen über glattes, weiches Leder. Die Flächen links und rechts von ihm waren zu breit für einen Sessel.

Eine Couch?

Vorsichtig ließ er seinen Oberkörper zurücksinken und fand eine gut gepolsterte Rückenlehne. Er stellte seine Füße parallel zueinander auf den Boden und konzentrierte sich auf den Kontakt seiner Schuhsohlen zum Untergrund. Ein gutes Gefühl. Sein Gleichgewicht stabilisierte sich, und das schwerelose, wabernde Gefühl, das ihn so irritiert hatte, verschwand.

Gut, er befand sich auf einer Couch, aber wo stand die? Er atmete tief ein und roch das Parfüm. Wieso nahm er es jetzt erst wahr? Ein sinnlicher, ganz und gar ungewöhnlicher Duft, sehr orientalisch. Oud-Öl, Safran, Kardamom, Sandelholz und Vanille. Vor allem Vanille. Ein Parfüm, das er kannte, weil er es schon einmal verschenkt hatte. Als er in Dubai … Der Gedanke riss ab. Aber dafür erinnerte er sich an die Frau, die den Duft getragen hatte. Nicht in Dubai, sondern gerade eben erst. Sie war mit einem Mann zusammen in das Zimmer gekommen, und ihr Parfüm hatte seine Erinnerung an Dubai … Jenny hatte es unbedingt haben wollen, als sie durch die gigantische Shopping Mall geschlendert waren. *White Aoud* von Pierre Montale. Teuer und exklusiv. Wie die Frau, die mit dem Mann an die Tür geklopft und das Passwort gesagt hatte. Beide sprachen Englisch mit einem italienischen Akzent. »Professor Teerjong? Cornelius Teerjong?«, hatte die Frau gefragt. Eine kühle, angenehme Stimme. Befehlsgewohnt und selbstsicher.

»Haben Sie die Diamanten?«

Er hatte den kleinen Beutel auf dem Couchtisch in ihre Richtung geschoben. Natürlich, der Tisch. Cornelius' Hände schossen einen halben Meter nach vorne – und da war er. Seine Erinnerungen kamen jetzt sehr schnell zurück, fügten sich wie Puzzleteile zusammen, und die totale Konfusion, die ihn noch vor wenigen Augenblicken beherrscht hatte, klang ab. Das Emirates Hotel in Amsterdam. Er war hierhergekommen, um einen Austausch vorzunehmen. Ein holländischer Security-Mann namens Willem hatte ihm das Zimmer beschrieben. *In der Mitte des Raumes steht ein runder Tisch mit einem Blumenstrauß drauf und vier Stühlen drum herum. Rechts an der Wand befindet sich eine Couchgarnitur mit einem kleinen Tisch. Links sind das Bad und das Bett.*

Cornelius' Hände glitten noch einmal über die Platte des Couchtisches. Keine Diamanten. Dafür war der Sektkühler mit der Champagnerflasche und den drei Gläsern noch da. Großartig. Er hatte es versaut. Umfassend und in jeder Hinsicht.

Noch einmal berührte er mit den Fingerspitzen die schmerzende Stelle an seinem Hinterkopf. Er konnte sich nicht wirklich daran erinnern, aber er wusste, dass es nicht anders gewesen sein konnte. Während seiner kurzen Unterhaltung mit der Frau musste ihr Begleiter ihn außer Gefecht gesetzt haben. Sie hatten ihn reingelegt und waren mit den Diamanten verschwunden.

Waren sie das?

Was, wenn sie noch im Raum … Cornelius erstarrte in der Bewegung und lauschte. Um ihn herum war es vollkommen ruhig. Er traute sich zu, die Atemgeräusche zweier Menschen wahrnehmen zu können. Und er wusste, dass er keineswegs nur auf das Hören angewiesen war. Im letzten Jahr hatte er plötzlich die fremde Präsenz eines Eindringlings in seinem Haus *gespürt*. Dort, wo Leere und Offenheit sein sollten, hatte er Intensität und eine undefinierbare Dichte wahrgenommen. Eine Empfindung, die mit nichts vergleichbar war, das er jemals gefühlt hatte. Würde er das wiederholen können? Er konzentrierte sich, hielt den Atem an, versuchte seinen Geist zu öffnen. Aber da war nichts. Nur Stille und der intensive Duft des orientalischen Parfüms. Zwei Minuten verstrichen.

Cornelius brachte seinen Atem wieder unter Kontrolle. Wie lange war er weggetreten gewesen? Er drückte einen Knopf an seiner Armbanduhr und fragte die Zeit ab. »Es ist 10.18 Uhr«, sagte eine sanfte Altstimme. Die Frau und ihr Komplize hatten pünktlich um 10.00 Uhr an die Tür geklopft. Sie hatten keine Zeit verloren und waren gleich zur Sache gekommen. War das wirklich erst achtzehn Minuten her? Sein Zeitgefühl war völlig durcheinander. Er musste mit jemandem reden, die Wachleute über den Verlust der Diamanten informieren, mit Forsini telefonieren.

Wo war das Handy, das der Security-Mann ihm gegeben hatte? *Drücken Sie die 3, wenn alles erledigt ist.* Cornelius suchte in seinen Taschen und tastete die Sitzfläche des Sofas ab. Kein Telefon. Er konnte nicht den ganzen Raum absuchen, möglicherweise hatten die Gangster es mitgenommen. Einen Augenblick lang dachte er daran, laut um Hilfe zu rufen, aber vermutlich war die Chance gehört zu werden gering. Schließlich konnte er selbst von anderen Zimmern und vom Korridor her auch keinerlei Geräusche wahrnehmen. Wann würden die Security-Leute Verdacht schöpfen und hier aufkreuzen? Sie hatten für den ganzen Deal etwa dreißig Minuten veranschlagt und warteten auf seinen Anruf. Vermutlich würden sie nach spätestens fünfundvierzig Minuten vor der Tür stehen. In der Zeit konnten die Diebe mit den Steinen sonst wo sein. Auf Willem und seinen Kollegen zu warten kam nicht infrage. Er musste hinaus auf den Flur und sich irgendwie bemerkbar machen. Willem hatte ihm das Zimmer von der Eingangstür her beschrieben: *Rechts von Ihnen an der Wand befindet sich eine Sitzgruppe.* Also musste er nach links gehen, um die Tür zu erreichen. Instinktiv und gewohnheitsmäßig tastete er auf dem Sofa nach seinem Teleskopstab, der ebenso unauffindbar war wie das Handy. Cornelius beschloss, sich nicht mit der Suche danach aufzuhalten. Er kam mühsam auf die Beine. Sein Gleichgewicht war noch nicht vollständig wiederhergestellt. Also blieb er eine Minute stehen, bis das Schwindelgefühl verschwand, und wandte sich dann nach links. Als er nach Willems Beschreibung von der Tür zum Sofa gegangen war, hatte er die Schritte nicht bewusst gezählt, aber er schätzte, dass es nicht mehr als zehn gewesen waren, eher weniger. Vorsichtig setzte er ein Bein vor das andere. Nach fünf Schritten stieß sein linker Fuß an etwas Weiches. Nachgiebiges? Beinahe wäre er gestrauchelt. Er hielt inne, wusste nicht, was er tun sollte. Eine schrille Stimme in seinem Kopf befahl ihm den rechten Fuß anzuheben und über das Hindernis hinwegzusteigen. *Du willst nicht wissen, was das ist. Geh zur Tür! Drei Schritte …*

Er musste hier raus!

Ja. Einen Augenblick noch.

Der Duft von White Aoud schien intensiver und betäubender zu werden. Cornelius ging in die Hocke und streckte vorsichtig die Hand aus. Etwas Hartes, spitz Zulaufendes. Das Ende der Spitze war abgeflacht, rau und hatte etwa den Durchmesser eines 20-Cent-Stückes. Cornelius tastete weiter und wusste, worum es sich handelte: Seine Fingerspitzen glitten über einen hochhackigen Damenschuh, in dem ein Fuß steckte. Er berührte den Knöchel, dann ein Bein in einem Nylonstrumpf. Es war warm. Er fuhr zusammen, wollte aufspringen und beherrschte sich. Es war die Frau, der er vor wenigen Minuten die Diamanten übergeben hatte. Wieso lag sie …? Seine Hand umfasste das Bein und rüttelte daran: »Hey, was ist mit Ihnen?«

Keine Reaktion.

Wo war ihr Komplize?

Cornelius lauschte, aber noch immer war nicht das leiseste Geräusch zu hören. Wenn der Fremde im Zimmer war, wusste er jedenfalls, wie man sich ruhig verhielt. Cornelius beugte sich etwas vor, streckte den Arm aus und passierte mit den Fingerspitzen eine Art Gürtelschnalle. Dort wo sich der Bund des Rockes befand. Er legte seine flache Hand auf die Bauchdecke der Frau.

Keine Atmung.

Du musst da weg, verdammter Idiot. Die schrille Stimme in seinem Kopf klang jetzt wie Jenny. Nur giftiger.

Cornelius ging hinunter auf die Knie und schob seine rechte Hand über die Brust der Frau hinauf in Richtung Kopf. Vielleicht konnte er an der Halsschlagader einen schwachen Puls … In den schweren Duft des White Aoud mischte sich jetzt eine Note, die er nicht gleich einordnen konnte. Einmal, lange vor seiner Erblindung, hatte er diesen Geruch wahrgenommen und ihn danach tagelang nicht mehr aus der Nase bekommen. Es war der Kupfergeruch von Blut. Gütiger Himmel! Seine forschenden Fingerspitzen glitten in einen zentimetertiefen Spalt … hinein in eine feuchte, glitschige Masse und berührten eine Art Knorpel. Cornelius riss die Hände zurück, begriff, dass sie in einer menschlichen Kehle gewesen waren, und begann zu würgen. Voller Ekel versuchte er, die Hände am Teppichboden abzuwischen, und dabei schlossen sich die Finger der rechten um einen warmen, wunderbar glatt polierten Griff. Er öffnete den Mund, um zu schreien, aber Angst und Abscheu schnürten seine Kehle zu, ließen nur ein Krächzen durch – und dann hörte er Stimmen auf dem Korridor. Lautes, aufgeregtes Holländisch.

Die Tür wurde geöffnet, mindestens zwei Männer stürmten in das Zimmer. »Geen politie!«, befahl eine energische Stimme, die abrupt verstummte. In der plötzlichen Stille war das Geräusch, das beim Entsichern einer Waffe entsteht, sehr laut. »Handen omhoog en geen beweging! Lassen Sie das Messer los und halten Sie die Hände so, dass ich sie sehen kann!«

Cornelius gehorchte.

»Mijn God, Sie verdammtes Arschloch«, sagte Willem. »Warum haben Sie das gemacht?«

Neunzehn

»Wie meinen Sie das?« Cornelius kniete immer noch auf dem Boden und spürte, wie sein Puls immer weiter beschleunigte.

»Wo ist die zweite Person?«

»Das weiß ich nicht.«

»Auf der Schwelle der Badezimmertür«, sagte eine Stimme mit holländischem Akzent, die Cornelius noch nicht kannte. Vielleicht Willems schweigsamer Kollege Marinus. Beide Männer traten jetzt ganz ins Zimmer, und Cornelius hörte sie leise fluchen.

»Auch tot«, sagte Willem. Mit drei Schritten war er heran. Cornelius konnte seinen Atem riechen. »Ich habe eine Beretta 92 auf Ihren Bauch gerichtet. Wenn ich abdrücke, dauert es fünf Stunden, bis Sie elend verrecken.«

»Genauso lange würde es dauern, den Bullen zu erklären, warum Sie unbedingt einen Blinden erschießen mussten!«

»Wenn hier jemand was zu erklären hat, dann sind Sie das!«

»Ich habe keine Ahnung, was passiert ist.«

»Wo sind die Diamanten?«

»Das weiß ich nicht. Suchen Sie das Zimmer ab! Wenn Sie sie nicht finden, sind sie weg!«

»Wat een fucking stront«, flüsterte Willem. Cornelius hörte, wie Marinus das Zimmer auf den Kopf stellte. »Geen diamanten«, sagte er schließlich.

»Leeren Sie Ihre Taschen«, sagte Willem. Seine Stimme

vibrierte vor Anspannung und Wut. Cornelius tat ihm den Gefallen und hörte den Holländer enttäuscht Luft holen.

»Sind Sie jetzt zufrieden? Stecken Sie Ihre Waffe weg. Ich habe nichts getan. Gar nichts!«

»Gut«, sagte Willem. »Wir haben nicht viel Zeit. Erzählen Sie Ihre Version der Geschichte.«

»Am Anfang lief alles nach Plan. Die beiden waren pünktlich um 10.00 Uhr da. Ich habe sie hereingelassen. Sie fragten nach den Diamanten, und natürlich habe ich der Frau den Beutel übergeben. Sie hat nicht viel gesprochen, doch sie wirkte sehr dominant und professionell. Und irgendwie luxuriös. Teures Parfüm. Der Mann hat ihr das Reden überlassen und nur ein paar Worte gesprochen, aber er muss es gewesen sein, der mich außer Gefecht gesetzt hat. Ich erinnere mich, dass die Frau sagte, sie brauche eine Viertelstunde für die Begutachtung der Steine. Das war das verabredete Procedere. Ich war nicht beunruhigt. Dann muss mich ihr Partner von hinten angegriffen haben. Ich weiß nicht genau, was er getan hat. Als ich wieder zu mir kam, waren achtzehn Minuten vergangen, und ich war völlig konfus und panisch. Es hat gedauert, bis ich in der Lage war, zur Tür zu gehen. Und dann bin ich praktisch über den Fuß der Frau gestolpert. Ich habe mich neben sie gekniet und nach ihrer Halsschlagader getastet. Und dabei ...«

Cornelius spürte erneut Übelkeit aufsteigen. Als er zehn war, hatte sein Vater ihn zum Angeln ans Ijsselmeer mitgenommen und ihn später gezwungen, eine große Brasse auszunehmen. Die Erinnerung an das widerliche Gefühl, als seine Finger sich in dem toten Fisch zu schaffen machten und er vor

Entsetzen die Augen schloss, war lange verschüttet gewesen. Jetzt war sie wieder da. Lebendig und intensiv.

»Als wir reinkamen, hatten Sie das Messer in der Hand.«

»Es lag neben der Frau. Ich habe meine blutigen Finger am Teppich abwischen wollen, dabei habe ich es angefasst.«

Willem gab ein ungläubiges Schnauben von sich und schien zunehmend nervöser zu werden. »Sie haben echt Nerven, eine derartige Geschichte aufzutischen. Wir bringen Sie mit fünfzig Millionen in dieses Zimmer, um einen simplen Austausch vorzunehmen. Und was finden wir nach einer guten halben Stunde vor? Der Mittelsmann der Versicherungen kniet mit einem Messer in blutigen Händen neben der Leiche einer Kunstdiebin, deren Komplize ebenfalls tot im Bad liegt. Und fünfzig Millionen Lösegeld in Diamanten sind einfach so verschwunden. Tut mir leid, draußen auf dem Flur wollte ich noch auf gar keinen Fall die Polizei mit hineinziehen, aber das geht nicht mehr. Nicht bei zwei Toten. Ich rufe jetzt die Bullen.«

»Momentje«, mischte sich der zweite Wachmann ein. Er schien seinem Kollegen etwas ins Ohr zu flüstern, beide traten ein paar Schritte beiseite, und Cornelius hörte sie kurz tuscheln, konnte aber nichts verstehen.

»Ich will auch jemand anrufen«, sagte er. »Geben Sie mir mein Handy zurück.«

»Das liegt noch in unserem Auto.«

Cornelius schüttelte fassungslos den Kopf. Auf dem Korridor vor dem Zimmer waren jetzt laute tumultartige Geräusche zu hören. Gepolter und Gedränge, mehrere Männer- und Frauenstimmen, die durcheinanderschrien.

»Fuck!«, sagte Willem. Dann wurde die Zimmertür aufgerissen, eine Frau schrie etwas, und Cornelius hörte ein vielfaches Klacken. Auch ohne die Blitzlichter sehen zu können, wusste er, dass es sich um Kameras handelte. Und was das bedeutete.

Zwanzig

Jenny lag angekleidet auf dem Bett und starrte abwechselnd an die Zimmerdecke und auf das Display ihres Smartphones. Nach dem Einchecken ins Hotel des Arts hatte sie ihr Frühstück von sich gegeben, anschließend geduscht und abwechselnd Cornelius und Dottore Forsini verflucht. Dabei war ihr ein Gedanke gekommen. War es wirklich möglich, dass ein Mann in Forsinis Position es sich leisten konnte, nicht erreichbar zu sein? Sehr unwahrscheinlich. Genau genommen unmöglich. Sie hatte sich von dieser Sekretärin in Florenz abspeisen lassen wie ein Kind. Wahrscheinlich hatte der Italiener eine Geheimnummer, die von allen am Institut sorgfältig gehütet wurde. Irgendjemand dort konnte ihn garantiert erreichen.

Jenny wählte erneut die Nummer des Opificio delle Pietre Dure und landete bei der gleichen Sekretärin. Die gab sich keine Mühe, ihre Verärgerung zu verbergen. »Please, Signora, I just told you before that Dottore…«

»Shut up and stop kidding me«, unterbrach Jenny sie. »I want you to contact him, I'm sure you can! Tell him the ransom drop possibly failed. He must call me. The number is on your display. Maybe it's a matter of life and death. Don't ruin it, honey!«

Jenny legte auf, bevor die Sekretärin auch nur eine Silbe erwidern konnte. Sie hatte sich bemüht, so eisig und dominant wie möglich aufzutreten, und hoffte inständig, dass die Dame ihren Chef benachrichtigte. Einen Versuch war es wert gewesen.

Gab es sonst noch etwas, das sie tun konnte? Du könntest dich herunterkühlen, dachte sie mit einem Anflug von Bitterkeit. Vielleicht waren ihre Nervosität und Beunruhigung völlig grundlos. Sie hatte sofort angefangen, sich Sorgen zu machen, als ihr klar wurde, dass sie Cornelius nicht erreichen konnte. Typisch! Es gab keinen wirklichen Hinweis darauf, dass etwas passiert war, doch das schlechte Gefühl, das sie bei der ganzen Sache von Anfang an quälte, hatte sich von diesem Augenblick an zu einer handfesten Panik verdichtet. Na und? Was war falsch daran, einfach seinem Bauchgefühl zu folgen? Nichts, aber das allein war es nicht. Sie hatte sich verändert, seit sie mit Cornelius zusammen war, und ein Teil von ihr hasste sich dafür. Was war aus der wilden und draufgängerischen Jenny geworden, die sie einmal gewesen war? Der Frau, die tat, was sie wollte, ohne dauernd irgendwelche Rücksichten zu nehmen? Möglich, dass in ihrem früheren Leben andere Menschen darunter gelitten hatten, aber furchtsam und abhängig war sie jedenfalls nicht gewesen. In ihrem Leben *vor* Cornelius, in dem Freiheit und Einsamkeit zwei Seiten der gleichen Medaille gewesen waren.

Freedom's just another word for nothing left to lose. Mrs. Joplin hatte das gewusst, und Jenny wusste es auch. Sie hatte etwas zu verlieren, und die Ereignisse der letzten neun Monate hatten gezeigt, wie schnell das passieren konnte. Cornelius war der Meinung, dass ihr psychischer Zusammenbruch von dem herrührte, was man ihr selbst angetan hatte, aber Jenny wusste es besser. Es war der Gedanke gewesen, Cornelius zu verlieren und ohne ihn weiterleben zu müssen, der sie in einen Abgrund hatte blicken lassen, in dem sich unvorstellbare Ungeheuer tummelten.

Wieder griff sie nach ihrem Handy und starrte auf die Zeitansage. Es war 12.00 Uhr, und mit einer Serie von Piepsern kamen die Push-Meldungen der großen Nachrichtenportale herein. Mit fast identischem Wortlaut führte eine Meldung die Liste an, die ihr den Atem nahm.

Geheimnisvoller Doppelmord in Amsterdamer Hotel. Niederländische Polizei nimmt Ermittlungen auf.

Vorsichtig, als sei es aus Glas, legte Jenny ihr Telefon auf das Bett und wischte ihre Hände an der Jeans ab. Sie schloss die Augen und wartete auf eine erneute Panikattacke, die jedoch ausblieb. Sehr gut. Atmen. Gleichmäßig ein und aus. Sie musste versuchen, die Kontrolle zurückzugewinnen. Diese Meldungen waren ein Anhaltspunkt, mit dem sich etwas anfangen ließ.

Als sie sicher war, dass sie wieder flüssig sprechen konnte, wählte sie die Nummer ihres Chefredakteurs in Frankfurt. Dr. Kahlhöfer war beinahe sofort am Apparat. Jenny zwang sich zu einem ruhigen, neutralen Tonfall.

»Sie müssen mir einen Gefallen tun. Ich bekomme gerade die Nachricht von einem Doppelmord in einem Amsterdamer Hotel auf mein Handy. Lassen Sie Ihre Beziehungen spielen und kriegen Sie raus, in welchem Hotel das passiert ist.«

»Wo stecken Sie?«

»Ich bin schon in Amsterdam und, wenn Sie mir helfen, in dreißig Minuten am Tatort.«

Der Redaktionsleiter schwieg und schien nachzudenken. Die Sekunden verrannen. Jenny war kurz davor, die Beherrschung zu verlieren.

»Kommen Sie, das ist eine große Sache und ich bin ganz nah dran!«

»Geben Sie mir eine Viertelstunde«, sagte Kahlhöfer und legte auf.

Einundzwanzig

»Ihr Name ist Cornelius Teerjong? Deutscher Staatsbürger aus Frankfurt?«

Cornelius nickte.

»Sie sprechen und verstehen Niederländisch?«

»Ja.«

»Gut! Sie befinden sich im Politiebureau Stationsplein 21 mitten in Amsterdam. Ich bin Johann Van Dijk, Hoofdcommissaris, Nationale Politie. Bei mir sind meine Kollegen Gerritsen und Mulder sowie Claus de Boer von der Staatsanwaltschaft. Was Sie uns erzählen, wird aufgezeichnet werden. Sie können es später noch einmal anhören und gegebenenfalls etwas ändern oder korrigieren. Eine Fassung in Brailleschrift wird Ihnen zeitnah ausgehändigt. Für das Protokoll halte ich fest, dass Sie mit der erkennungsdienstlichen Behandlung einverstanden waren. Können wir diese Unterhaltung auf Holländisch führen?«

»Ja, natuurlijk!«

»Es gibt nicht viele Deutsche, die unsere Sprache fließend sprechen.«

Cornelius ließ sich ein wenig Zeit mit der Antwort und versuchte sich ein Bild von dem Amsterdamer Polizeibeamten zu machen. Er hatte keine Ahnung von den Hierarchien in der Nationalen Politie, aber vermutlich war Hoofdcommissaris ein relativ hoher Rang, für den man neben vielen Dienstjahren auch berufliche Erfolge vorweisen musste. Johann Van Dijk war mit Sicherheit ein erfahrener alter Bulle. Seine Stimme hatte einen bäuerlich gutmütigen Klang, doch Cornelius konnte unter der Jovialität eine unnachgiebige Härte wahrnehmen, die ihn vorsichtig antworten ließ.

»Ich bin in Eindhoven geboren. Mein Vater stammte von dort, meine Mutter war Deutsche. Als ich zehn Jahre alt war, sind wir nach Frankfurt gezogen, aber ich habe unter anderem in Amsterdam studiert.«

»Was machen Sie beruflich?«

»Ich unterrichte Kunstgeschichte an der Staatlichen Hochschule für bildende Künste in Frankfurt am Main.«

»Momentje, alstublieft …«, mischte sich eine zweite, deutlich jüngere Stimme ein. »Sie sind Professor Cornelius Teerjong? Der Kunstraubfahnder?«

Cornelius hörte einen Augenblick aufgeregtes Getuschel.

»Ja, und wer sind Sie?«

»Inspecteur Dirk Mulder. Freue mich, Sie kennenzulernen. Sie waren 2003 nach dem großen Diamantenraub in Antwerpen, oder? Und ein Jahr später in Oslo, nachdem die Gemälde von Edward Munch gestohlen worden waren.«

»Das ist alles sehr lange her …«

»… und hat mit dieser Mordermittlung nicht das Geringste zu tun«, unterbrach Hoofdcommissaris Van Dijk.

Cornelius nickte. Er versuchte in der Stimme des Commissaris zu lesen, herauszuhören, wie bedrohlich die Situation für ihn war, doch das gelang nicht. Van Dijk klang neutral und professionell freundlich.

Die Polizei war nur wenige Minuten nach der Reportermeute aufgetaucht, hatte die Journalisten abgedrängt und Cornelius festgenommen. Sie war sehr schnell am Tatort gewesen. Erstaunlich schnell. Und irgendetwas an ihrem Verhalten war ihm merkwürdig vorgekommen. Die Beamten hatten das Zimmer betreten und nicht etwa gestürmt. Sie hatten sich ruhig und besonnen miteinander verständigt, und in ihren Stimmen hatte er keinerlei Anzeichen von Überraschung oder gar Entsetzen beim Anblick der beiden Leichen wahrnehmen können. Entweder waren Amsterdamer Bullen besonders abgebrüht, oder ihnen war bekannt gewesen, was sie vorfinden würden. Cornelius tippte auf die zweite Möglichkeit. Irgendjemand, der wusste, was in dem Hotelzimmer passiert war, hatte die Polizei gerufen.

Die gleiche Person, die auch die Medien informiert hatte?

Möglicherweise.

Die Stimme Van Dijks, jetzt ein wenig kühler, riss Cornelius aus seinen Gedanken. »Es geht nicht um Dinge, die Meneer Teerjong früher getan hat, sondern darum, was heute Morgen geschehen ist. Als wir in das Zimmer kamen, hockten Sie neben einer Frau mit durchschnittener Kehle. Auf dem Fußboden lag ein blutiges Messer. Wir gehen davon aus, dass es sich um die Tatwaffe handelt und Ihre Fingerabdrücke darauf sein werden. Halb im Badezimmer lag eine männliche Leiche. Südländischer Typ, etwa Mitte vierzig, genauso wie die Frau sehr gut gekleidet. Natürlich hat noch keine Obduktion stattgefunden, aber unser Pathologe hat ihn sich angeschaut und vermutet, dass der Mann durch einen Schlag oder Stoß gegen den Kehlkopf gestorben ist. Waren Sie das?«

Cornelius schüttelte fassungslos den Kopf.

»Also gut, Herr Professor, jetzt ist wohl der Zeitpunkt gekommen, die Karten auf den Tisch zu legen: Warum waren Sie in diesem Zimmer, und was ist dort passiert?«

Cornelius wusste, dass er keine Wahl hatte. Zunächst stockend, dann flüssiger und präzise fasste er zusammen, was geschehen war. Er begann mit Forsinis Besuch in Frankfurt, berichtete von dem Raub des Leonardo-Gemäldes in Boston, der ungewöhnlichen Forderung der Entführer und den verschwundenen Diamanten. Die Geschichte endete damit, wie er auf dem Fußboden auf eine Frauenleiche stieß.

»Kurz darauf sind diese beiden Security-Leute ins Zimmer gekommen und haben natürlich das Gleiche gedacht wie Sie.«

»Welche Security-Leute?«, fragte Van Dijk.

»Willem und Marinus. Das sind die Namen, die sie nannten. Von Amsterdam Security. Eine sehr renommierte Firma. Sie war für den Transfer der Diamanten und meiner Wenigkeit zum Hotel verantwortlich.«

»Wir haben niemanden von dieser Sicherheitsfirma am Tatort gesehen, aber wir prüfen das nach.«

»Glauben Sie mir nicht?«

»Geglaubt wird in der Kirche, Meneer. Mal mehr, mal weniger... Lassen Sie mich zusammenfassen, was wir hier haben: Sie sind nach Amsterdam gekommen, um einen rechtlich sehr fragwürdigen Handel abzuschließen. Der direkte Austausch mit den Gangstern, die in den USA nicht nur ein Bild geraubt, sondern auch einen Menschen ermordet haben, ist zumindest hart am Rand der Legalität. Sie hätten meiner Meinung nach die Behörden informieren müssen, und ich bin sicher, dass die Amerikaner das auch so sehen. Aber sprechen wir darüber, was heute Morgen im Emirates Hotel geschehen ist. Sie haben zwei dieser ›Artnapper‹ getroffen, ihnen Diamanten im Wert von fünfzig Millionen Dollar ausgehändigt und keine Gegenleistung bekommen?«

»Es war vereinbart, dass sie fünfzehn Minuten Zeit haben, um die Steine zu prüfen. Das hat die Frau übernommen.«

»Und noch vor Ablauf dieser Frist hat ihr Komplize Sie aus dem Verkehr gezogen?«

»So muss es gewesen sein. Ich habe eine schmerzhafte, geschwollene Stelle am Hinterkopf, und ich verlange, dass man die medizinisch untersucht.«

»Im Moment werden gerade die Leute untersucht, die tot waren, als Sie aufwachten. Wann genau, sagten Sie, war das?«

Van Dijks Ton hatte sich verschärft, was Cornelius nicht entging.

»Um 10.18 Uhr.«

»Sie haben auf die Uhr gesehen?«

»Gesehen nicht direkt.«

»Lassen Sie den Quatsch! Ich weiß, dass Sie blind sind. Darum geht's hier nicht. Sie scheinen nicht zu kapieren, wie unglaubwürdig Ihre Geschichte klingt. Gegen 9.50 Uhr wollen Sie das Hotelzimmer betreten haben. Angeblich mit zwei holländischen Security-Leuten. Die haben Ihnen fünfzig Millionen Dollar in Diamanten übergeben und ein Handy, das nun samt der Steine verschwunden ist. Pünktlich um 10.00 Uhr kamen die Diebe oder besser ihre Unterhändler ins Zimmer. Die Frau tritt mit den Diamanten beiseite, um sie zu prüfen, und wenig später gehen bei Ihnen die Lichter aus. Wenn wir einmal annehmen, dass bis zu diesem Zeitpunkt fünf von achtzehn Minuten vergangen sind, bleiben noch dreizehn Minuten übrig. Nicht viel Zeit, um zwei Menschen zu ermorden und fünfzig Millionen verschwinden zu lassen.«

»Worauf wollen Sie hinaus? Ich habe niemanden ermordet. Und das bedeutet, es muss noch eine weitere Person in diesem Zimmer gewesen sein!«

»Nee, Meneer, das bedeutet es ganz und gar nicht. Sie sind doch ein studierter Mensch. Kennen Sie Ockhams Rasiermesser? Das Prinzip der Parsimonie?«

»Ja«, sagte Cornelius widerstrebend. Der mittelalterliche Mönch Wilhelm von Ockham hatte es mit einem einzigen Gedanken zu erheblichem philosophischen Ansehen gebracht: Dass nämlich bei mehreren möglichen Erklärungen für ein und denselben Sachverhalt die einfachste Theorie die richtige sei und alle komplizierteren Erklärungsansätze »abrasiere«. Cornelius wusste genau, worauf der Polizist hinauswollte.

»Versetzen Sie sich in meine Lage«, fuhr Van Dijk fort. »Als meine Kollegen ins Zimmer kommen, sitzen Sie neben einer Toten, der die Kehle durchschnitten wurde. Auf dem Boden findet sich die mutmaßliche Tatwaffe, und an Ihren Fingern klebt Blut, das vermutlich von der Frau stammt. Ein paar Meter von Ihnen entfernt liegt noch ein Toter. Allem Anschein nach ebenfalls eines gewaltsamen Todes gestorben. Wieso sollte ich nicht denken, dass Sie die beiden umgebracht haben?«

»Weil diese Theorie zahlreiche Löcher hat. Welches Motiv sollte ich zum Beispiel gehabt haben, diese Leute umzubringen? Und wohin sind die Diamanten verschwunden?«

»Darum kümmern wir uns noch. Im Moment gibt es für

die Existenz dieser Steine genauso wenig Beweise wie für den Rest Ihrer Geschichte. Aber wir sind schließlich noch am Anfang der Ermittlungen.«

»Eine wichtige Tatsache ignorieren Sie bei Ihren Überlegungen andauernd. Sie haben eben selbst gesagt, Sie wüssten, dass ich blind bin. Mal abgesehen von dem fehlenden Motiv, wie sollte ich in der Lage sein, zwei sehende Menschen zu überwältigen und zu töten?«

Van Dijk lachte leise. »Das war auch mein erster Gedanke, aber vielleicht haben Sie bei dem Besten gelernt, wie man so schön sagt. Bevor ich zu Ihnen reinkam, hatte ich einen Anruf aus Den Haag. Ein deutscher Kollege, der dort bei Europol arbeitet, erzählte mir, Sie hätten bei einem gewissen Ichiro Masamoto in Frankfurt so etwas wie eine Nahkampfausbildung erhalten. Stimmt das? Der Kollege bezeichnete diesen Japaner als ehemaligen Yakuza-Killer. Und Sie schien er ebenfalls recht gut zu kennen. Er riet mir, Ihnen kein Wort zu glauben.«

Zweiundzwanzig

Kahlhöfer brauchte erheblich länger als eine Viertelstunde, doch als er zurückrief, hatte er einiges in Erfahrung gebracht.

»Ich habe meine Kontakte bei dpa und n-tv angezapft. An der Geschichte ist tatsächlich was dran. In den sozialen Netzwerken ist sie auch gerade angekommen. Die Polizei versucht den Deckel draufzuhalten, aber es ist eine Menge durchgesickert. Es handelt sich um das Emirates International Hotel in der Stadhouderskade unweit der City. In einem Zimmer im dritten Stock hat offenbar jemand zwei Leute umgebracht. Einen Mann und eine Frau. Wer die beiden sind, weiß man noch nicht, auch über den Täter hat die Polizei bisher keine Angaben gemacht. Die Tatumstände müssen aber ziemlich blutig und ungewöhnlich gewesen sein. Ich schicke Ihnen ein Foto aufs Handy, das entstanden ist, bevor die Reporter von der Polizei verscheucht wurden. Es ist nicht besonders scharf, aber man sieht den Täter auf dem Boden neben einer Frauenleiche sitzen. Macht einen sehr bizarren Eindruck.«

Jenny musste einen Augenblick warten, bis sie das Bild aufrufen konnte. Der Anblick übertraf ihre schlimmsten Befürchtungen. Die Frau auf dem Teppichboden trug ein schickes blaues Kostüm, eine ursprünglich wohl weiße Bluse und schwarze High Heels. Sie mochte vielleicht fünfzig Jahre alt sein und hatte dunkles kurzgeschnittenes Haar. Ihre Gesichtszüge waren angstverzerrt, die Augen weit aufgerissen. Die

Gliedmaßen sahen in Rückenlage merkwürdig verrenkt aus, und ihr Rock war weit über die Knie nach oben gerutscht. Quer über ihre Kehle verlief eine tief klaffende Schnittwunde. Das Blut hatte ihre Bluse rot gefärbt und auf dem hellen Teppich einen großen dunklen Fleck hinterlassen.

Neben ihr auf dem Boden saß Cornelius. Er hatte die Beine an den Körper gezogen und hielt die Knie mit den Armen umfasst. Trotz der schlechten Bildqualität konnte Jenny die blutigen Flecken auf seinen Fingern erkennen. Cornelius trug keine Brille und hatte den Blick nicht auf die Tür gerichtet, in der die Reporter aufgetaucht sein mussten, sondern hielt den Kopf schräg und schien einen imaginären Punkt im Raum zu fixieren.

»Sind Sie noch dran?« Kahlhöfer gab sich keine Mühe, seine Ungeduld zu verbergen. Wenn Jenny seine Hilfe wollte, musste sie sich zusammennehmen.

»Der Mann neben der Leiche. Ich kenne ihn. Es ist Cornelius Teerjong. Wir leben zusammen.«

»Ach du Scheiße!«, sagte Kahlhöfer.

»Wissen Sie, was mit ihm geschehen ist?«

»Meine Quellen sagen, die Polizei habe ihn vorläufig festgenommen. Ob als Zeuge oder als Verdächtiger, weiß ich nicht. Ein paar von den Paparazzi sind dem Polizeifahrzeug gefolgt. Ihr Freund ist jetzt auf einer Polizeistation in der Innenstadt. Die Adresse ist Stationsplein 21. Was zum Teufel hatte er in dem Hotelzimmer zu schaffen?«

»Erzähle ich Ihnen später! Ich fahre jetzt zu diesem Polizeirevier. Was denken Sie, wie lange es dauert, bis das Foto von Cornelius im Netz tausendfach die Runde macht?«

»Eine Stunde. Wenn bekannt wird, wer er ist, auch schneller. Deswegen müssen Sie ebenfalls schnell sein.«

»Wie meinen Sie das?«

»So, wie ich es sage. Ich habe keine Ahnung, was sich da abgespielt hat, doch ich erkenne eine Riesenstory, wenn ich sie sehe. Es tut mir leid, dass Ihr Freund da in die Scheiße geraten ist. Pech für ihn und Pech für Sie. Aber Sie sind Journalistin – also verhalten Sie sich so. Fahren Sie hin und kümmern Sie sich um die Geschichte!«

Jenny holte tief Luft. »Cornelius braucht einen Anwalt!«

»Das übernehme ich. Und Sie machen Ihren Job!«

Dreiundzwanzig

Cornelius hatte Mühe, sich zu beherrschen. »Ich kenne Ichiro Masamoto als einen freundlichen alten Herrn, der in erstaunlich guter körperlicher Verfassung ist. In seinem Dojo in Frankfurt habe ich Judo gelernt. Nachdem meine Freundin und ich überfallen wurden, hat er mir ein paar Selbstverteidigungstechniken gezeigt, die über den Judosport hinausgehen. Das ist auch schon alles. Seine Vergangenheit kenn ich nicht. Dafür weiß ich einiges über Ihren deutschen Kollegen in Den Haag.«

Cornelius saß seit beinahe zwei Stunden in Van Dijks Verhörraum. Inspecteur Dirk Mulder und der Mann von der Staatsanwaltschaft hatten das Zimmer zwischenzeitlich verlassen. Die Vernehmung drehte sich im Kreis, und Cornelius hatte es gründlich satt. Die holländischen Beamten behandelten ihn durchaus mit einem gewissen Respekt, schienen jedoch andererseits tatsächlich davon auszugehen, dass er zwei Menschen umgebracht hatte. Die Idee von einem blinden Doppelmörder gefiel ihnen offenbar, und Cornelius hatte den Eindruck, dass alle seine Erklärungen an ihnen abprallten. Seine letzte Bemerkung erweckte jetzt allerdings Van Dijks Interesse.

»Wie meinen Sie das mit dem deutschen Kollegen in Den Haag?«

»Ich weiß nicht, welchen Rang er als Verbindungsbeamter des BKA bei Europol bekleidet, aber als ich Leonard kennenlernte, war er Hauptkommissar in Kassel. Das war im Jahr 2012 während der documenta. Dort wurde ein Freund von mir tot aufgefunden. Erstochen und mit abgeschnittenen Augenlidern. Hauptkommissar Leonard leitete die Ermittlungen und stand von Anfang an unter großem politischem Druck wegen der Kunstausstellung. Hunderttausende Besucher aus mehr als fünfzig Ländern bevölkerten die Stadt, und sowohl die lokalen Behörden als auch die Landesregierung gaben sich alle Mühe, den Fall runterzuspielen. So wurde beschlossen, die Sache mit den abgetrennten Augenlidern ganz aus der Öffentlichkeit herauszuhalten, und Leonard machte dabei mit. Sein zweiter Fehler war, dass ihm entging, dass nur einen Tag nach dem Mord in Kassel hier in den Niederlanden mit der gleichen Tatwaffe ein weiterer Mann erstochen wurde, der ebenfalls seine Augenlider einbüßte. Zusammen mit den holländischen Behörden hat Leonard den Fall vergeigt und gibt mir irgendwie die Schuld daran. Vor allem an dem tödlichen Ende der Geschichte im Sommer 2015. Seit dieser Zeit verfolgt er mich mit absurden Anschuldigungen. Sie können sich das alles auch von Ihren Kollegen in Rotterdam und Nijmegen erzählen lassen. Max Leonard kann man nicht trauen.«

Cornelius' geschönte Kurzfassung dessen, was sich zwischen 2012 und 2015 abgespielt hatte, enthielt eine ganze Reihe von Halbwahrheiten und Lügen, aber er brachte sie glaubhaft und mit dem richtigen Quantum moralischer Empörung heraus. Es war der verbitterte Tonfall eines unschuldigen Bürgers, der sich zu Unrecht von der Obrigkeit verfolgt sieht. Seit der vollständigen Erblindung hatte sich seine Wahrnehmung stimmlicher Nuancen unglaublich verbessert. Was dazu geführt hatte, dass er nicht nur zuverlässig heraushörte, wenn jemand log, sondern auch selbst sehr glaubwürdig die Unwahrheit sagen konnte.

»Das wird alles noch auf den Tisch kommen«, erwiderte Van Dijk. »Der Kollege Leonard hat angeboten, uns bei den Ermittlungen zu unterstützen. Er interessiert sich wirklich sehr für Sie.«

Cornelius biss sich auf die Lippe und schwieg. In diesem Moment klopfte es an der Tür, und zwei Personen betraten, leise miteinander redend, den Raum.

»Inspecteur Mulder und Claus de Boer sind wieder bei uns und haben ein paar interessante Neuigkeiten mitgebracht«, erklärte Van Dijk in Cornelius' Richtung. Er klang wie der Conférencier einer Fernsehshow.

»Stimmt!« Mulder hustete ausgiebig, bevor er begann. »Die Kollegen haben Kontakt mit der Sicherheitsfirma aufgenommen. Deren Mitarbeiter haben, unmittelbar bevor wir eintrafen, den Tatort verlassen. Offenbar wollten sie ihre Aussagen mit der Geschäftsleitung abstimmen, bevor sie mit uns sprachen. Im Großen und Ganzen bestätigen sie die Angaben von Meneer Teerjong. Amsterdam Security war beauftragt, ihn und die Diamanten zum Hotel zu bringen und die Rahmenbedingungen des Deals zu überwachen. Nach dem Austausch sollten sie sich bereithalten, eventuell gleich in die Schweiz weiterzufahren und das Bild sicherzustellen. Der Auftrag kam von einer Anwaltskanzlei in Brüssel, die für ein Londoner Versicherungskonsortium tätig ist. Die Firma hat einen schriftlichen Beleg vorgelegt, dass Professor Teerjong die Diamanten erhalten hat. Zusammen mit einem Handy, auf dem er sie anrufen sollte, wenn der Austausch vollzogen war. Als dieser Anruf ausblieb, haben sie das Zimmer betreten und Meneer Teerjong neben der Leiche der Frau vorgefunden. Er hatte das Messer noch in der Hand. Sie haben ihn mit vorgehaltener Waffe gezwungen, es auf den Boden zu legen. Für die Wachleute war es eindeutig, dass er der Frau gerade die Kehle durchgeschnitten hatte – wie auch immer er das gemacht haben soll. Nach ihren Angaben hat er die Tat bestritten und eine wirre Geschichte erzählt, die sie nicht geglaubt haben. Wenige Minuten später waren dann auf einmal die Reporter da.«

»Haben Sie herausgefunden, woher die so plötzlich kamen?«, wollte Cornelius wissen.

»Die Fragen stelle ich!«, sagte Van Dijk. »Aber meinetwegen: Wissen wir, wie und von wem die Medien informiert wurden?«

»Nicht wirklich«, mischte sich der Mann von der Staatsanwaltschaft ein, der zum ersten Mal das Wort ergriff. Er hatte eine tiefe, seidige Stimme mit einem zynischen Unterton. »Die meisten Reporter sind verschwunden, als unsere Leute sie abgedrängt haben. Sie hatten ja auch schon alles fotografiert, was es zu sehen gab. Von drei besonders hartnäckigen Burschen, die einfach nicht verschwinden wollten, haben die Kollegen sich die Presseausweise zeigen lassen und die Personalien aufgenommen. Zwei sind von NPO 2, einer arbeitet für das *Nederlands Dagblad*. Ich habe sie angerufen und versucht, ein bisschen Druck auszuüben. Mit mäßigem Erfolg. Sie sagen übereinstimmend, jemand habe sie anonym per Telefon über ein Verbrechen im Emirates Hotel informiert. Die Stimme sei verfremdet gewesen, vermutlich männlich. Alle bestreiten, den Anrufer identifizieren zu können.«

»Okay, was haben wir noch?«, fragte Van Dijk.

»Ich habe mit der Anwaltskanzlei und zwei Vertretern der Londoner Versicherungen gesprochen, die von Amsterdam Security als Auftraggeber bezeichnet wurden. Die Herrschaften haben erst gemauert, aber dann nach einiger Bedenkzeit den Deal eingeräumt. In allen wesentlichen Punkten bestätigen sie Teerjongs Aussagen. Was in dem Hotelzimmer geschehen sei, entzöge sich natürlich ihrer Kenntnis und sei völlig rätselhaft.«

»Diese Typen haben überhaupt kein Unrechtsbewusstsein«, knurrte Van Dijk. »Verhandeln mit Raubmördern, als wenn es das Normalste auf der Welt wäre …!« Er schien Cornelius direkt anzustarren. »Und Sie, Herr Professor? Sind sich offenbar nicht zu schade für so was!«

Cornelius wollte antworten, aber Inspecteur Mulder mischte sich wieder ein. »Ich konnte diesen Antonio Forsini ausfindig machen. Kunsthistoriker und Sachverständiger aus Florenz. Offenbar eine große Nummer im internationalen Kunstbetrieb, besonders, was die Renaissance angeht. Hat eine eigene Website und einen erstklassigen Ruf. Nachdem er mit unserem Professor hier in Frankfurt den Tauschhandel eingefädelt hat, ist er nach Florenz zurückgekehrt. Vor einer halben Stunde habe ich mit ihm telefoniert. Zum Glück spricht er gut Deutsch. Er war entsetzt und betroffen, wie sich die ganze Sache entwickelte, und macht sich heftige Vorwürfe, dass er Teerjong da hineingezogen hat. Ansonsten stützt er dessen Angaben und legt seine Hand für ihn ins Feuer.«

»Wenn das so ist, dann soll er hierher nach Amsterdam kommen und eine schriftliche Aussage machen. Sorgen Sie dafür, dass er das kapiert! Gibt es Informationen, wer die beiden Toten sind?«

»Nein, noch nicht. Sie hatten keine Ausweispapiere bei sich und scheinen bisher nirgendwo polizeilich aufgefallen zu sein.«

»Gut. Suchen Sie weiter! Sonst noch was?«

Mulder zögerte einen Augenblick, und Cornelius hörte so etwas wie Bedauern in seiner Stimme. »Wir haben erste Ergebnisse aus der Kriminaltechnik und der Pathologie. Alles noch grob und vorläufig. Die Kollegen glauben, dass der Frau die Kehle von hinten durchschnitten wurde. Und zwar von links nach rechts. Der Täter muss Rechtshänder sein. Das Hotelzimmer ist natürlich übersät von Fingerabdrücken, sinnlos, da etwas Beweiskräftiges finden zu wollen. Aber auf dem Messer sind ausschließlich die Abdrücke von Meneer Teerjong.«

Vierundzwanzig

»Was für ein verdammter Schwachsinn! Natürlich sind auf dem Messer nur meine Fingerabdrücke. Der Täter hat Handschuhe getragen, und ich habe den Griff versehentlich angefasst. Wie oft muss ich das noch erklären? Das ist übrigens typisch für Blinde! Fassen alles an. Komisch, oder? Ich versichere Ihnen, wenn ich hätte sehen können, hätte ich nichts angerührt. Ach ja, und natürlich bin ich Rechtshänder! Wie wahrscheinlich 95 Prozent der restlichen Bevölkerung auch. Was, zum Teufel, soll das beweisen?«

Cornelius war jetzt so wütend, dass ihm Vorsicht und Höflichkeit zunehmend abhandenkamen. »Wissen Sie was? Ich bin dieses Geschwafel leid! Fangen Sie an, Ihren Job zu machen, und lassen Sie mich in Ruhe. Wie wäre es, wenn Sie mit den Überwachungskameras im Hotel beginnen? Garantiert sind welche in den Fahrstühlen und mindestens eine in jedem Korridor. Suchen Sie den Mann, der in das Zimmer eindrang, zwei Menschen tötete und mit den Diamanten verschwand. Vielleicht war er unvorsichtig und ist irgendwo auf den Bildern zu sehen. Sprechen Sie mit Forsini, den Leuten von Amsterdam Security und der Versicherung, und stellen Sie fest, ob da jemand über den bevorstehenden Deal geplaudert hat. Das ist besonders interessant, wenn man bedenkt, dass der Übergabeort extrem kurzfristig geändert wurde. Wer konnte das wissen oder weitergeben? Finden Sie heraus, wer die Medien so früh informiert hat. Und warum! Mich würde auch interessieren, wieso Ihre Beamten so schnell am Tatort waren. Wer hat die Polizei angerufen? Lauter gute Fragen!«

»Rustig blijven, meneer! Ganz ruhig, Herr Professor«, erwiderte Van Dijk kalt. »Glauben Sie ernsthaft, wir brauchen einen deutschen Klugscheißer, der uns hier in Holland erzählt, wie Polizeiarbeit geht?«

»Sieht verdammt so aus, oder?«

Cornelius wusste sehr wohl, dass er Van Dijk unnötig reizte, aber er konnte sich nicht mehr beherrschen. »Ich will telefonieren! Ich will, dass sich ein Arzt meinen Hinterkopf anschaut! Und ich will einen Anwalt! In dieser Reihenfolge!«

Van Dijk atmete hörbar durch und wollte zu einer Antwort ansetzen, als unvermittelt das Telefon auf seinem Schreibtisch schrillte. Der Hoofdcommissaris ließ es dreimal klingeln, dann nahm er den Anruf entgegen und hörte schweigend zu. Nach etwa zwei Minuten sagte er *dank je wel* und legte auf. Seine Laune schien sich gebessert zu haben.

»Gut, Herr Professor Teerjong. Wir werden Ihre bescheidenen Wünsche erfüllen. Wie ich gerade erfahren habe, wartet im Nachbarzimmer ein Arzt auf Sie. Erzählen Sie ihm, was passiert ist und wo Sie Schmerzen haben. Die Sicherheitsfirma hat mit einem Kurier Ihr Handy geschickt, und Ihr Anwalt ist ebenfalls eingetroffen. Zusammen mit einer Freundin von Ihnen, einer Journalistin namens Jenny Urban. Sie können mit beiden sprechen, wenn der Arzt mit Ihnen fertig ist.«

»Danke!«

»Da wären noch ein paar Kleinigkeiten. Zum Beispiel aus der Kriminaltechnik. Auch ohne Ihren lehrreichen Vortrag waren wir in der Lage, die Ermittlungsarbeit zu strukturieren. Unsere Kollegen haben sich die Bilder der Überwachungskameras angesehen. Tatsächlich ist zur fraglichen Zeit ein verdächtiger Mann vom Erdgeschoss in den dritten Stock gefahren. Mittelgroß, schlank, Jeans, Sonnenbrille und dunkler Kapuzenpullover. Er schaffte es sehr geschickt, sein Gesicht vor den Kameras zu verbergen. Die Flurkamera in der dritten Etage hat ihn von hinten gefilmt, als er Zimmer 344 betrat. Leider aus ziemlicher Entfernung. Er hat sich zur Seite gedreht, und sein Rücken verdeckt seine Hände.«

»Was glauben Sie, wie er reingekommen ist?« Cornelius' Mund war trocken vor Aufregung.

»Na, ich denke mal, Sie haben ihn reingelassen«, sagte Van Dijk maliziös. »Er war Ihr Komplize, oder?«

Fünfundzwanzig

»Das ist Claas Molenaar«, sagte Jenny und küsste Cornelius noch einmal. »Von Bakker, Hendriks & Smit Advocaaten. Eine der größten Anwaltsfirmen in Amsterdam. Herr Molenaar ist in Deutschland als Rechtsanwalt und in den Niederlanden als Advocaat zugelassen. Er ist in beiden Rechtssystemen zuhause.«

Jenny hatte sich rittlings auf einen Stuhl neben Cornelius gehockt und umklammerte seine Hand. Sie befanden sich in einem sparsam eingerichteten Besprechungsraum der Polizeistation, in dem es nach selbstgedrehten Zigaretten stank. Der Rechtsanwalt, den sie gerade vorgestellt hatte, thronte hinter einem Tisch mit einer hässlichen Resopalplatte und schüttelte jetzt Cornelius' Hand. In Kahlhöfers Auftrag hatte er auf Jenny gewartet, als sie vor dem Revier aus dem Taxi gesprungen war, und sie hatte ihm vom ersten Augenblick an vertraut. Molenaar trug einen grauen maßgeschneiderten Anzug, mochte gut und gern einhundertfünfzig Kilogramm wiegen und hatte mit schwarzem Vollbart und Bassstimme eine unbestreitbare Ähnlichkeit mit dem Schauspieler Bud Spencer. Die rigorose Art und Weise, wie er Jenny und sich durch die Reportermeute vor dem Polizeigebäude bugsierte, hatte diesen Eindruck noch verstärkt.

»Also gut, Herr Professor, erzählen Sie mir, was passiert ist. Von Anfang an und möglichst genau.«

»Ja, das wär mir auch sehr recht«, sagte Jenny, die spürte, wie die Angst und Verzweiflung der letzten Stunden sich langsam, aber stetig in kalte Wut verwandelten. Sie streichelte Cornelius' Rücken und hätte gleichzeitig am liebsten auf ihn eingeschlagen. Die Ereignisse hatten ein paar Furchen in seinem Gesicht nachgezogen, aber abgesehen davon wirkte er seltsam unbeteiligt, was durch die dunkle Brille noch akzentuiert wurde. Doch als er sie vor wenigen Minuten umarmte, hatte sie gefühlt, wie glücklich und erleichtert er war. »Danke, dass du da bist! Und für den Anwalt! Ich schulde dir was!«

Klar, ich nehme Bargeld, Schmuck und Wellness-Gutscheine, hatte sie mit einem Anflug von Bitterkeit gedacht. Wenn du auf mich gehört hättest… ach, verdammt.

Cornelius räusperte sich und begann zu erzählen. Von Forsinis Besuch in seiner Vorlesung, dem Kunstraub in Boston, den Ereignissen im Hotelzimmer und von Van Dijks wahnwitzigen Tatvorwürfen. Die ganze verrückte Geschichte. Jenny beobachtete den Anwalt, versuchte in seinem Gesicht zu lesen, aber das war unmöglich. Molenaar hörte schweigend und regungslos zu.

»Ich kann mir im Grunde nicht vorstellen, dass Van Dijk mich wirklich für einen Doppelmörder hält, aber er tut die ganze Zeit so. Zum Schluss hat er behauptet, der Unbekannte auf dem Flur sei mein Komplize gewesen.«

»Und? War er es?«

»Was soll das jetzt?« Jenny versuchte nicht, ihre Irritation zu verbergen, aber Molenaar blieb gelassen.

»Ich muss diese Frage stellen. Einmal. Ich deute Ihre Antwort als ein Nein. Meneer Teerjong?«

Cornelius schüttelte stumm den Kopf.

»Gut, Herr Professor, ich bin ganz Ihrer Meinung, was Van Dijk angeht. Er glaubt nicht wirklich, dass Sie die beiden umgebracht haben, aber aus irgendeinem Grund gefällt es ihm, ein bisschen so zu tun. Ich vermute, es liegt daran, dass er Leute wie Sie nicht mag. Menschen, die im Namen der Kunst Geschäfte mit Gangstern machen, die seiner Meinung nach in den Knast gehören. Viele Polizisten sind von diesen Artnapping-Deals maximal angefressen. Van Dijk schikaniert Sie, weil es ihm Spaß macht, und der Mann von der Staatsanwaltschaft hat dafür Verständnis.«

Ganz zu schweigen von einem deutschen Europol-Beamten in Den Haag, dachte Cornelius.

»Was werden Sie dagegen tun?«, wollte Jenny wissen.

»Ich zwinge ihn, Farbe zu bekennen. Und damit sind die Spielchen zu Ende.«

»Erklären Sie es uns!«

»Wenn ich Van Dijk auffordere, bei der Staatsanwaltschaft einen regulären Haftbefehl zu beantragen, ist der Spuk vorbei. Er weiß, dass er den nicht kriegt, sonst hätte er diesen Antrag längst gestellt. Sobald wir hier fertig sind, werde ich ihn damit konfrontieren. Er wird eine halbe Stunde herumzicken, noch mal alle Indizienbeweise aufzählen, die er zu haben glaubt, und Sie zum Schluss in Frieden ziehen lassen. Vielleicht bittet er Sie, ihm hier in Amsterdam noch für weitere Fragen zur Verfügung zu stehen. Diesen Gefallen sollten Sie ihm meiner Meinung nach tun, obwohl Sie auch dazu nicht verpflichtet wären.«

»Ich habe ein Zimmer im Hotel des Arts«, sagte Jenny. »Dort sind wir in den nächsten Tagen zu erreichen.«

»Gut. Ich hole Sie da um 19.00 Uhr heute Abend ab, und wir besprechen bei einem anständigen Essen, wie es weitergeht. Ach ja, und noch was: Das Medieninteresse an diesem Fall ist gigantisch. Gehen Sie den Reportern aus dem Weg, und geben Sie keine Interviews.«

»Das einzige Interview, das er geben wird, geht an mich!«, sagte Jenny grimmig. »Mein Chef zahlt Ihr Honorar.«

Sechsundzwanzig

Jenny sah aus dem Fenster und fluchte leise vor sich hin. Vor dem Hotel lungerten mittlerweile etwa dreißig Reporter herum, die sich unterhielten, rauchten und auf gut Glück alle Fensterfronten fotografierten.

Sie trat zurück und betrachtete Cornelius, der auf dem Bett ausgestreckt eingeschlafen war. Es kam häufig vor, dass körperliche oder mentale Erschöpfung ihn innerhalb kürzester Zeit in einen Tiefschlaf fallen ließ, gegen den er machtlos war. Meist konnte er in diesen Phasen gut entspannen, doch dieses Mal waren seine Züge starr und maskenhaft, und die Augenbewegungen hinter den Lidern verrieten, dass er lebhaft träumte. Wie viele spät Erblindete hatte auch Cornelius farbenfrohe szenische Träume, von denen er ihr oft erzählte. Jenny setzte sich in einen großen Sessel, sah ihm beim Schlafen zu und versuchte, ihre Gedanken zu ordnen. Noch immer verspürte sie Wut und Enttäuschung darüber, dass Cornelius all ihre Bedenken und Warnungen ignoriert und ihr eine derartige Angst eingejagt hatte.

Hätte sie auch so empfunden, wenn er nicht blind gewesen wäre? Sie war sich nicht sicher, aber sie wusste, dass sie solche Ängste nicht noch einmal durchleben wollte. Darüber mussten sie reden. Er hatte sich verändert in den letzten zehn Monaten. Seit er sie aus der Hand des Nachtclubbesitzers Hasani befreit hatte, indem er ohne zu zögern das Leben eines anderen Menschen aufs Spiel setzte, war er härter und rücksichtsloser geworden. Der Überfall auf sie beide in der Garage hatte diesen Prozess irgendwie beschleunigt und ihn darin bestärkt, sich von der Blindheit nicht mehr einschränken zu lassen. Und während sie nach dem Überfall Mühe hatte, die traumatischen Erfahrungen zu verarbeiten und in den Alltag zurückzufinden, hatte er sich an diesen Ichiro Masamoto gehängt, der offenbar eine dunkle Vergangenheit hatte und ihm außer Judo weiß Gott was beibrachte.

Jenny lehnte sich zurück und schloss die Augen. Ihre Gedanken wanderten zurück zu jenem Sommerabend im letzten Jahr, an dem alles angefangen hatte. Jemand hatte in der Redaktion angerufen, als sie gerade nach Hause gehen wollte. Sie erinnerte sich an eine freundliche, noch junge Männerstimme. *Ich habe Ihren Artikel gelesen. Den über die rätselhaften Morde. Vielleicht kann ich Ihnen sagen, wer der dritte Mann ist. Treffen wir uns doch auf dem Parkplatz Bruchstraße, Ecke Hedderichstraße. Müsste aber gleich sein.*

Sie war nicht einen Augenblick misstrauisch gewesen. Blöde Kuh!

Der Mann war fröhlich grinsend auf ihr Auto zu geschlendert und hatte ihr mit einer Handbewegung bedeutet, die Scheibe herunterzulassen. Dann hatte er mit beiden Händen so schnell durch das Fenster gegriffen, dass ihr nicht die geringste Chance auf eine Gegenwehr geblieben war. Immer noch glaubte sie, das Chloroform riechen zu können. Als sie aufwachte, war sie in einem fensterlosen Loch mit grauen Betonwänden eingesperrt gewesen, und der Entführer hatte ihr ein kleines Aufnahmegerät unter die Nase gehalten: *Sie haben zwanzig Sekunden Zeit, Cornelius Teerjong Ihre Lage zu schildern.*

Was immer der Fremde von ihm wollte, Jenny hatte Cornelius nicht zugetraut, ihr helfen zu können. Bis das SEK die Kellertür eintrat. Woher wussten Sie, wo ich bin, hatte sie gefragt. Von Cornelius Teerjong, hatte Hauptkommissar Leonard geantwortet und dabei angewidert das Gesicht verzogen.

Jenny erinnerte sich auch, wie elend ihr zumute gewesen war, als sie die Zusammenhänge begriff. Um sie freizubekommen, hatte Cornelius mit Hilfe des Diamantenhändlers Malinsky den Aufenthaltsort eines Mannes ermittelt, den ihr Entführer um jeden Preis finden und töten wollte. Dass dieser Marten Rykers die Messerattacke schwer verletzt und ohne Augenlider überlebte, hatte die ganze Sache keinen Deut besser gemacht.

Seitdem waren sie aus dem Schlamassel nicht mehr richtig herausgekommen, und irgendwie wurde sie das Gefühl nicht los, dass Cornelius es genoss.

Jenny stieß einen frustrierten Seufzer aus, angelte ihr Tablet aus der Tasche und ging auf die Seiten der großen Nachrichtenportale. Der Doppelmord im »Emirates Hotel« war das Spitzenthema, und das Foto des blinden Kunstprofessors neben der Frauenleiche verbreitete sich viral. Mittlerweile war durchgesickert, dass es in diesem Hotelzimmer um den Rückkauf eines gestohlenen Leonardo-Gemäldes gegangen war, dessen Wert mit 300 Millionen Euro beziffert wurde. Schon der spektakulär brutale Raub des Bildes in Boston hatte einen riesigen Medienwirbel verursacht, aber diese Geschichte schlug ein wie eine Bombe. Ein unermesslich wertvolles Kunstwerk, eine fehlgeschlagene Lösegeldübergabe, zwei Tote und ein blinder Tatverdächtiger: Es war eine Megastory, die stündlich besser zu werden schien.

Und sie saß direkt an der Quelle. Wieder fiel ihr Blick auf Cornelius, der jetzt noch unruhiger schlief. Eins nach dem anderen, dachte sie.

Kahlhöfer hatte in den letzten zwei Stunden drei SMS geschickt und gefragt, wie es um das Exklusivinterview stand.

Er schläft, hatte sie zurückgeschrieben.

Wecken Sie ihn!

Ausgeschlossen!

Sie hätte gern etwas Drastischeres geantwortet, aber Kahlhöfer zu verärgern wäre das Dümmste gewesen, das sie hätte tun können. Jenny verließ die Nachrichtenseiten und begann, die von Cornelius geschilderten Ereignisse aus dem Gedächtnis zu einem Hintergrundbericht zusammenzuschreiben. Sobald er sich erholt hatte, konnte sie ihn um das Exklusivinterview bitten und den Bericht damit ergänzen. Wenn sie allerdings Pech hatte, würde er bis zu diesem Treffen mit dem Anwalt um 19.00 Uhr durchschlafen.

Claas Molenaar hatte recht behalten mit seiner Einschätzung hinsichtlich Van Dijk. Nach einem halbstündigen Gespräch war Cornelius ohne weitere Auflagen aus dem Polizeigewahrsam entlassen worden. Van Dijk hatte eine Kautionszahlung verlangt, aber der Haftrichter hatte angesichts der Blindheit und der gesellschaftlichen Position des Beschuldigten keine Fluchtgefahr erkennen können.

Dieser Rechtsanwalt war eine ungewöhnliche Erscheinung. Sie mochte ihn, und auch Cornelius hatte ihm sofort vertraut.

Zu ihrem Erstaunen hatte er Jenny sogar gebeten, Claas Molenaar zu beschreiben. Da sie wusste, dass es für ihn belanglos war, wie Leute aussahen, hatte sie nach dem Grund gefragt und eine typische Cornelius-Antwort bekommen: »Er verbindet die körperliche Präsenz eines riesigen LKW-Fahrers mit der Aura eines Gentlemans.« Jenny hatte lachen müssen und daran gedacht, dass Dottore Carlo Pedersoli Jurist gewesen war, bevor er Bud Spencer wurde.

Der Advocaat schien sich wegen der Verdächtigungen der Polizei keine großen Sorgen zu machen, und Jenny beschloss, dies auch nicht mehr zu tun. Wirklich besorgt war sie wegen ihrer Beziehung zu Cornelius. Sie liebte ihn so sehr, dass sie fest entschlossen war, alle erdenklichen Gefahren von ihm abzuwenden, und wusste zugleich, dass er das als Bevormundung und Zumutung empfand. Dieser Zwiespalt hatte ihr Verhältnis seit der ersten Nacht in Dubai geprägt. *Ich bin nicht eifersüchtig oder besitzergreifend,* hatte Cornelius ihr damals erklärt. *Du kannst tun, was immer du möchtest und schlafen mit wem du willst, aber wenn du anfängst mich zu bemuttern, ist Schluss!* Damals hatte sie nicht verstanden, wie absolut ernst dieser Satz gemeint war, doch jetzt wusste sie es.

Und da war noch etwas anderes, das sie erst im Laufe der Zeit begriffen hatte. Sie hatte es sich lange nicht eingestehen wollen, aber wenn Cornelius etwas zustieß, würde sie vielleicht nicht die Kraft haben, allein weiterzumachen. Diese emotionale Abhängigkeit beschämte und demütigte sie, doch es war nutzlos sie zu leugnen. Der Gedanke, ohne ihn durch ihr restliches Leben zu stolpern, verdunkelte ihren Verstand und trieb sie zügig auf einen schwarzen Abgrund zu.

Deshalb musste sie ihn davon abbringen, sich in diese irrsinnige Geschichte weiter einzumischen. Ganz einfach. *Viel Spaß dabei*, sagte eine zynische Männerstimme in ihrem Kopf. Verpiss dich, Rupert, dachte sie laut. Es war Cornelius' Assistent von der Hochschule, den sie nicht besonders mochte.

Aus den Augenwinkeln registrierte sie, dass Cornelius sich räkelte, geräuschvoll ausatmete und dann von einer Sekunde auf die andere wach war.

»Was hat er angestellt?«

»Wer?«

»Rupert!«

»Er treibt sich in meinem Kopf herum.«

»Ich spreche mit ihm«, versicherte Cornelius und richtete sich auf. Jenny ging zum Bett, drückte ihn zurück auf das Kopfkissen und legte sich neben ihn. Sie nahm sein Gesicht in beide Hände und küsste es. Dann begann sie zielstrebig sein Hemd aufzuknöpfen. Cornelius erwiderte den Kuss und schaffte es, dabei zu grinsen. »Ungewöhnliches Timing.«

»Wir ziehen den Versöhnungssex vor«, sagte Jenny. »Der Krach danach wird fürchterlich!«

Siebenundzwanzig

»Mögen Sie arabische Küche?«, wollte Molenaar wissen.

»Klar!«, sagte Jenny, und Cornelius nickte.

»Dann fahren wir ins Mamouche. Ist nicht weit von hier. Ein marokkanisches Restaurant, wo ich auf jeden Fall einen Tisch bekomme. Die haben fabelhaften Couscous, wunderbare Lammspieße und ein Zitronenhuhn mit Artischocken aus dem Tontopf, das Sie niemals vergessen werden.«

Jenny verkniff sich ein Grinsen. Der Anwalt schien tatsächlich aus Vorfreude ein wenig zu schmatzen. Molenaar war pünktlich um 19.00 Uhr mit einem Taxi am Hintereingang des Hotels aufgetaucht und hatte sie nach Absprache mit der Managerin an den Reportern vorbei aus dem Haus gelotst. Nun gefiel ihm offenkundig die Rolle als Gastgeber und Fremdenführer.

»Wir wollen nach De Pijp, Quellijnsstraat 104«, sagte er zu dem Taxifahrer, der nickte und sich in den Verkehr einfädelte. Molenaar drehte sich auf dem Beifahrersitz zu Jenny und Cornelius um. »De Pijp war früher ein traditionelles Arbeiter- und Einwandererviertel. Triste Mietskasernen und viele Bewohner türkischer, marokkanischer und surinamischer Herkunft. In den 1970er Jahren schwebte über allem schon die Abrissbirne. Inzwischen ist das Gleiche passiert wie mit dem Marollenviertel in Brüssel. Die Schickeria hat den Stadtteil übernommen und daraus so was wie das ›Quartier Latin‹

der Stadt gemacht. Die sogenannten ›Stylish Urban Professionals‹ und jede Menge Künstler haben sich ausgebreitet und die Mietpreise in die Höhe getrieben. Der einzige Vorteil ist, dass man hier jetzt überall lecker essen kann.«

Molenaar hatte nicht übertrieben. Als sie zwei Stunden später nach Fischsuppe, Zitronenhuhn und einem Dessert von karamellisierten Feigen mit einem Brand aus marokkanischen Rispendatteln anstießen, hatte Jenny das Gefühl, seit einer Ewigkeit nicht mehr so gut gegessen zu haben.

»Kommen wir zum Geschäft«, sagte Molenaar, rülpste dezent und bestellte Mokka. »Wir haben ein paar schöne Punkte gemacht, aber das Spiel ist noch nicht gewonnen. Van Dijks Idee, den Mann aus dem Fahrstuhl eben schnell zu Ihrem Komplizen zu machen, nur um zu erklären, wie er ins Zimmer gelangen konnte, war so absurd, dass er sie dem Haftrichter gar nicht erst unterbreiten mochte. Ein schönes Szenario: Sie lassen den Mann rein, der bringt die Artnapper um und verschwindet mit den Diamanten, während Sie sich seelenruhig neben der Frauenleiche niederlassen, die Tatwaffe begrapschen und auf die Bullen warten. Von wegen Ockhams Rasiermesser. Der alte Mönch war nicht halb so helle, wie seine Zeitgenossen dachten.«

»Wie machen wir jetzt weiter?«, fragte Jenny.

»Mit den Security-Leuten«, sagte Cornelius aufgeräumt. Jenny betrachtete ihn nachdenklich und sah, dass er tatsächlich glücklich war. Der Sex am Nachmittag, das wunderbare Essen und die intellektuelle Herausforderung, die dieser Fall darstellte, hatten ihn definitiv in Hochstimmung versetzt.

»Ganz recht«, stimmte Molenaar zu. »Willem und Marinus

sind am stärksten verdächtig, und das wird ihnen ebenso klar sein wie der Polizei. Vor allem die extrem kurzfristige Änderung des Übergabeortes, von der nur wenige Menschen wissen konnten, belastet sie. Falls sie mit dem dritten Mann unter einer Decke stecken, müssen sie geflucht haben, als sie von dieser Änderung erfuhren. Es hieß für sie, den Überfall abblasen oder ein enormes Risiko eingehen.«

»Fünfzig Millionen Dollar geteilt durch drei ist immer noch eine schöne Summe«, erwiderte Jenny.

Molenaar nickte. »Sicher, aber ich glaube, das ist nur ein Teil der Antwort. Irgendetwas hat sie zuversichtlich gemacht und darin bestärkt, die Sache durchzuziehen. Sie denken, dass sie geduldig und schlau genug sind, dem Druck standzuhalten und am Ende zu gewinnen.«

»Was unter Umständen bedeuten könnte, die Diamanten zehn Jahre oder länger nicht anzurühren«, sagte Cornelius.

Molenaar nahm einen Schluck von seinem Mokka und ließ den Blick nachdenklich von Jenny zu Cornelius wandern. »Vor allem bedeutet es, dass sie dem dritten Mann vollständig vertrauen. Warum tun sie das?«

Cornelius schien zu spüren, dass der Anwalt ihn ansah. »Sie haben doch bestimmt Kontakte zu privaten Ermittlern hier in Amsterdam. Beauftragen Sie ein Detektivbüro damit, Willem und Marinus zu überprüfen. Herkunft, Kindheit, Jugendjahre, Ausbildung, berufliche Qualifikationen, Freunde und Familienverhältnisse. Finden Sie heraus, ob sie Schulden haben oder mit irgendwas erpressbar sind. Suchen Sie nach etwaigen Gesetzesverstößen, auch wenn es nur Strafzettel sind. Ich will alles wissen. Verfolgen Sie ihre Spuren in den sozialen Netzwerken. Wenn es eine Möglichkeit gibt, ihre Computer zu hacken oder an ihre Telefonverbindungsnachweise zu kommen, ohne erwischt zu werden, machen Sie das.«

Der Advocaat grinste, und Jenny war sicher, dass Cornelius dieses Grinsen in der Stimme wahrnehmen konnte. »Das habe ich heute Nachmittag alles schon in die Wege geleitet, Meneer Teerjong. Direkt nachdem Van Dijk Sie laufen lassen musste.«

»Ist es eine gute Agentur?«

»Bakker, Hendriks & Smit sind die größte und erfolgreichste Anwaltskanzlei in Amsterdam. Gehen Sie davon aus, dass wir nur mit den Besten zusammenarbeiten.«

»Gut! Wann können wir mit ersten Ergebnissen rechnen?«

»Ab morgen Nachmittag. Ich schicke jemanden von der Detektei in Ihr Hotelzimmer. Sie bekommen einen ersten mündlichen Bericht, aber natürlich wird danach noch weiter ermittelt. Die komplette Version in Brailleschrift dauert etwas.«

Achtundzwanzig

Cornelius wachte mitten in der Nacht auf, weil er spürte, dass sie nicht bei ihm war. Er richtete sich auf und lauschte in den Raum hinein.

»Hier bin ich«, sagte Jenny. »Ich sitze am Fenster und glotze auf die Straße.«

»Was gibt es zu sehen?«

»Normales Großstadtleben. Neonreklamen, Autos, Nutten und Besoffene. Keine Reporter mehr. Für zwei Uhr nachts ist eine Menge los.«

Cornelius schwang die Beine aus dem Bett, stand auf und ging zu ihr. Er küsste sie und setzte sich dann in den zweiten Rattan-Sessel, der, wie er wusste, an der Fensterfront stand. »Haben die Zimmer in diesem Hotel eine Minibar?«

»Jepp! Was möchtest du?«

»Ein Bier.«

Jenny stand auf, ging ein paar Schritte, und er hörte das Klirren von Glas. »Gibt nur Heineken!«

»Ist okay!«

Jenny öffnete die Flasche und drückte sie ihm in die Hand. Das Bier war eiskalt und schmeckte besser, als er es in Erinnerung hatte.

»Wie wäre es jetzt mit dem Interview?«

»Warum nicht.« Cornelius streckte behaglich die Beine aus. »Wie viel Bier ist noch da?«

»Zwei Flaschen.«

»Okay, dann hast du zehn Fragen!«

Jenny musste lachen. »Das reicht. Ich habe sie schon vorformuliert und kann deine Antworten später direkt auf dem Tablet festhalten. Du hast die einmalige Chance, die Ereignisse aus deiner Sicht einer breiten Öffentlichkeit darzulegen. Ich lese jede Frage noch mal vor, und du sprichst in das Aufnahmegerät, das ich dir unter die Nase halte.«

Das Interview dauerte knapp dreißig Minuten. Cornelius, der es gewohnt war, druckreife Sätze von sich zu geben, schilderte, wie er im Auftrag der Versicherung im Emirates Hotel ein wertvolles Gemälde gegen Diamanten eintauschen wollte, dabei von den Kunstdieben niedergeschlagen worden war und neben ihren Leichen wieder aufwachte. Er berichtete von dem Mann, den die Kameraüberwachung des Hotels erfasst hatte und der seiner Meinung nach für die Morde verantwortlich war. Nach Sichtung des Bildmaterials hatte die Amsterdamer Polizei ihn wieder auf freien Fuß gesetzt, und er war überzeugt, dass die Identifizierung dieses Mannes kurz bevorstand. Zum Schluss äußerte er sich empört über den diffamierenden Medienrummel, die Fotos im Internet und die öffentliche Vorverurteilung.

Zehn Fragen, zehn Antworten. Jenny war mehr als zufrieden. »Gib mir ein paar Minuten, das hier aufzuschreiben, dann schicke ich es gleich nach Frankfurt, und damit ist Molenaars Rechnung beglichen.«

Cornelius hörte sie mit dem Headset des Digitalrecorders herumnesteln und leerte zufrieden die dritte Flasche Heineken. Sein Körper war ein wenig müde, aber sein Verstand arbeitete präzise wie eine Maschine. Er fühlte sich ausgezeichnet.

Es war ein perfekter Abend gewesen. Der von Jenny angekündigte große Krach am Nachmittag war ausgeblieben. Sie hatte die Verschiebung des Interviews gelassen akzeptiert und sich auf das Essen gefreut. Er selbst hatte nicht nur das Restaurant und die Gastfreundschaft des Anwalts genossen, sondern auch das Gefühl, endlich zum Angriff überzugehen. Die Beauftragung der Detektei war ein schöner Eröffnungszug. Müde und ein wenig angetrunken waren sie gegen 23.00 Uhr im »Des Artes« angekommen und sofort schlafen gegangen. Vor dem Hotel hatte noch eine Handvoll Reporter gewartet, die zwar fotografierten, aber sonst nicht weiter lästig gewesen waren.

Er drückte einen Knopf an seiner Armbanduhr und fragte die Uhrzeit ab. Es war 2.45 Uhr. Nur ein paar Stunden geschlafen zu haben störte ihn überhaupt nicht. Im Gegenteil. Er hatte sich seit langem nicht mehr so lebendig gefühlt, was nicht nur damit zusammenhing, dass er knapp einer tödlichen Falle entkommen war. Faszinierend und erschreckend war, dass es offensichtlich um ihn persönlich ging. Jemand hatte ihn als Geldboten in ein Amsterdamer Hotel gelockt, um ihn dort anzugreifen. Jemand, der eine Vorstellung davon hatte, wie sehr er sein altes Leben vermisste und wusste, welcher Versuchung er nicht würde widerstehen können. Aber wie hing das mit dem Raub des Bildes und dieser Artnapping-Geschichte zusammen? Beides hatte mit seiner Person zunächst einmal überhaupt nichts zu tun. *Den Geldboten anzugreifen ergibt einfach keinen Sinn.* Das hatte er zu Jenny gesagt, und soweit es die Lösegeldübergabe und den Kunstraub betraf, stimmte das auch. Aber es war um mehr gegangen. Jemand hatte großen Wert darauf gelegt, ihn zu einer bestimmten Zeit an einem bestimmten Ort zu haben. Um ihn zu töten? Das konnte er nicht wissen, aber sicher war, dass ein weiterer Mitspieler, der später dazukam, das Vorhaben vereitelt hatte, indem er die beiden Kunsträuber umbrachte. Schnell und völlig bedenkenlos. Aber warum hatte er Cornelius am Leben gelassen? Bei diesem verrückten Puzzle passte überhaupt nichts zueinander. Vielleicht konnten Molenaars Privatdetektive etwas Licht in das Dunkel bringen. Was würden sie über Willem und Marinus herausfinden?

»Fertig!«, sagte Jenny. »Und ab damit. Kahlhöfer wird begeistert sein.«

»Bestimmt!« Cornelius dachte daran, dass sie ihn im letzten Jahr schon einmal interviewt hatte und was die Folgen dieses Interviews gewesen waren. »Schalte mal den Fernseher an.«

Er hörte Jenny nach der Fernbedienung kramen und einen Augenblick später einen aufgeregten, zischenden Dialog auf Holländisch.

»Was ist das?«

»Harry Potter, letzter Teil. Tatsächlich auf Niederländisch synchronisiert. Wusste gar nicht, dass es so was gibt.«

»Und ich hätte nicht gedacht, dass diese Sprache jemals irgendwie gehässig klingen könnte«, sagte Cornelius nachdenklich.

»Tut sie ja auch nicht wirklich. Ich meine, bei ›tödlicher Zaubertrank‹ *hört* man doch, wohin die Reise geht. Aber ›dodelijk toverdrankje‹? Ich bitte dich!«

»Komm, such einen Nachrichtenkanal«, lachte Cornelius.

Jenny übersprang die niederländischen Sender und konzentrierte sich auf die deutsch- und englischsprachigen Kanäle. Noch immer wurde über den geheimnisvollen Doppelmord in Amsterdam ausführlich berichtet, doch mittlerweile war das unermesslich wertvolle Gemälde, um das sich ja alles drehte, im Fokus des Interesses. Staatliche Fernsehanstalten konzentrierten sich auf den entsetzlichen Verlust, den der Diebstahl der ›Hirten auf dem Felde‹ für die abendländische Kultur darstellte, und spekulierten über den Verbleib des Kunstwerkes. Die Privatsender rückten eher den kolossalen Wert des Bildes, der stündlich zu steigen schien, und den blinden Tatverdächtigen in den Vordergrund. Letztendlich berichteten aber alle das Gleiche, und wirklich neue Informationen schien es nicht zu geben.

»Mir reicht's«, sagte Cornelius nach zwanzig Minuten. Jenny schaltete kommentarlos ab, beugte sich herüber und küsste ihn. Er erwiderte den Kuss und löste sich dann behutsam von ihr. »Wolltest du nicht noch über etwas Wichtiges sprechen?«

»Doch«, erwiderte Jenny. »Ich habe die Absicht, dir ganz furchtbar die Hölle heiß zu machen, aber das hat Zeit bis morgen. Jetzt möchte ich noch mal ins Bett.«

»Ich bin nicht müde.«

Jenny kam ein wenig näher, zog seinen Kopf zu sich heran, und als sie flüsterte, spürte er ihren Atem in seinem Ohr. »Dafür sorge ich schon!«

Neunundzwanzig

Als Cornelius' Smartphone klingelte, war er gerade in eine Phase morgendlichen Tiefschlafes eingetaucht. Er fuhr hoch, griff danach, fand sich in der ungewohnten Umgebung nicht gleich zurecht und stieß das Telefon vom Nachttisch. Fluchend tastete er auf dem Fußboden herum, bekam es schließlich zu fassen und bellte seinen Namen hinein.

»Buongiorno«, sagte eine kultivierte, etwas trockene Männerstimme mit italienischem Akzent. »Hier ist Antonio Forsini. Tut mir leid, dass ich Sie geweckt habe.«

»Schon okay!« Cornelius zwang sich zur Höflichkeit.

»Ich wollte mich entschuldigen, weil ich Sie in diese schreckliche Sache hineingezogen habe. Es tut mir unendlich leid, was Ihnen zugestoßen ist.«

»Sie konnten ja nicht wissen, was passieren würde.«

»Nein, konnte ich nicht. Aber ich …« Forsini machte eine kleine theatralische Pause, und in seiner Stimme war ein aufgeregtes, heiteres Tremolo. »Ich habe auch eine gute Nachricht für Sie. Eine gute Nachricht für die gesamte zivilisierte Welt, aber ich wollte, dass Sie sie als Erster erfahren: Das Bild ist wieder da!«

Cornelius schwieg und spürte, wie sich Forsinis Aufregung auf ihn übertrug. Er stellte das Telefon auf »Mithören«. Jenny hatte sich aufgerichtet und zerrte an seinem Arm. »Was ist los?«

»Sind Sie noch dran?«, fragte Forsini.

»Ja, aber mir fehlen die Worte. Wo ist es aufgetaucht?«

»In einer Bank in Zürich. Eine Frau hat es, sorgfältig verschnürt, am Schalter abgegeben und gebeten, sofort die Polizei zu verständigen. Sie war verschwunden, bevor die Angestellten sie etwas fragen konnten. Dementsprechend vage und widersprüchlich sind deren Personenbeschreibungen. Schnell geschaltet hat dagegen die Polizei in Zürich. Die wussten schon nach wenigen Minuten, was ihnen da zugespielt wurde.«

»Wie geht es jetzt weiter?«

»Der Eigentümer des Bildes ist auf dem Weg von Boston nach Zürich. Ich fahre ebenfalls dorthin. Wenn möglich, werden wir am späteren Abend eine gemeinsame Pressekonferenz geben. Ich bin sehr froh, dass die ganze furchtbare Geschichte wenigstens in dieser Hinsicht ein gutes Ende gefunden hat.«

»Ja, großartig…«, sagte Cornelius nachdenklich.

»Ich danke Ihnen für das, was Sie getan haben. Von ganzem Herzen. Bitte besuchen Sie mich in Florenz, sobald es Ihnen möglich ist!«

»Das verspreche ich. Arrivederci, Dottore!« Cornelius beendete das Gespräch und schwang die Beine aus dem Bett.

»Wohin so schnell?«, wollte Jenny wissen.

»Duschen und frühstücken. Ich brauche einen Eimer Kaffee, und dann müssen wir reden.«

»Worüber?«

»Irgendwas stimmt hier nicht. Ich glaube, wir werden verarscht. Beeil dich!«

»Yes, Sir!«

Als Cornelius eine halbe Stunde später im gemütlichen Frühstücksraum des »Des Artes« die zweite Tasse Kaffee trank, konnte er förmlich spüren, wie die Synapsen in seinem Hirn in den Turbomodus schalteten.

»Okay, ich warte«, sagte Jenny.

»Das sind sehr merkwürdige Artnapper, mit denen wir es da zu tun haben.«

»Wieso?«

»Sie haben das Bild geraubt, um 50 Millionen Dollar Lösegeld zu kassieren, richtig?«

»Richtig!«

»Sie haben das Geld nicht bekommen, weil es ihnen jemand anders weggeschnappt hat. Mal davon abgesehen, dass zwei ihrer Leute tot sind, richtig?«

»Richtig.«

»Trotzdem taucht das Bild wieder auf. Sie haben es irgendwie freigegeben. Warum haben sie das gemacht? Warum kein zweiter Erpressungsversuch? Warum keine weitere Lösegeldforderung?«

»Möglicherweise war ihnen das zu gefährlich. Der internationale Fahndungsdruck war hoch. Die fehlgeschlagene Lösegeldübergabe hat großes Aufsehen erregt. Ein schönes stilles kleines Geschäft war vielleicht aus ihrer Sicht nicht mehr drin.«

»Mag sein, aber das ist kein stichhaltiger Grund, das Bild einfach zurückzugeben. Überleg mal, was für enorme Risiken sie eingegangen sind, um es zu bekommen. Sie haben dafür einen Mord begangen. Sie hätten das Gemälde verstecken und zwei, drei Jahre ins Land gehen lassen können, bis sie eine neue Forderung stellen. Warum nicht einfach abwarten, bis sich die Wogen geglättet haben.«

»Na ja, vielleicht haben sie nicht daran geglaubt, dass die Versicherungen nach dem Fehlschlag im ›Emirates‹ noch weiteres Geld herausrücken.«

»Warum sollten sie nicht? Natürlich sind fünfzig Millionen auch für die keine Bagatelle, aber es ist eben nur ein Fünftel der Versicherungssumme. Wenn sie fünfzig Millionen nachschießen, haben sie immer noch eine erfolgreiche Schadensbegrenzung hinbekommen.«

»Okay«, seufzte Jenny. »Ich gebe mich geschlagen. Worauf willst du hinaus?«

»Ockhams Rasiermesser! Zum letzten Mal. Die einfachste Überlegung lautet: Wenn sie nicht bekamen, was sie gefordert haben, und das Bild trotzdem herausgaben, ging es vielleicht gar nicht um das, was sie gefordert haben.«

»Sondern um was?«

»Denk nach! Was war wirklich speziell an diesem Fall?«

»So ziemlich alles! Vor allem der Umstand, dass wir es mit zwei Fällen zu tun haben. Zunächst haben wir den Raub des Bildes und den Mord in Boston. Ungewöhnlich, dass das Gemälde nicht in einem Banksafe, sondern im Tresor eines Privathauses aufbewahrt wurde. Dann die brutale Vorgehensweise, die Ermordung des alten Mannes. Die landläufige Vorstellung, Kunstdiebe seien so was wie Gentlemen-Verbrecher hat zwar nie gestimmt, aber Mord und Totschlag sind in diesen Kreisen nicht an der Tagesordnung. Und, was sollte der Angriff auf dich? Offensichtlich war gar nicht geplant, einen sauberen Austausch durchzuführen. Okay, mal angenommen, sie wollten die Diamanten an sich bringen, ohne das Bild herauszurücken: Erklärt das den Angriff auf den Geldboten? Was hatten sie mit dir vor, nachdem sie dich niedergeschlagen hatten? Hier beginnt, wenn man so will, der zweite Fall. Unsere Artnapper werden gestört, beraubt und umgebracht, und ihren Komplizen bleibt nur die Arschkarte in diesem Spiel. Du hast verdammt noch mal recht! Warum sollten sie das Bild einfach so zurückgeben?«

»Genau«, nickte Cornelius bedächtig. »Und eine Merkwürdigkeit hast du noch vergessen.«

»Nein, nicht vergessen. Nur noch nicht erwähnt: Woher kamen auf einmal die Reporter? Wer hat die Medien ins Hotel bestellt?«

»Exakt die Person, die auch die Polizei angerufen hat.«

»Und zwar so, dass sie garantiert nach den Reportern eintraf. Wozu das alles?«

Cornelius holte tief Luft. »Was, wenn die Medieninszenierung der eigentliche Zweck der ganzen Sache war?«

Jenny schwieg verblüfft. »Warum sollte jemand so etwas aufziehen?«, fragte sie schließlich.

»Ich weiß es nicht, aber ich kenne vielleicht jemanden, der es wissen könnte. Hast du den Namen van Meegeren schon mal gehört?«

»Im Zusammenhang mit Kunst?«

»Nee, in Verbindung mit der Formel 1, mein Gott! Natürlich im Zusammenhang mit Kunst.«

»Was soll denn der aasige Tonfall? Klar habe ich den Namen schon mal gehört.« Jenny war offenkundig gekränkt. »Han van Meegeren war ein holländischer Kunstfälscher in den vierziger Jahren des letzten Jahrhunderts. Ich habe einen Film über ihn gesehen.«

»Der Mann war ein Genie.« In Cornelius' Stimme schwang ehrliche Bewunderung mit. »Er hatte sich auf Vermeer spezialisiert und war darüber zum Experten für alte Techniken geworden. Van Meegeren verwendete jahrhundertealte Leinwände, die er weiß der Himmel woher bezog, und er konnte Farbe künstlich altern lassen. Er schaffte es, seine Fälschungen als Neuentdeckungen und Sensationsfunde auf dem Markt zu platzieren und alle Kunsthistoriker seiner Zeit zu täuschen. Bei den heutigen Analyseverfahren hätte er wohl keine Chance gehabt.«

»Hat er sich nicht selbst entlarvt?«

»Ja, notgedrungen. Er rechnete wohl nicht damit, dass die Nazis den Krieg verlieren könnten. Jedenfalls hat er 1942 Hermann Göring für viel Geld einen falschen Vermeer verkauft. Nach dem Krieg wurde er verhaftet und beschuldigt, niederländisches Kulturgut an die Deutschen versilbert zu haben, weshalb ihm die Todesstrafe drohte. Er gestand die Fälschungen, um seine Haut zu retten, aber ironischerweise glaubte ihm niemand. Also malte er noch im Gefängnis und vor den Augen der fassungslosen Öffentlichkeit einen neuen meisterhaften Vermeer. Ab da galt er in Holland als Nationalheld, der die Deutschen reingelegt hatte.«

»Eine schöne Geschichte, aber ich sehe nicht, wie sie uns weiterbringt. Der gute Mann ist seit einer Ewigkeit tot.«

»Stimmt, aber ich kenne noch einen anderen van Meegeren, der sehr lebendig ist. Hier in Amsterdam. Er hat nichts mit dem großartigen Bilderfälscher zu tun. Es gibt keinerlei verwandtschaftliche Beziehungen, aber auf seine Weise ist er genauso talentiert wie sein berühmter Namensvetter. Ich glaube, manchmal kokettiert er ein wenig mit dem Namen. Hieronymus van Meegeren klingt doch auch richtig gut, oder? Er betreibt offiziell eine antiquarische Buchhandlung mit dem schönen Namen *Old Treasures,* aber das ist nur Fassade.«

»Für was?«

»Luxushehlerei. Hieronymus kann dir helfen, wenn du schnell einen Käufer für drei Maserati und ein paar Fabergé-Eier brauchst. Er ist weltweit vernetzt, es gibt nichts, das er nicht vermitteln könnte. Ein seriöser und verschwiegener Mann, der sich auch auf dem Kunstmarkt bestens auskennt.«

»Und der wird mit dir reden?«

»Lass es uns versuchen. Ich habe ihn nur einmal getroffen. Die Begegnung verlief etwas kühl.«

»Wie meinst du das?«

»Ich habe gedroht, ihn fertigzumachen, wenn er die Finger nicht von Nazi-Raubkunst lässt.«

»Große Worte!«

»Damals konnte ich noch sehen.«

»Klingt jedenfalls nicht gerade wie der Beginn einer wundervollen Freundschaft.«

»Scheiß drauf«, sagte Cornelius. »Ich glaube, er hat sich dran gehalten.«

Dreißig

Sie fuhren mit dem Taxi in die Nähe der Brouwersgracht und gingen das letzte Stück bis zum Antiquariat zu Fuß. Das *Old Treasures* befand sich im Untergeschoss eines unscheinbaren grauen Stadthauses. Jenny schob Cornelius durch eine mit Jugendstilornamenten verzierte Glastür, die sich mit einem melodischen Ding-Dong hinter ihnen schloss. Erstaunt sah sie sich um. Die große antiquarische Buchhandlung erinnerte sie ein wenig an die Klosterbibliothek aus dem Film »Der Name der Rose«. Von einem zentralen Raum zweigten Gänge in alle Richtungen ab, und an den Wänden waren dunkle Regale angebracht, die bis zur Decke mit alten Büchern bestückt waren. Es roch nach Papier, Leder und Staub.

»Niemand hier«, stellte Jenny fest.

»Wart's ab«, sagte Cornelius, und tatsächlich schoss in diesem Moment eine junge Frau aus einem der Gänge hervor, die in dem Ambiente vollständig fehl am Platz wirkte. Sie mochte vielleicht Mitte zwanzig sein, trug einen schwarzen Hosenanzug und hatte einen bonbonrosa gefärbten Irokesenschnitt. Auf einer sommersprossigen Nase saß eine große John-Lennon-Brille, hinter deren Gläsern blaue Augen strahlten.

»Goede middag«, sagte sie fröhlich.

»Hallo«, setzte Jenny an. »Wir hätten gerne …«

»Ah, Sie sind Deutsche«, unterbrach sie die junge Frau. »Das ist gut! Wir führen eine große Auswahl deutscher Klassiker. Wunderbare Gesamtausgaben von Hölderlin, Heine und Hofmannsthal. Komplette Jahrgänge der Fackel von Karl Kraus und alles von Jacob Wassermann. Ich habe auch eine Erstausgabe des ›Kunstseidenen Mädchens‹ von Irmgard Keun und die frühen Erzählungen von Otto Flake.«

»Wir sind nicht wegen der Bücher hier«, sagte Jenny. »Wir würden gerne mit Meneer van Meegeren sprechen.«

»Oh«, sagte die Frau enttäuscht, »wer ist *wir*?«

»Professor Cornelius Teerjong aus Frankfurt. Meine Name ist Jenny Urban.«

»Ich werde fragen, ob er Zeit für Sie hat.« Sie drehte sich um und verschwand in einem der hinteren Gänge.

»Jede Wette, dass er die hat«, knurrte Cornelius. »Schon, weil er so verdammt neugierig ist.«

Er behielt recht. Nach einer Minute tauchte die junge Dame wieder auf und machte ihnen ein Zeichen, ihr zu folgen. Sie durchquerten eine Art Versandlager und landeten in einem Büroraum, in dem ein großer Mann hinter einem großen Schreibtisch saß. Höflich stand er auf, als Jenny und Cornelius hereinkamen. Jenny hatte nie einen Gedanken daran verschwendet, wie antiquarische Buchhändler aussehen mochten, aber sie fand sofort, dass ihr Gegenüber allen Klischees entsprach. Hieronymus van Meegeren war ein schlaksiger Nerd Anfang fünfzig mit Hornbrille, Strickjacke und ausgebeulter Cordhose. Wenn sein Lächeln echt war, schien er Cornelius den alten Streit nicht nachzutragen.

»Professor Teerjong«, sagte er erfreut, »wie schön, Sie wohlbehalten und in Freiheit anzutreffen. Ich war besorgt, als ich die Bilder von Ihnen in den Medien sah. Bitte nehmen Sie

Platz. Meine Tochter Betsy haben Sie ja schon kennengelernt.« Er deutete auf die junge Frau, die in der Tür stehen geblieben war. »Liebes, könntest du uns Kaffee machen?«

Jenny und Cornelius setzten sich, und auch der Buchhändler machte es sich hinter seinem Schreibtisch wieder bequem. Er lächelte Jenny gewinnend an. »Sie sind Journalistin, Frau Urban?«

»Wer hat Ihnen das erzählt?«

»Hab ich vergessen. Ich höre von morgens bis abends alles Mögliche.« Sein Blick wanderte zu Cornelius. »Tut mir leid, was mit Ihren Augen geschehen ist. Als wir uns begegnet sind, funktionierten sie noch.«

Eine kleine Anspielung darauf, dass sich die Zeiten geändert hatten. Jenny las in Cornelius' Gesicht, dass er sie verstand. »Sie haben mir meine kleine Intervention damals ziemlich übel genommen.«

Van Meegeren schüttelte den Kopf. »Nur am Anfang. Wenig später stellte sich heraus, dass mir Ihre, nun, nennen wir es ›Empfehlung‹, eine Menge Ärger erspart hatte.«

Cornelius wandte sich zu Jenny. »Es ging um zwei Bilder von Gustav Klimt.«

»Schnee von gestern«, sagte van Meegeren in wegwerfendem Tonfall. »Sprechen wir über heute. Was führt Sie zu mir?«

»Der Schlamassel, von dem Sie in den Zeitungen gelesen haben.«

»Die Polizei hat Sie tatsächlich verdächtigt, dafür verantwortlich zu sein?«

»Ja, aber der Haftrichter hat nicht mitgespielt.«

»Wie man sieht. Warum sind Sie nun hierhergekommen?«

Cornelius antwortete nicht gleich. Hinter ihnen öffnete sich die Tür, und van Meegerens Tochter stellte große Tassen mit duftendem Kaffee vor ihnen ab.

»Ich brauche Ihren Rat«, sagte Cornelius. »Ihre Expertenmeinung, wenn Sie so wollen.«

»Wie Sie wissen, bin ich sehr teuer.«

Jenny starrte den Buchhändler überrascht an, aber der schien es absolut ernst zu meinen.

»Wir werden uns schon einig«, sagte Cornelius.

Van Meegeren nickte. »Erzählen Sie mal, was passiert ist.«

Cornelius begann mit Forsinis Besuch in Frankfurt und endete damit, wie Rechtsanwalt Molenaar seine Freilassung aus dem Polizeigewahrsam erwirkt hatte.

Jenny beobachtete den Buchhändler beim Zuhören und sah, dass dessen spöttisches Gesicht einen zunehmend ernsteren Ausdruck annahm.

»Sie haben recht, an dieser Geschichte ist alles seltsam.« Er lehnte sich zurück und schloss die Augen.

Jenny ließ ihren Blick durch den Raum schweifen. Sie sah Aktenordner in schmucklosen Metallregalen, ein altes Radio auf van Meegerens Schreibtisch, an den Wänden Poster von Ausstellungseröffnungen im Reichsmuseum, über sich eine staubige Neonröhre. Nicht nur an der Geschichte, sondern auch an diesem Büro war etwas komisch.

Van Meegeren räusperte sich. Er hatte sich vorgebeugt und sah Jenny durchdringend an. »Wissen Sie, wer die Expertisen für das Bild gemacht hat?«

Cornelius schüttelte den Kopf und antwortete für Jenny. »Nein, das wissen wir nicht.«

»Moment«, wandte Jenny ein, »wir wissen immerhin, dass in Forsinis Institut in Florenz die materialtechnischen Untersuchungen durchgeführt wurden.«

»Ja, der tüchtige Dottore Forsini.« Van Meegeren drückte irgendwo unter seinem Schreibtisch auf einen Knopf, und einen Augenblick später kam seine Tochter herein. »Könntest du für mich feststellen, wer für den wieder aufgetauchten Leonardo die kunsthistorischen Zertifikate ausgestellt hat?«

»Natürlich.«

Die Tochter verschwand und war wenige Augenblicke später wieder da. Sie reichte van Meegeren einen Zettel und blieb abwartend neben dem Schreibtisch stehen. »Setz dich doch, Liebes«, sagte er zerstreut. Betsy van Meegeren nahm in einem Korbsessel Platz, während ihr Vater auf das Stück Papier in seiner Hand starrte. »Von allen Merkwürdigkeiten in dem Fall ist diese Liste das größte Mysterium.«

»Inwiefern?« Jenny hatte Mühe, ihre Ungeduld zu zügeln.

»Derek Fitzwilliam. Jacopo Tiarini. Beat Hoffmann. Franz Nikolai und Paul Trenker.« Hieronymus van Meegeren ließ sich die Namen auf der Zunge zergehen. Jenny hatte das Gefühl, zwei davon vor nicht langer Zeit gehört zu haben, konnte sich aber nicht an den Zusammenhang erinnern. Cornelius schien es ähnlich zu gehen. Sie sah, wie er nachdenklich die Stirn runzelte und den Mund verzog. »Geht es etwas genauer?«

»Auf diesem Zettel stehen fünf der weltweit renommiertesten Experten für Renaissance-Kunst, wobei Fitzwilliam, Tiarini und Nikolai die bekanntesten sind. Fünf Koryphäen, die sich seit Jahren hassen wie die Pest. Alle sind abgedrehte

Egomonster, die aneinander kein gutes Haar lassen. Jeder hält die anderen für komplette Idioten. Wenn Fitzwilliam ›ja‹ sagt, sagt Tiarini garantiert ›nein‹ und Nikolai ›vielleicht‹. Die widersprechen einander aus Prinzip, selbst wenn sie wissen, dass der andere recht hat.«

»Bei den ›Hirten auf dem Felde‹ haben sie es nicht getan. Ist es das, was Sie verdächtig finden?«

»So ist es, Meneer! Denken Sie an meine Worte! Alle Ihre Fragen werden sich klären, wenn Sie auf meine Masterfrage eine Antwort finden: Wie war es möglich, dass diese Herrschaften sich einig wurden?«

Van Meegerens Tonfall signalisierte, dass die Audienz zu Ende war. Cornelius schien das auch so aufzufassen. Er stand auf und streckte dem Buchhändler die Hand über den Schreibtisch entgegen. »Vielen Dank! Was bekommen Sie für diese Beratung?«

Van Meegeren nahm die ausgestreckte Hand und schüttelte sie. »Ich lasse es Sie wissen. Vielleicht brauche ich in nächster Zeit einmal Ihre Hilfe. Eine Kleinigkeit, Herr Professor, wäre da noch.« Der Buchhändler machte eine Pause und hielt Cornelius' Hand dabei fest. »Sie haben gesehen, dass ich wegen der Vergangenheit nicht nachtragend bin, aber kommen Sie nie wieder auf die Idee, mir zu drohen.«

Sein Ton hatte sich geändert, und Jenny sah, wie für einen Augenblick die Nerd-Fassade zerfiel und ein kühl berechnender Krimineller zum Vorschein kam, mit dem man sich besser nicht anlegte.

»Ein schönes Schlusswort«, sagte Cornelius spöttisch. »Vielen Dank für Ihre Zeit und leben Sie wohl.«

Zielsicher tastete er nach Jennys Arm und wandte sich zur Tür. Gemeinsam verließen sie den Laden und traten ins Freie. »Lass uns ein Stück zu Fuß gehen«, schlug Jenny vor. Sie atmete tief durch. »Was für ein ungewöhnlicher Mann!«

»Ungewöhnlich und gefährlich«, erwiderte Cornelius. »Ist dir an seinem Büro etwas aufgefallen?«

»Ja, es hat einen Moment gedauert, aber dann habe ich es gesehen. Es gibt dort nicht einen einzigen Computer.«

»Das war damals schon so. Er benutzt keine. Auch keine Handys. Entweder er telefoniert mit dem Festnetz, wenn es um unverfängliche Dinge geht, oder er lässt telefonieren. Seine internationale Vernetzung basiert auf altmodischen physischen Beziehungen zu Menschen, die er persönlich kennt. Wenn er das Netz wirklich einmal braucht, schickt er Leute in Internetcafés, die für ihn Informationen oder was auch immer beschaffen. Er selbst hinterlässt keine digitalen Spuren. Er hat in Europa, Amerika und vor allem im arabischen Raum Mittelsmänner, die alles Mögliche für ihn erledigen, weil er sie großzügig bezahlt. Wenn sie irgendwo auf der Welt eingebuchtet werden, schickt er seine Rechtsanwälte oder hilft auf andere Weise. Ich weiß nicht, wie vermögend er wirklich ist, aber seine Geschäfte haben einen erheblichen Umfang. Manchmal reicht ihm eines pro Jahr. Bei jedem Deal, den er vermittelt, verlangt er 25 Prozent, und wenn er beratend tätig wird, liegen seine Stundensätze bei 6.000 Euro.«

»Dann war das ja gerade ein preisgünstiges Gespräch.«

»Ja, das reinste Schnäppchen. Und es hat mich auf eine Idee gebracht. Sprich mit deinem Chef. Wir fliegen morgen nach Florenz.«

Einunddreißig

Die Frau sah für Jenny nicht wie eine Detektivin aus. Sie war Ende vierzig, korpulent und blondgelockt und hatte eine ausgesprochen mütterliche Ausstrahlung. Wie angekündigt war sie am Nachmittag im Hotel aufgetaucht und hatte sich als Mitarbeiterin der Agentur vorgestellt, die beauftragt worden war, die Security-Leute Willem und Marinus zu durchleuchten. Als sie jetzt ihrer Aktentasche einen eng bedruckten dünnen Stapel Blätter entnahm, machte sie trotz ihrer biederen Erscheinung einen tatkräftigen und kompetenten Eindruck.

»Wir konnten in der kurzen Zeit nicht alle Informationen gegenchecken und mehrfach absichern, doch ich kann Ihnen vorab sagen, dass wir bis jetzt nichts Auffälliges gefunden haben. Aber natürlich sind wir noch nicht fertig.

Beide Männer wurden 1980 geboren. Willem Dijkstra in Utrecht, Marinus Heller in einem Nest bei Eindhoven. Willem besuchte bis zur 10. Klasse das staatliche Gymnasium in Utrecht, verließ dann die Schule und absolvierte eine Ausbildung zum Heizungsinstallateur. Diesen Beruf übte er bis 2006 aus. Hat ein bisschen oft die Firma gewechselt, aber sonst nichts Ungewöhnliches. Als sein letzter Arbeitgeber Insolvenz anmelden musste, hat Willem bei Amsterdam Security angeheuert. Deren Einstellungsanforderungen sind sehr hoch, und sie schauen genau hin. Man kann mit ziemlicher Sicherheit davon ausgehen, dass er, ebenso wie Marinus, keine Vorstrafen hat. Wir prüfen das aber noch gesondert. Im Jahr 2007 heiratet er seine Frau Madelaine. Die Ehe blieb bis jetzt kinderlos, soll nach Angaben der Nachbarn aber glücklich sein. Mit seinem Kollegen Marinus ist er privat befreundet. Beide sind Fans von Ajax Amsterdam. Sie gehen zusammen zum Fußball und zum Bowling und haben auch schon gemeinsam Urlaub gemacht. Marinus' Lebenslauf ist womöglich noch ereignisloser. Nach einem mittleren Schulabschluss jobbte er jahrelang als Kellner in diversen Kneipen, bevor er 2002 zu Amsterdam Security stieß. Auch er hat sich sein Leben lang nichts zuschulden kommen lassen. Marinus Heller ist ledig, hat aber eine feste Freundin. Finanziell scheint es den Herren ebenfalls nicht schlecht zu gehen. Amsterdam Security zahlt recht gut. Marinus hat vor ein paar Jahren sein Elternhaus geerbt. Hin und wieder überziehen unsere Freunde ihr Bankkonto, aber ansonsten sind keinerlei Schulden bekannt. Beide Männer sind niemals durch radikale politische Ansichten oder Regelverstöße aufgefallen. Sie sind ziemlich ausgiebig in sozialen Netzwerken unterwegs, posten aber nur privates Zeug.

So weit, so gut. Wie Sie sehen, gibt es bis jetzt nichts Ungewöhnliches. Mehr konnten wir in der kurzen Zeit nicht ermitteln. Die Handyverbindungsdaten fehlen noch, unsere Leute sind da aber dran. Sie werden auch die PCs und Telefone der beiden hacken. Das dauert etwas. Sie müssen sich vor Augen halten, dass diese Männer gerade zeitgleich von der Polizei, ihrem Arbeitgeber und uns überprüft werden. Wir wollen niemandem in die Quere kommen und dabei Spuren hinterlassen, die zu uns zurückverfolgt werden können.«

Jenny sah Cornelius nicken. Er wirkte genervt und deprimiert. Offensichtlich hatte er sich vom Einsatz der Detektei wesentlich mehr versprochen.

»Von meiner Seite war es das zunächst. Morgen können wir Ihnen sicher schon mehr sagen. Haben Sie noch irgendwelche Fragen?« Die Ermittlerin hatte begonnen, ihre Unterlagen wieder in der Tasche zu verstauen.

»Im Augenblick nicht. Vielen Dank, wir melden uns…«

»Moment noch!« Cornelius ließ Jenny nicht ausreden. »Sie haben eben gesagt, Willem habe 2007 eine Frau namens Madelaine geheiratet. Wie war deren Familienname?«

Die Detektivin holte ihren Papierstapel wieder heraus und blätterte darin herum. »Madelaine Dijkstra… geborene Rykers.«

Jenny holte überrascht Luft und hätte sich beinahe an ihrem eigenen Speichel verschluckt. Zum Glück schaute die Ermittlerin in Cornelius' Richtung. Der verzog keine Miene. »Schade!«, sagte er enttäuscht.

Die Detektivin wartete einen Augenblick, und als keine weiteren Kommentare folgten, packte sie endgültig zusammen. »Morgen kommt ein Kollege von mir. Hat mich gefreut, Sie kennenzulernen. Tot ziens!«

Jenny sah ihr nach, als sie die Zimmertür hinter sich schloss, und versuchte ihre Aufregung in den Griff zu bekommen. »Wie konntest du das wissen?«

»Hab ich nicht. Es war einfach ein Versuch. Ein Schuss ins Blaue.«

»Rykers ist nicht gerade ein seltener Nachname. Vielleicht hat es nichts zu bedeuten.«

»Denkst du das wirklich?«

»Nein!« Jennys Gedanken glitten in die Vergangenheit. Es gab tatsächlich eine Verbindung zu Marten Rykers. Dem Mann, den Cornelius geopfert hatte, um sie zu retten. »Warum hast du so getan, als hättest du den Namen noch nie gehört? Willst du den Verdacht nicht an die Polizei weiterleiten?«

»Glaubst du, die teilen ihre Überlegungen mit *uns*?«

Jenny antwortete nicht.

»Ich will diese Information noch nicht preisgeben«, erklärte Cornelius geduldig. »Falls wirklich Marten Rykers in die Sache verwickelt ist, sind wir in erheblicher Gefahr. Wenn die Polizei ihn für uns aus dem Verkehr ziehen würde, wäre mir das sehr recht. Aber was ist, wenn die Beweise nicht ausreichen und er auf freiem Fuß bleibt?«

»Was hast du vor?«

»Ich kümmere mich selbst um die Angelegenheit. Aber vorher müssen wir ein paar andere Dinge erledigen. Ich telefoniere jetzt mit dem Rechtsanwalt und kläre, ob ich problemlos das Land verlassen kann. Wenn er ja sagt, mache ich einen Termin mit Forsini. Er hat mich eingeladen, ich will ihn gleich morgen sprechen. Wenn du mitkommen willst, rede mit deinem Chef.«

»Kann ich ihn mit einer Exklusivstory locken?«

»Nur wenn er keine Angst vor Verleumdungsklagen hat. Ich glaube, ich weiß, was passiert ist, aber ich werde nichts davon beweisen können.«

Zweiunddreißig

Am frühen Nachmittag des nächsten Tages checkten sie im Relais Villa Ape Rosa, einem kleinen Hotel unweit der Innenstadt von Florenz, ein. Die Amsterdamer Staatsanwaltschaft hatte nach Intervention von Rechtsanwalt Molenaar der Reise zähneknirschend zugestimmt, und auch Dr. Kahlhöfer war einverstanden gewesen, nachdem Jenny versichert hatte, Flug- und Hotelkosten selbst bezahlen zu wollen. »Sehen Sie zu, dass für die Zeitung etwas dabei herausspringt.« Jennys Telefon war auf »Mithören« gestellt, und Cornelius hatte anhand ihres Atemgeräusches wahrnehmen können, dass sie sich eine höchstwahrscheinlich obszöne Antwort verkniff.

Sein eigenes Telefonat mit Forsini war angenehmer verlaufen. Ein wenig überrascht, aber freudig hatte dieser einem Treffen zugestimmt. »Ein Mitarbeiter des Opificio wird Sie abholen und zu mir bringen. Ich arbeite zurzeit von zuhause aus. Rufen Sie an, wenn Sie ausgepackt haben. Ach ja, eine Bitte: Könnte ich zunächst allein mit Ihnen reden? Wir haben ein paar Dinge zu besprechen, die ich ungern mit einer Journalistin teilen möchte. Wenn Sie verstehen …«

Und wie er das verstand. Cornelius hatte zugestimmt, und Jenny war deswegen stinksauer gewesen. Sie würde sich auch wieder beruhigen. Zumindest hoffte er das. Als er jetzt in die Hotellobby hinunterging, hatte er ihr wütendes Fluchen noch immer im Ohr.

Im Erdgeschoss angekommen wandte er sich in Richtung Rezeption, und dann kam eine freundliche Männerstimme auf ihn zu. »Professor Teerjong? Willkommen in Florenz. Mein Name ist Fabio Rossi. Man hat mich beauftragt, Sie abzuholen. Darf ich Ihnen meinen Arm anbieten?«

Wenige Minuten später nahm er im Fond eines geräumigen Wagens Platz, der klimatisiert und offenbar schallisoliert war. Als sich die Türen schlossen, blieb der Lärm der Stadt draußen, und eine kühle Stille umfing ihn.

»Wohin fahren wir?«

»Nach Careggi, Dottore Forsini hat dort eine kleine Villa.«

Lüge Nummer eins, dachte Cornelius. Durchaus möglich, dass Forsini eine Villa in einem Außenbezirk von Florenz besaß, aber er war beinahe sicher, dass sie nicht dorthin fuhren. Der Fahrer war sehr schweigsam, und auch er selbst hing seinen Gedanken nach. Forsinis Bitte um ein Gespräch unter vier Augen hatte seinen Verdacht noch einmal verstärkt, und er war froh gewesen, Jenny nicht dabeizuhaben. Jetzt war er nicht mehr sicher, ob es eine gute Idee war, Forsini allein gegenüberzutreten.

Die bisher durchgängig zügige Fahrt wurde jetzt von Stop-and-Go-Verkehr abgelöst. Nach gefühlten zwanzig Minuten hielt der Wagen schließlich an. Der Fahrer öffnete die Tür, und Verkehrslärm, Geschrei und Abgasgestank brandeten herein. Sie waren immer noch im Stadtbereich von Florenz.

»Nehmen Sie meinen Arm, und tun Sie nichts Unüberlegtes.« Cornelius hatte nichts dergleichen vor. Er ließ sich von dem Fahrer etwa fünfzig Meter einen Gehweg entlang führen, dann traten sie durch eine Tür, und die Gerüche und Geräusche änderten sich schlagartig. Er roch Espresso, diverse Aromen hochprozentiger Spirituosen und die Ausdünstungen einer größeren Anzahl von Menschen. Hauptsächlich Schweiß, Kosmetika und ein wenig Zigarettenrauch. Die Stimmen um ihn herum klangen halblaut, temperamentvoll und ungezwungen. Gesprochen wurde ausschließlich Italienisch. Gläser klirrten, und eine Espressomaschine rechts von ihm nahm in diesem Augenblick mit einem lauten Ächzen den Betrieb auf. Von irgendwoher kam Musik von Paolo Conte. Cornelius' Verstand versuchte automatisch die verschiedenen Wahrnehmungen zu einem Bild zusammenzufügen. Offenbar befand er sich in einer gepflegten Bar im Innenstadtbereich, die etwa zwanzig Autominuten von seinem Hotel entfernt war und hauptsächlich von Einheimischen besucht wurde. Wie viele solcher Bars mochte es in Florenz geben? Zu viele, dachte er, aber was war mit dem Zigarettenrauch? In welchen Bars der Stadt durfte man noch rauchen?

Wieder wurde eine Tür geöffnet und hinter ihnen geschlossen. Das Stimmengewirr und die Musik waren jetzt nur noch schwach zu hören.

»Bitte geben Sie mir Ihr Handy und heben Sie die Arme hoch«, sagte der Fahrer.

»Rechte Jackentasche.«

Der Fahrer tastete ihn ab und nahm das Telefon an sich. Dann klopfte er an eine Tür und schob Cornelius in einen Raum hinein. Die Luft war abgestanden und verbraucht. Er roch einen Hauch Aftershave direkt vor sich.

»Buongiorno, Herr Professor«, sagte Forsini. »Wie schön Sie wiederzusehen. Direkt vor Ihnen steht ein Stuhl.«

Dreiunddreißig

Cornelius tastete nach der Lehne und setzte sich. Jetzt, wo es so weit war, fiel alle Nervosität von ihm ab. »Was soll der ganze Zirkus?«

»Sie meinen dieser Ort? Es ist das Hinterzimmer einer Bar, wie es Hunderte in Florenz gibt. Sehr diskret. Ich kann hier offen reden, und das werde ich auch, Natürlich habe ich mir länger überlegt, ob es mir schaden kann, wenn ich Ihnen erzähle, was passiert ist, aber ich glaube, das ist nicht der Fall. Wir sind ganz unter uns. Es wird keinen Beweis dafür geben, dass dieses Gespräch überhaupt stattgefunden hat, geschweige denn für alles andere.«

»Warum wollen Sie es überhaupt führen?«

»Weil ich es mir leisten kann. Nennen Sie es Höflichkeit unter Berufskollegen. Das meiste haben Sie sich sicher schon zusammengereimt. Wann haben Sie Verdacht geschöpft?«

»Es waren verschiedene Dinge, die mich stutzig gemacht haben. Das sofortige Auftauchen der Presse am Tatort zum Beispiel. Oder die Frage, wer möglicherweise genug Einfluss besaß, um fünf verfeindete Renaissance-Experten unter einen Hut zu bringen. Hauptsächlich war es Ihre Mitteilung, dass das Gemälde in Zürich abgegeben wurde. Es gab eigentlich nur einen denkbaren Plan, bei dem das zeitnahe Wiederauftauchen des Bildes zwingend notwendig war, und der hatte mit Artnapping nichts zu tun.«

»Was habe ich also Ihrer Meinung nach getan?«

»Sie haben einen gefälschten Leonardo auf den Markt geschleust und einen riesigen Medienrummel inszeniert, um den Preis für das Bild hochzutreiben. Und dabei einige Leichen in Kauf genommen.«

»Nicht schlecht, aber das eigentlich Geniale war, dass wir noch nicht einmal eine Fälschung brauchten.«

»Sie meinen, das Bild ist echt?«

»Nein, das Wunderbare ist, dass diese Frage heutzutage keine Rolle mehr spielt. Ich müsste ein wenig ausholen, wenn Sie gestatten.«

»Ich habe alle Zeit der Welt.«

»Das freut mich sehr.« Forsini war die Liebenswürdigkeit in Person. »Lassen Sie mich vielleicht so beginnen: Wie Sie wissen, gibt es in Ihrer schönen Sprache eine Redensart, die besagt, es sei noch kein Meister vom Himmel gefallen. Aber wie Sie wahrscheinlich ebenfalls wissen: Genau das ist in den letzten Jahren passiert. Sie sind sozusagen heruntergeprasselt. Finden Sie es nicht erstaunlich, wie viele alte Originale zufällig gefunden wurden? Und gleich für mehrstellige Millionenbeträge im Angebot waren? Seit superreiche Russen und Araber den Kunstmarkt aufmischen, sind die Preise explodiert. Besonders von Michelangelo tauchen immer neue ›Originalskizzen‹ und Zeichnungen auf, die ständig wertvoller werden, weil die Nachfrage immens ist. Im Jahre 1964 brachte eine Michelangelo-Zeichnung bei Sotheby's gerade mal 12.500 Pfund. Mittlerweile lassen sich drei bis acht Millionen Pfund für ein einzelnes Blatt erzielen. Es gilt die Devise: Was teuer ist, muss echt sein. Vor kurzem hat ein russischer Oligarch 127,5 Millionen Dollar für ein kleines, stark beschädigtes Christusgemälde bezahlt, das angeblich von Leonardo da Vinci sein soll. Das Bild ist 1958 bei Sotheby's für 45 Pfund über den Tisch gegangen. Ich könnte Ihnen mindestens zwanzig Beispiele für vom Himmel gefallene Meister nennen. Die Medien haben natürlich einen großen Anteil an solchen Geschichten. Vor etlichen Jahren ›entdeckte‹ eine amerikanische Familie hinter ihrer Wohnzimmercouch ein dilettantisch fabriziertes Gemälde, das vage an ein von Michelangelo gezeichnetes Kruzifix erinnerte. Es fand sich ein italienischer Michelangelo-Restaurator, der eine Expertise verfasste, und schon schwadronierte die internationale Presse von ›dreihundert Millionen hinterm Sofa‹, die allerdings bisher niemand dafür hinlegen wollte. Und so weiter, und so weiter.«

Cornelius nickte. Natürlich wusste er das alles. Sogar aus eigener Erfahrung. In Frankfurt hatte im Jahr 2010 das Städel-Museum ein fragwürdiges altes Porträt von Papst Julius II angekauft, bei dem man unbedingt die entwerfende Hand Raffaels erkennen wollte, obwohl die viel feinfühliger gestaltete Urfassung seit langem in der Londoner National Gallery hing. Nach Einschaltung weiterer Raffael-Experten und einer öffentlichen Debatte hatte das Städel seinen Papst aus der Hauptachse des Museums wieder herausgenommen und sang- und klanglos an einen weniger prominenten Platz umgehängt.

»Ich habe mich durchaus gefragt, ob die ›Hirten auf dem Felde‹ echt sind, aber wenn ich Sie richtig verstehe, ist das die völlig falsche Frage.«

»Allerdings«, erwiderte Forsini. »Was genau meinen denn die Leute mit *echt*? Wenn das Bild von einem der kleineren

Meister wäre, von Andrea del Sarto beispielsweise oder von Antonio da Correggio wäre es ja auch echt. Selbst wenn einer der unbedeutenden Schüler es gemalt hätte, wäre es echt. Keiner von denen hatte ja die Absicht, das große Vorbild zu fälschen. Sie ahmten Leonardo nach, weil sie ihn verehrten. Aber natürlich weiß ich, wie die Frage nach der Echtheit gemeint ist. Nur für das, was wir getan haben, ist es uninteressant, ob Leonardo dieses Bild wirklich geschaffen hat. Interessant ist, ob *wir* es schaffen, das erfolgreich zu behaupten.«

»Ja, das Verfahren ist wirklich genial und narrensicher. Für Sie kam es nur darauf an, die Meinungshoheit in dieser Frage zu erringen.«

Forsini gab ein trockenes Lachen von sich und hustete leise. »Das Zauberwort heißt Zuerkennung. Es gibt etwa fünfzehn wirklich namhafte und einflussreiche Spezialisten für italienische Renaissancekunst weltweit. Die Zahl ist natürlich umstritten. Kommt drauf an, wen Sie fragen. Alle sind Professoren und Autoren bedeutender Bücher über Michelangelo, Leonardo da Vinci, Tizian und Raffael. Sie interessieren sich nur für die Größten der Großen und verstehen es, sich mit der Aura des wahren Geniekenners zu umgeben. Wenn *sie* anfangen, von einem Kunstwerk zu schwärmen, den Schwung eines unvergleichlichen Pinselstriches zu loben oder die Genialität einer Bildkomposition, dann ist die Fachwelt bereit zu glauben, dass es sich um eines der seltenen Exemplare der berühmtesten Künstler des Abendlandes handelt.

Ich habe herausgefunden, dass man nicht mehr als fünf von ihnen braucht, um die Art von Hype zu inszenieren, die das wirklich große Geld einbringt. Man muss sie nur dazu bringen, einer Meinung zu sein. Zum Beispiel dass eine durchschnittliche Bronzeskulptur, die jahrhundertelang unbeachtet auf irgendeinem Speicher gelegen hat, absolut zweifelsfrei von Michelangelo stammt. Und schon wird das Objekt wertvoll. Es ist diese Zuerkennung, die praktisch aus dem Nichts Geld erzeugt.«

»Verraten Sie mir, wie Sie Ihr Fünferteam gecastet haben? Oder haben die bei Ihnen Schlange gestanden?«

»Nein, das nicht gerade. Ich habe zehn dieser Herrschaften ein Jahr lang von sehr teuren Privatdetektiven beobachten lassen und dann bei der Auswahl das optimale Verhältnis von Renommee und Erpressbarkeit zugrunde gelegt.«

»Geht's auch ein bisschen weniger hochgestochen?«

»Naturalmente. Einer der Herren war pädophil, einer hatte bei seiner Habilitation gepfuscht und ein dritter das Geld seiner Frau an der Börse verbrannt. Bei den restlichen beiden reichte die ganz normale Habgier als Motivation aus. Schauen Sie, das ist im Grunde alles, was ich getan habe. Ich habe fünf Wissenschaftler dazu gebracht, sich zu einigen. Alle waren relativ leicht zu überzeugen.«

»Und dann brauchten Sie nur noch das richtige Kunstwerk.«

»Si! Ich wurde bei einem privaten Sammler in Boston fündig. Er besaß ein 60 x 80 Zentimeter großes Renaissancegemälde, das sein Vater Anfang der achtziger Jahre bei Sotheby's für 7.500 Pfund ersteigert hatte. Es zeigte die Anbetung Jesu durch die Hirten auf dem Felde, ein in dieser Zeit außerordentlich beliebtes religiöses Motiv. Ich bat den Besitzer, mir das Bild zur Untersuchung zu überlassen, und schon das hat seine Gier angeheizt. Ich nahm das Werk mit nach Florenz, und meine Kollegen und ich leisteten solide und seriöse Arbeit. Wir untersuchten alle verwandten Materialien auf historische Authentizität, machten Röntgen- und Infrarotaufnahmen, um die Malschichten zu erkennen, und ließen kein wissenschaftliches Standardverfahren aus. Das Ergebnis war eindeutig. Materialtechnisch war das Bild zweifelsfrei ein Kunstwerk der Hochrenaissance. Von dieser Seite waren keine Probleme zu befürchten.«

»Also konnte jetzt Ihre Gutachterriege in Aktion treten.«

»Nicht gleich. Zuerst musste ich mich mit dem Besitzer einigen. Das dauerte etwa zehn Minuten. Hauptsächlich, weil er so begriffsstutzig und geldgierig war. Ich versprach ihm einen Original-Leonardo, der 300 Millionen einbringen würde. Geteilt durch sieben waren das für jeden von uns immerhin knapp 43 Millionen Euro. Der Idiot wollte einen höheren Anteil, aber schließlich hat er kapiert, dass er ohne mich gar nichts bekam.«

»Und danach ging der Medienzirkus los?«

»Ja, das war ein großer Spaß.« Forsini lachte leise. »Eine gute Legende beginnt traditionell mit dem sensationellen Fund des Kunstwerkes an einem möglichst banalen Ort. Die Leute mögen so etwas. Ich organisierte also eine Pressekonferenz im Museum of Fine Arts in Boston und ließ den Eigentümer dort erzählen, er habe das Bild vor vielen Jahren von seinem Vater geerbt, aber als Atheist für religiösen Kitsch nicht viel übrig gehabt. Deshalb sei das Werk für zwanzig Jahre auf dem Speicher verschwunden, bis ein Kunststudent, der den Auftrag hatte, den Dachboden zu entrümpeln, das Bild entdeckte und ein Handyfoto davon an Dottore Forsini nach Florenz schickte. So kam ich offiziell ins Spiel. Die amerikanischen Medien liebten die Geschichte. Besonders den Aspekt, dass seine Weigerung, an Gott zu glauben, den Besitzer beinahe um das schöne Geld gebracht hätte. Na ja, und den Rest kennen Sie ja.«

»Sie haben Ihre Superexperten aufs Feld geschickt.«

»Zwei von den Hochkarätern hatte ich schon auf der Pressekonferenz platziert. Derek Fitzwilliam aus Cambridge und Jacopo Tiarini aus Bologna standen dem stolzen Besitzer zur Seite und beteuerten ihre Überzeugung, dass niemand anderer als Leonardo da Vinci das Bild gemalt hatte. Die Nachricht von dem unglaublichen Fund verbreitete sich innerhalb einer Minute weltweit in allen sozialen Netzwerken. Als die letzten Reporter den Saal verließen, lagen schon die ersten Kaufangebote aus Russland und Katar vor. Aber natürlich gab es auch jede Menge Zweifler. Also flog ich mit Eigentümer und Bild nach Europa, und in Paris stießen Beat Hoffman aus Zürich und die beiden deutschen Kunsthistoriker Nikolai und Trenker zu uns. Ihre Expertisen brachten dann den internationalen Medienzirkus endgültig auf Touren. Die Angebote stiegen wöchentlich.«

»Alles lief super und ganz in Ihrem Sinne, bis Fitzwilliam sich umbrachte, weil er als Pädophiler aufgeflogen war.«

»Ja. Was für ein blödes Arschloch!« Forsini klang verbittert. »Hat sich mit drei Minderjährigen beim Sex erwischen lassen. In flagranti! Pants down, wie die englischen Zeitungen schrieben. Ekelhaft! Aber es kam noch schlimmer. Drei Tage später sah sich Professor Franz Nikolai in München wegen seiner Habilitationsschrift massiven Plagiatsvorwürfen ausgesetzt, die seine Dissertation gleich mitbetrafen. Das kochte sofort hoch. Der Mann hatte sich mit seiner Arroganz so viele Feinde gemacht, dass jetzt alle über ihn herfielen und jedes Wort anzweifelten, was er jemals geschrieben hatte. Es war ein komplettes Desaster. Einer unserer hochqualifizierten Experten ein Kinderschänder und der andere ein Betrüger. Der Medienhype drehte sich jetzt nicht mehr um das Bild, sondern um die Integrität der Gutachter. Eine katastrophale Entwicklung.«

»Natürlich«, sagte Cornelius, »deshalb sind Sie auf die Idee mit dem fingierten Diebstahl gekommen. Um den Fokus der Berichterstattung wieder auf den Leonardo zu lenken. Wer hat das Bild für Sie gestohlen?«

»Ein paar Berufsverbrecher aus New Jersey mit guten Verbindungen nach Italien. Die fünfzig Millionen in Diamanten wären ihr Honorar gewesen. Ich habe nicht geahnt, dass sie derartig brutal vorgehen würden. Ein Diamantenhändler in Antwerpen stellte den Kontakt her. Er schlug mir vor, die angebliche Rückgabe des Bildes auch gleich mediengerecht zu inszenieren, indem man *Sie* den Deal abwickeln ließ. Er schien sehr sicher zu sein, dass Sie dabei mitspielen würden. Er sagte, Ihr Ego sei so groß wie ein Scheunentor.«

»Sie haben mich von Anfang an benutzt.«

»Selbstverständlich.«

»Und war auch von Anfang an geplant, dass ich dabei draufgehe?«

»Nun ja, der Antwerpener Mittelsmann war der Meinung, der immense Wert eines Kunstwerkes würde auch dadurch unterstrichen, dass Menschen dafür Morde begehen. Ich fand das durchaus plausibel. Was für eine Story: Ein blinder Kunsthistoriker versucht unermesslich wertvolles Leonardo-Bild zu retten und stirbt bei der Geldübergabe. Spektakulärer ging es kaum.«

»Hieß dieser Mittelsmann zufällig Coen Malinsky?«

»Mag sein«, sagte Forsini. »Spielt das eine Rolle? Die ganze Angelegenheit lief dann ja völlig aus dem Ruder. Niemand konnte damit rechnen, dass ein weiterer Akteur auftauchte, den ich nach wie vor nicht kenne. Ein Mann aus Ihrer Vergangenheit, wie man mir berichtet hat. Er muss Sie wochenlang beobachtet haben. Ob er gewusst hat, was in diesem Hotelzimmer ablaufen sollte? Wenn ja, wie hat er davon erfahren? Ich weiß es nicht. Die Polizei fand einen Servierwagen mit Sektkühler und Gläsern auf dem Hotelflur im Stockwerk darunter und vermutete, dass der Mann sich als Servicekraft ausgeben wollte. Ob er das wirklich getan hat, weiß ich nicht. Er muss sehr schnell gewesen sein. Wieso die Diebe ihm die Tür geöffnet haben, ist mir ebenfalls unbegreiflich. Doch vielleicht war es ganz anders. Uns konnte auch das völlig egal sein. Die ganze sensationelle Geschichte wurde durch das Eingreifen des Unbekannten nur noch spektakulärer und rätselhafter und schlug wie eine Bombe ein. *Blinder Kunstprofessor tötet Kunstdiebe bei Lösegeldübergabe für unermesslich wertvolles Leonardo-Bild.* Als Opfer wären Sie schon wunderbar gewesen, aber als Mörder waren Sie unbezahlbar.«

»Und als Diamantendieb erst.«

»Na ja, das Verschwinden der Steine war der einzige Punkt, der für Sie sprach. Stimmt es, dass die holländische Polizei den unbekannten Mann auf dem Flur für Ihren Komplizen hielt?«

»Von der Idee hat sie sich schnell verabschiedet.«

»Logisch, sonst hätte man Sie kaum nach Italien reisen lassen.«

»Wie geht es jetzt weiter?«

»Nun, jeder Tag, an dem der Medienrummel tobt, ist für uns ein guter Tag. Eigentlich reicht es aber auch schon. Nach dem, was geschehen ist, käme niemand mehr auf die Idee, die Echtheit des Gemäldes anzuzweifeln. Gestern Nacht habe ich ein Kaufangebot aus Russland bekommen. Ein Geschäftsmann bietet tatsächlich die dreihundert Millionen, die ich mir vorgestellt habe. Wir werden das Angebot annehmen, das Geld durch sechs teilen und uns für den Rest unseres Lebens aus dem Weg gehen. Fitzwilliam ist tot, Tiarini und Nikolai sind privat und beruflich ziemlich angeschlagen und werden, wenn sie ihr Geld bekommen, garantiert die Klappe halten. Das gilt auch für Hoffmann und Trenker. Juristisch gesehen ist sogar fraglich, ob sie sich überhaupt strafbar gemacht haben. Ist ein Kunstsachverständiger, der nach bestem Wissen urteilt und sich dann irrt, ein Betrüger? Schließlich sind etliche seiner berühmten Kollegen der gleichen Meinung gewesen. Wenn sich später herausstellen sollte, dass er für seine Expertise ein unanständig hohes Honorar erhalten hat, kann ihn das womöglich die berufliche Reputation kosten, aber ist es strafrechtlich relevant? Mit den Gangstern aus New Jersey, die das Bild in Boston geraubt haben, hatte ich niemals etwas zu tun. Wir haben nur mit deren europäischen Kontaktleuten verhandelt, die leider im Emirates Hotel ermordet wurden. Alles lief über den Diamantenhändler in Antwerpen. Den habe ich persönlich niemals kennengelernt, und er kennt von mir auch nur einen falschen Namen. Denkbar wäre, dass die Typen in New Jersey wegen der entgangenen fünfzig Millionen so sauer sind, dass sie sich auf den Weg nach Europa machen. Sie werden sich an Coen Malinsky halten müssen. Die Spur endet bei ihm. Gut, wer bleibt noch? Die Versicherungen schreiben die fünfzig Millionen Dollar mit großem Gejammer ab, aber immerhin ist das Bild wieder da, und sie müssen nicht die volle Summe zahlen. Aus deren Sicht ein gutes Ende der Affäre. Und auch Sie, mein lieber Teerjong, sollten die Sache abhaken. Nichts von dem, was Sie wissen, werden Sie jemals beweisen können. Im Zweifelsfall stünde Ihr Wort gegen meines. Ich weiß, dass Sie einmal als Kunstraubfahnder gearbeitet haben und in der Szene sehr bekannt sind, aber ich versichere Ihnen, dass ich hier in Italien ebenfalls einen ausgezeichneten Ruf genieße. Mindestens fünf Menschen werden bestätigen, dass dieses Gespräch niemals stattgefunden hat, weil sie mich zu dieser Stunde in meinem Haus am Schreibtisch haben arbeiten sehen. Es ist also an der Zeit, Abschied zu nehmen. Wir werden uns nicht mehr wiedersehen, mein Gott, entschuldigen Sie die geschmacklose Formulierung, aber Sie wissen, wie es gemeint ist. Leben Sie wohl, Herr Professor.«

Bis zum Schluss des Gespräches hatte Forsini es vermieden, Triumph oder Häme durchklingen zu lassen, aber bei seinen letzten Worten war der Spott unüberhörbar. Hinter Cornelius öffnete sich die Tür. »Wenn Sie mir bitte folgen würden?« Der höfliche Fabio Rossi.

Cornelius hatte Mühe, vom Stuhl aufzustehen. Während

des gesamten Gesprächs hatte er so viel Energie aufwenden müssen, um seine Wut unter Kontrolle zu bringen, dass es ihm schwerfiel, sich koordiniert zu bewegen. Er drehte Forsini den Rücken zu, streckte die Hand nach dem Arm des Fahrers aus und verließ ohne ein Wort den Raum. Wieder durchquerten sie die Bar, in der es jetzt erheblich lauter zuging, und traten schließlich hinaus auf die Straße.

»Wohin bringen Sie mich?«

»Zu Ihrem Hotel. Was dachten Sie denn?« In der Stimme des Fahrers schwang mildes Erstaunen mit.

»Sie heißen nicht wirklich Fabio Rossi, oder?«

»Nein, Signore.«

»Kennen Sie Dottore Forsini vom Opificio delle pietre dure?«

»Nein, Signore.«

»Das ist der Mann, zu dem Sie mich gebracht haben.«

»Tut mir leid, Signore. Hier muss ein Missverständnis vorliegen. Ich habe Sie nirgendwo hingefahren. Ich war bei meiner Frau. Sie ist im neunten Monat schwanger. Kurz vor der Niederkunft, Sie verstehen? Die Hebamme hat gesagt, ich muss bei ihr bleiben.«

»Ja«, sagte Cornelius resigniert. »Das haben Sie gut gemacht.«

Vierunddreißig

Der Anruf erreichte Jenny auf einer Bank im parkähnlichen Garten des Hotels, der zu den schönsten gehörte, die sie jemals gesehen hatte. Ihr Zorn auf Cornelius war verraucht, und sie genoss den Duft und Anblick der Blütenpracht um sich herum in vollen Zügen, als der Klingelton ihres Handys sie aufschreckte. Der Name auf dem Display tat das Übrige: Hannah.

Ihre älteste Schwester war der letzte Mensch auf der Welt, mit dem sie jetzt sprechen wollte. Ausgerechnet diese blöde Moralwachtel. Jenny drückte den Anruf weg.

Dr. phil. Hannah Kellermann, Privatdozentin für Geschichte und Klassische Philologie an der Universität Mainz. Der strahlende Stern am Familienhimmel. Hannah war stets die erfolgreichste der vier Urban-Schwestern gewesen. Daran hatte sich bis heute nichts geändert. Wissenschaftliche Karriere, Heirat mit einem preisgekrönten Architekten, Aufzucht von drei Kindern und dabei gertenschlank geblieben. Hannah bekam, was sie wollte und immer alles unter einen Hut. Sie hatte ihr Studium schon beinahe beendet gehabt, als Jenny mit 200 Gramm feinstem roten Libanesen erwischt wurde und von der Schule flog. Von allen Familienmitgliedern hatte Hannah deswegen am meisten auf ihr herumgehackt. *Du kannst dir nicht mal annähernd vorstellen, was du unseren Eltern angetan hast.* Das stimmte sogar. Jenny konnte sich tatsächlich nicht erklären, was an dem bisschen Gras und einem Leben ohne Abitur so schlimm sein sollte. Ziellos, aber keineswegs unglücklich hatte sie sich von Job zu Job treiben lassen, und schließlich war der Kontakt zu ihrer Familie abgerissen. Als sie ihn nach fünf Jahren wieder aufnehmen wollte, hatte Hannah sich dagegengestemmt und ihr das Leben schwer gemacht.

Jennys Handy empfing eine SMS: BITTE, RUF MICH AN! BITTE!

Zweimal »bitte« in einer Nachricht. Äußerst ungewöhnlich. Es musste ihr echt dreckig gehen. Gut so, dachte Jenny und wählte Hannahs Nummer.

»Was willst du?«, fragte sie statt einer Begrüßung, als am anderen Ende abgenommen wurde.

»Ich brauche…« Hannah war kaum zu verstehen. Ihre Stimme klang leise, brüchig und fremd. Sie erinnerte Jenny an die Stimme einer verstorbenen Freundin, die ständig unter Beruhigungsmitteln gestanden hatte. Im Wechsel mit Alkohol.

»Du brauchst… was?«, fragte sie brüsk.

»Hilfe.« Hannah hatte offenkundige Mühe, dieses Wort über die Lippen zu bringen. Vielleicht, weil sie die Zähne dabei zusammenbiss. Jenny konnte nicht widerstehen.

»Moment, kannst du das noch mal sagen? Die Verbindung ist lausig!«

»Ich. Brauche. Deine. Hilfe!« Es folgte ein verzweifeltes Schluchzen, das in einem Weinkrampf endete. Jenny hatte genug.

»Gut. Erzähl mir, was passiert ist, und hör auf mit der Heulerei!« Das Abklingen der Feindseligkeit in Jennys Stimme schien Hannah zu überraschen. Jedenfalls ließ sie sich mit der Antwort Zeit. Jenny hörte sie tief Luft holen.

»Bastian hat mich verlassen.«

»Nein!«

»Doch«, sagte Hannah. Sie schien sich ein wenig zu fangen. Ein Feuerzeug klickte, Rauch wurde ausgeatmet. »Der Klassiker mit der Sekretärin! Seit zwei Jahren hat er eine Zweitwohnung in Karlsruhe, weil er da in der Nähe eine Großbaustelle betreut. Diese Wohnung hat er jetzt gekauft und der Schlampe überschrieben, nachdem sie längere Zeit dort zusammen gelebt haben. Unsere Bank hat mich über die Transaktion routinemäßig informiert. Bastian muss gewusst haben, dass sie das tun würde. Es war ihm scheißegal, dass ich es auf diese Weise erfahre. Ich habe ihn angerufen. Er kommt nicht zurück.« Hannahs Stimme brach erneut, und dann fing sie an zu husten.

»Seit wann rauchst du?«

»Seit heute!« Hannah hustete und schluchzte in einem Arbeitsgang.

»Mach die Kippe aus, ich verstehe dich kaum!«

»Okay.« Jenny hörte sie herumnesteln und geräuschvoll schniefen. Sie konnte sich nicht erinnern, dass ihre ältere Schwester ihr jemals gehorcht hatte.

»Was willst du jetzt machen?«

»Ich lasse mich scheiden und Bastian ausbluten. Er weiß es noch nicht, aber das war der größte Fehler seines Lebens.«

Wer sagt's denn, dachte Jenny. Sie kommt darüber hinweg. Aber eine Rechnung war noch zu begleichen.

»Scheidung also. Du kannst dir nicht mal annähernd vorstellen, was du unseren Eltern damit antust.«

»Ja, ich weiß. Ich hab diesen Satz verdient, aber ich kann nicht länger mit Bastian …« Jenny hatte mit einer wütenden Replik gerechnet, doch ihre Schwester nahm die kleinliche Rache offenbar nicht übel. Sie war einfach nur traurig. Ohne die verdammte Selbstgerechtigkeit, die sie ihr Leben lang vor sich hergetragen hatte.

»Gut«, sagte Jenny milder gestimmt, »sei froh, dass du das Arschloch los bist! Und jetzt will ich wissen, warum du mich angerufen hast.«

»Wie meinst du …?«

»Ich bin nicht blöd, Herzchen! Auch wenn du das immer gedacht hast. Wenn du dich nur ausheulen wolltest, hättest du Mama angerufen, oder Ricki. Du hast gesagt, du brauchst *meine* Hilfe. Also, was willst du?«

»Es geht um Nele.«

Klar, dachte Jenny, geht es um Nele. Wie hatte sie so abgrundtief bescheuert sein können, das nicht zu sehen.

»Inwiefern?«

»Ich muss hier raus«, sagte Hannah tonlos. »Raus aus dem Haus und raus aus Mainz. Im letzten Jahr habe ich in der Schweiz einen Zen-Therapeuten kennengelernt, den ich aufsuchen möchte. Er wird mir helfen, meine Mitte wiederzufinden. Nele kann nicht allein in Mainz bleiben, und das weiß sie auch. Also habe ich sie gebeten, einfach mitzukommen, aber sie hat abgelehnt.«

Natürlich hatte sie das. Schon der Gedanke, dass jemand seine Mitte suchen wollte, hatte bei Nele wahrscheinlich einen akuten Brechreiz ausgelöst. Jenny sah das wunderschöne verschlossene Gesicht ihrer Nichte vor sich. Sie war das jüngste Kind ihrer Schwester. Geboren vor zwölf Jahren in einer mondlosen Januarnacht, als ihre großen Brüder bereits auf dem Höhepunkt einer ewig langen Pubertät waren. Doch was immer die Jungs aufführten, war nichts im Vergleich zu dem Ärger, den Nele bereits mit sechs inszenieren konnte. Ihre Nichte als schwierig zu bezeichnen war eine ähnliche Untertreibung, als hätte man gesagt, dass eine Wagenladung TNT gefährlich ist. Das Kind war eine geniale Wilde, furchtlos und intelligent, vierundzwanzig Stunden am Tag auf Krawall gebürstet.

Jenny liebte sie ohne jeden Vorbehalt, und diese Liebe wurde intensiv erwidert.

»Bist du noch dran?«, fragte Hannah.

»Klar. Was hat sie denn gesagt?«

»Wörtlich?«

»Unbedingt.«

»Nicht genug, dass du Papa rausgeekelt hast, jetzt willst du mich auch noch wegen eines beschissenen Schweizer Gurus hängen lassen.«

Jenny grinste breit und sonnig und war froh, dass ihre Schwester das nicht sehen konnte. »Was will sie denn nun genau?«

»Sie will, dass du auf sie aufpasst, wenn ich nicht da bin. Du und niemand anders! Hier in Mainz. Ich hab versprochen, dich zu fragen. Dich zu bitten! Dich anzuflehen! Ich brauche vierzehn Tage Auszeit. Danach werde ich dich nie wieder um irgendwas bitten.«

»Wie stellt ihr euch das vor? Ich habe einen Job und einen Partner.«

»Nimm unbezahlten Urlaub wegen einer familiären Notlage. Ich ersetz dir das Geld, kein Problem. Cornelius wird es verstehen. Er kommt ohne weiteres zwei Wochen allein klar.«

Woher willst du das wissen, dachte Jenny, aber es stimmte. Auf jeden Fall würde er nicht nach Mainz mitkommen wollen. Und das war überhaupt nicht schlimm. Die Aussicht, vierzehn Tage mit Nele allein zu verbringen, erfüllte sie mit einem plötzlichen Hochgefühl, und sie wusste sehr wohl, warum.

Nele war so, wie sie selbst als Kind gewesen war.

Aber es ging nicht. Nicht nach dem, was in Amsterdam geschehen war. Nicht bevor die Sache mit Marten Rykers geklärt war. Und was war mit diesem Forsini, den Cornelius scheinbar mittlerweile für verdächtig hielt?

»Ich bin in einem Hotel in Florenz und warte auf ihn. Wenn er kommt, besprechen wir es. Ich ruf dich zurück.«

Bevor ihre Schwester zu einer Litanei von Danksagungen ansetzen konnte, legte Jenny auf.

Wenig später hörte sie Cornelius' Stock auf dem Kiesweg und erschrak, als er näher kam. Er war sehr blass und sah so wütend aus, wie sie ihn noch nie erlebt hatte.

»Ich bin hier auf der Bank«, rief sie.

»Das weiß ich!«

»Woher?«

»Der Mann an der Rezeption hat mir gesagt, dass du im Garten bist. Dein Parfüm auf diese Entfernung wahrzunehmen ist bei dem Blütenduft hier sehr schwer, aber ich spüre deine Anwesenheit.«

Cornelius ließ sich neben ihr auf der Bank nieder, und Jenny küsste ihn. »Du siehst entsetzlich aus. Bleich und fuchsteufelswild. Was ist bei diesem Forsini passiert?«

»Oh, nichts weiter. Er hat mir nur erzählt, wie er mich verarscht, benutzt und meiner Ermordung zugestimmt hat. Dabei hat er eine Riesenmenge Geld gescheffelt und wird am Ende mit alldem durchkommen.« Cornelius nahm die dunkle Brille ab und rieb sich die Augen.

»Okay«, sagte Jenny so ruhig, wie sie konnte. »Diese Geschichte will ich von vorne hören. Und wehe, du lässt etwas aus!«

Fünfunddreißig

Eli Weidmann drückte seine Zigarette aus und setzte das Fernglas wieder an. Endlich passierte etwas. Die ganze Zeit hatte die Frau im Garten des Hotels herumgesessen, gelesen, sich gesonnt und schließlich lebhaft telefoniert. Er hatte auf ihrem Gesicht Verärgerung, Überraschung, Triumph und Heiterkeit gesehen und bedauert, dass er die Kunst des Lippenlesens nicht beherrschte.

Näher heranzukommen war leider unmöglich gewesen. Sein Beobachtungsposten befand sich auf einem Balkon im zweiten Stock einer Nachbarvilla und war beinahe so teuer gewesen wie ein höhergelegener Zuschauerplatz beim Palio in Siena.

Daran gemessen, war die gebotene Unterhaltung nicht der Rede wert. Diese Jenny Urban war hübsch, aber nicht sein Typ, und die letzten fünfundvierzig Minuten waren quälend langsam verstrichen. Jetzt endlich kam Cornelius Teerjong. Sein Gesichtsausdruck war auf die Entfernung und wegen der dunklen Brille schwer zu deuten, aber er hatte schon einmal besser ausgesehen.

Der Blinde setzte sich zu seiner Freundin auf die Bank, und sie begannen sich zu unterhalten. Erst ruhig, dann hitziger. Schließlich umarmte und küsste sie ihn.

Weidmann fragte sich zum wiederholten Mal, was er hier eigentlich tat. Vor drei Tagen hatte er den Mann in Antwerpen direkt darauf angesprochen. »Behalten Sie ihn weiterhin im Auge«, hatte Coen Malinsky geantwortet.

»Wie lange?«

»Bis zum Finale.«

Sechsunddreißig

Cornelius erzählte Jenny, was bei Forsini geschehen war, und ließ tatsächlich nichts aus. »Deine Intuition war von Anfang an richtig, und ich lag falsch. Wenn du Wert darauf legst, kannst du das schriftlich bekommen.«

»Ja, das wäre mir ganz recht«, sagte Jenny kühl, und Cornelius konnte zum ersten Mal nicht heraushören, ob sie es ernst meinte. »Forsini sagte, dieser Malinsky sei sicher gewesen, dass ich mitmachen würde, weil mein Ego so groß wie ein Scheunentor sei. Schön gesagt, oder? Hast du so etwas nicht auch diagnostiziert? Offensichtlich hast du auch hier recht gehabt. Ich bin ein eitler, sich ständig überschätzender Vollidiot.«

»Ja, ja, ist gut jetzt mit der Selbstkasteiung! Stimmt die Einschätzung, dass wir nicht das Geringste gegen Forsini ausrichten können?«

»Mir ist nichts eingefallen, was sich beweisen ließe. Ich telefoniere aber noch mal mit Rechtsanwalt Molenaar in Amsterdam.«

»Was ist mit Marten Rykers?«

»Später. Ich will erst wissen, was du mir zu erzählen hast.«

»Wie meinst du das?«, fragte Jenny verblüfft.

»Ich höre es in deiner Stimme, wenn du in Gedanken noch woanders bist. Und irgendwie nicht weißt, wie du das, was dir im Kopf herumgeht, zur Sprache bringen sollst. Es ist eine winzige Nuance, eine Art stimmliches Herumdrucksen. Wenn ich sehen könnte, würde ich sagen: Es steht dir ins Gesicht geschrieben. Also, was gibt es?«

Jenny gab einen resignierten Seufzer von sich. »Hannah hat angerufen.«

»Die Schwester, die eigentlich nicht mit dir reden will?«

»Ja.«

»Ist was mit ihrer Tochter?«

»Mein Gott, du bist so verdammt schlau, dass einem schlecht werden könnte.«

»Was hat das kleine Monster angestellt?«

»Gar nichts. Meine Schwester will sich über die bevorstehende Scheidung von ihrem Architekten mit einem Schweizer Zen-Therapeuten hinwegtrösten, und das kleine Monster hat keine Lust, mit nach Zürich zu fahren ...«

»Sondern möchte in der Zeit bei uns wohnen?«

»Um Himmels willen, nein! Sie möchte, dass ich nach Mainz komme und dort auf sie aufpasse.«

»Gute Idee«, sagte Cornelius so beiläufig wie möglich und hoffte, dass es ihm gelang, die schnell wachsende Erregung aus seiner Stimme herauszuhalten.

»Nein, ist es nicht«, widersprach Jenny. »Ich kann dich jetzt nicht allein lassen!«

»Warum nicht? So wie ich es sehe, droht uns von Forsini und Malinsky keine unmittelbare Gefahr mehr. Forsini hatte zwar meinen Tod wegen des erhöhten PR-Effektes mit einkalkuliert, aber auch ohne dieses Detail ist sein Plan prächtig aufgegangen. Er wird da nichts nachbessern wollen. Die holländische Polizei wird mich ebenfalls in Ruhe lassen. Wenn nicht, ist Rechtsanwalt Molenaar zur Stelle. Ansonsten weißt du sehr genau, dass ich ganz gut allein wohnen kann. Falls ich in Frankfurt praktische Hilfe brauche, wende ich mich an Rupert Wagner. Einen ersten Gefallen kann er mir übrigens gleich jetzt tun.«

Cornelius holte sein Handy heraus und wählte Ruperts Nummer. Geduldig wartete er, bis sein Assistent in Frankfurt sich dazu bequemte, ans Telefon zu gehen. »Teerjong hier. Ich habe einen dringenden Auftrag. Bitte finden Sie die aktuelle Anschrift und Telefonnummer von Marten Rykers in den Niederlanden heraus. Im letzten Jahr hat er unter dem Namen Boudewijn Hansen in Nijmegen, Graafseweg 4, gewohnt. Ich nehme an, dass er nach wie vor in dieser Stadt lebt, und nachdem er nicht mehr in Gefahr war, seinen richtigen Namen wieder angenommen hat. Er war vor mehr als zwanzig Jahren Angehöriger des holländischen Blauhelmkontingents in Srebrenica. Möglich, dass er irgendwelche Bezüge von den niederländischen Streitkräften erhält.«

»Kann ein paar Stunden dauern. Ich ruf Sie zurück.« Rupert legte ohne weiteren Kommentar auf.

Jenny rückte auf der Bank näher an ihn heran und küsste ihn. »Was hast du vor mit Marten Rykers?«

»Keine Sorge. Ich werde ihm seine Rache abkaufen. Er wird sich darauf einlassen und uns in Zukunft aus dem Weg gehen. Wir sollten getrennt zurückreisen. Ich fliege nach Amsterdam und fahre von dort zu der Adresse, die Rupert bis dahin herausgefunden hat. Du kehrst nach Frankfurt zurück und kümmerst dich um den kleinen Teufelsbraten. Ich weiß, wie sehr du dieses Kind liebst. Dass die Aussicht, vierzehn Tage allein mit Nele zu verbringen, dich glücklich macht, habe ich schon beim ersten Satz gehört. Bitte, tu uns beiden einen Gefallen und fahr zu deiner Nichte!«

Cornelius erwiderte ihren Kuss und spürte, dass sie sich entspannte. Es war ungeheuer wichtig, dass er sie überzeugen konnte, diese zweiwöchige Betreuung zu übernehmen. In dem Augenblick, als er begriff, dass vielleicht die Chance bestand, das Haus in Frankfurt eine Weile für sich zu haben, war sein frustrierter und mutloser Verstand von einer Vielzahl von Ideen und möglichen Szenarien geflutet worden, und er hatte inständig gehofft, dass Jenny ihm das nicht ansah. Besonders ein vager Plan, der wie aus dem Nichts in seinem Kopf aufgetaucht war und langsam Gestalt annahm, faszinierte ihn, aber seine Durchführung setzte ihre Abwesenheit zwingend voraus. Wenn er das durchziehen wollte, musste er Jenny vorher loswerden.

»Nele braucht dich jetzt. So eine Scheidung ist für Zwölfjährige eine traumatische Erfahrung. Du darfst sie nicht hängen lassen. Ich glaube, du bist der einzige Mensch auf der Welt, den sie wirklich liebt.«

Der letzte Satz gab den Ausschlag. Jenny nahm ihm die dunkle Brille ab, schlang ihre Arme um seinen Hals und bedeckte sein Gesicht mit Küssen. Sie war offenkundig gerührt.

»Danke! Ich weiß jedenfalls, warum ich *dich* liebe! Du bist nicht nur klug und gutaussehend, sondern auch einfühlsam und großzügig!«

Und nachtragend, dachte er. *Über alle Maßen nachtragend.* Cornelius hörte Jenny zu, und ihre Stimme vermischte sich in seinem Kopf mit den Stimmen von Antonio Forsini und Coen Malinsky.

Siebenunddreißig

»Wir sind da«, sagte der Taxifahrer. »Krayenhofflaan. Direkt vor dem Haus Nummer 11.«

Rupert hatte tatsächlich ein paar Stunden gebraucht, um eine Reihe von Melderegistern durchzugehen und ein paar niederländische Behördencomputer zu hacken, aber kurz nach der Landung in Amsterdam hatte Cornelius Anschrift und Telefonnummer von Marten Rykers auf seinem Handy gehabt. Er hatte die Nacht im ›Hotel des Arts‹ verbracht und war dann am Morgen mit dem Taxi zu der Adresse in Nijmegen gefahren. Als der Wagen jetzt stoppte, war es genau 11.00 Uhr.

»Moment!« Cornelius holte sein Telefon aus der Tasche und wählte eine vorprogrammierte Nummer. Wenige Augenblicke später meldete sich eine helle, misstrauische Männerstimme. »Ja?«

»Hier ist Cornelius Teerjong. Haben Sie ein paar Minuten Zeit?«

Der Mann am anderen Ende der Leitung antwortete nach kurzem Nachdenken. »Wo sind Sie?«

»In einem Taxi direkt vor Ihrem Haus.«

»Gut! Kommen Sie. Ich mache Ihnen auf.«

Cornelius ließ das Handy in seiner Jackentasche verschwinden und förderte einen Fünfzig-Euro-Schein zutage, den er dem Fahrer hinhielt. »Bitte warten Sie hier auf mich, und lassen Sie das Taxameter laufen. Ich habe eine geschäftliche Besprechung, die nicht länger als dreißig Minuten dauern sollte. Es ist extrem unwahrscheinlich, aber wenn ich nach Ablauf dieser Zeit nicht wieder da bin, rufen Sie die Polizei.«

»Okay, baas!« Der Mann schien nicht im Mindesten verwundert zu sein. »Kan ik u helpen?« Er stieg aus, öffnete die Beifahrertür und begleitete Cornelius zu dem etwas abseits von der Straße gelegenen Haus. Mit einem fröhlichen »Vel succes« betätigte er die Klingel und verschwand in Richtung Auto.

Wenige Augenblicke später wurde die Tür geöffnet. »Hallo«, sagte Marten Rykers. »Bitte kommen Sie herein!«

Cornelius folgte den Schrittgeräuschen über einen langen Flur in ein offenbar großes Zimmer, das nur sparsam möbliert sein konnte. Rykers' Stimme hallte beinahe. Cornelius fiel sofort das ungewöhnliche Raumklima auf. Kühle Luft, klar wie Kristall, umgab ihn. Von irgendwoher kam ein leiser, kaum wahrnehmbarer Brummton.

»Direkt vor Ihnen steht ein Esstisch mit sechs Stühlen«, sagte Rykers.

»Suchen Sie sich einen aus. Ich wollte gerade Tee trinken. Mögen Sie auch?«

»Ja, gern.«

Cornelius setzte sich, und Marten Rykers stellte eine Tasse vor ihm ab, in die er sehr aromatischen Earl Grey goss. Dann nahm er Cornelius gegenüber Platz.

»Nun, Herr Professor, was führt Sie zu mir? Die Vergangenheit, nehme ich an?«

Cornelius nickte. »Was ist das für ein merkwürdiger Raum?«

»Er ist die unmittelbare Konsequenz dessen, was Sie mir angetan haben.«

Der Satz klang in Cornelius' Kopf nach, und in seiner Erinnerung tauchten Bruchstücke eines Gesprächs auf, das er mit Jenny im letzten Jahr geführt hatte.

Er kommt durch, sagen die Ärzte. Allerdings muss er in Zukunft ohne Augenlider leben.

Gütiger Himmel, geht das überhaupt?

Ich weiß es nicht. Unter Laborbedingungen vielleicht. Ich kenne niemanden, der es probiert hat.

Nun kannte er jemanden.

»Dies ist so etwas wie ein Reinraum. Weitgehend staubfrei. Nicht annähernd so perfekt wie in der Industrie beim Zusammenbau von Elektronenbeschleunigern, aber schon ziemlich gut, wenn man bedenkt, dass ich keine Spezialkleidung tragen muss und mich normal bewegen kann. Ein Luftstrom, der sich von der Decke nach unten bewegt, drückt Staubpartikel in Richtung Fußboden, wo sie durch Löcher abgesaugt werden. Zusätzlich ist der Luftdruck im Raum etwas höher als außen, sodass bei geöffneter Tür die Luft aus dem Raum herausströmt. Nicht ganz billig, so eine Anlage.«

»Es tut mir sehr leid, dass Sie …«

»Das Gesülze können Sie sich sparen«, unterbrach ihn Rykers. »Haben Sie eine Ahnung, was das für ein Leben ist? In solchen Räumen? Und draußen ist es noch viel schlimmer! Ohne den Lidschlag sind meine Augen völlig ungeschützt, und die Hornhaut kann nicht befeuchtet werden. Wenn ich nicht dauernd aufpasse, trocknet sie aus und ich werde so blind wie Sie! Und das ist alles Ihre Schuld! Ich weiß sehr wohl, was Sie getan haben. Ein Typ vom Geheimdienst und ein deutscher Bulle aus Den Haag haben es mir verraten, als ich im Krankenhaus lag. Dieser verdammte Bosnier hätte mich niemals gefunden, wenn Sie nicht Ihre Beziehungen hätten spielen lassen.«

»Er hat mich dazu erpresst, indem er meine Freundin entführte. Ich hatte keine Wahl.«

»Der scheiß Ziegenficker hat mich im Schlaf überfallen und beinahe abgeschlachtet. Als er mir die Augenlider abschnitt, war ich so gut wie tot! Und Sie haben genau gewusst, dass er das tun würde.«

Marten Rykers interessierte sich ganz offensichtlich nicht für irgendwelche Rechtfertigungen, er hatte nicht einmal zugehört. Der gastfreundlich sachliche Tonfall, den er eben noch angeschlagen hatte, war innerhalb von Sekunden eisiger Wut gewichen, und sein Hass wälzte sich wie eine Woge auf Cornelius zu. Der rührte sich keinen Millimeter, atmete tief ein und wieder aus. Minuten vergingen. Die Woge verlief sich. Rykers hatte offenbar nicht die Absicht, auf ihn loszugehen. Gut! Aber der wirklich heikle Teil kam noch. Zeit, damit zu beginnen.

»Warum haben Sie mich nicht umgebracht, als Sie die Gelegenheit dazu hatten?«

Falls Rykers die Frage überraschte, war ihm dies jedenfalls nicht anzumerken. »Wie meinen Sie das?«, fragte er nach kurzem Überlegen. Er klang wieder ruhig und kontrolliert. Und sehr gefährlich. Der erneute radikale Stimmungsumschwung war atemberaubend.

»Na, Sie wissen schon, in dem Hotelzimmer in Amsterdam.

Sie haben zwei Menschen getötet, um an die Diamanten zu kommen. Warum haben Sie bei mir aufgehört?«

Wieder schien der Holländer gründlich nachzudenken, bevor er antwortete. »Stehen Sie bitte auf, treten Sie einen Schritt zurück und leeren Sie den Inhalt Ihrer Taschen auf die Tischplatte.«

»Und wenn ich das nicht tue?«

»Dann würde ich Sie höflich bitten, mein Haus sofort zu verlassen und in Ihr Taxi da draußen zu steigen. Was für ein Zeitfenster haben Sie mit dem Fahrer vereinbart?«

»Dreißig Minuten.«

»Das dürfte reichen. Also, was ist nun?«

Cornelius gehorchte und leerte seine Taschen. Rykers tastete ihn ab und widmete sich besonders Kragen und Knopfleisten.

»Glauben Sie wirklich, ich komme mit irgendwelchen Mikros oder Wanzen hierher?«

»Keine Ahnung. Sagen Sie es mir. Ich werde jetzt Ihr Handy abschalten und die SIM-Karte entfernen. Sie können wieder Platz nehmen.«

Cornelius setzte sich, und auch Rykers kehrte zu seinem Stuhl auf der anderen Seite des Tisches zurück.

»Was bringt Sie auf die verrückte Idee, ich hätte zwei Menschen umgebracht?«

»Keine Sorge, ich kann es nicht beweisen, und das will ich auch gar nicht! Es hat etwas gedauert, bis ich verstanden habe, was an diesem Morgen im Emirates Hotel geschehen ist. Weil es mehrere Verbrechen waren, die auf ungewöhnliche Weise miteinander zu tun hatten. Es gab einen groß angelegten Betrug, einen Mordversuch, einen Doppelmord und einen Raub.«

»In dieser Reihenfolge?« Rykers klang jetzt neugierig und beinahe gelassen.

»Am Anfang stand der Betrug. Ich wurde dazu benutzt, den Marktwert eines Kunstwerkes zu manipulieren. Für die Rückgabe eines angeblich gestohlenen Bildes sollte ich fünfzig Millionen Dollar in Diamanten übergeben und dafür einen Schließfachschlüssel und ein Passwort erhalten. Nur war diese Lösegeldübergabe genauso ein Fake wie der Diebstahl des Bildes selbst. Geplant war, das Lösegeld abzukassieren und – als besondere Zugabe – mich umzubringen. Das Ganze war ein PR-Manöver. Meine Ermordung hätte den Medienzirkus noch zusätzlich kräftig angeheizt.«

»Und was habe ich damit zu tun?«

»Sie kamen rein, als ich gerade ermordet werden sollte.«

»Das müsste ich eigentlich wissen.«

»Tun Sie auch! Macht aber nichts, wenn Sie es abstreiten. Ich bin nicht hier, um Sie zu beschuldigen.«

»Erzählen Sie mal weiter.«

»Ich denke, es ist folgendermaßen gelaufen: Sie sind in das Zimmer eingedrungen, als der Typ mich gerade niedergeschlagen hatte. Wie er mich umbringen wollte, weiß ich nicht, aber Sie haben ihn definitiv daran gehindert, als Sie ihn sofort angriffen. Sein Kehlkopf war eingedrückt. Lernt man so etwas in der niederländischen Armee?«

»So was lernt man in jeder Armee.«

Cornelius ging nicht darauf ein. »Sie waren sehr schnell, und Sie hatten das Überraschungsmoment auf Ihrer Seite.

Und das Messer! Von den beiden war nur der Mann bewaffnet. Mit einer Art Totschläger, nehme ich an. Natürlich hat er nicht mit einem Angriff gerechnet. Nachdem Sie ihn getötet hatten, haben Sie sich um die Frau gekümmert, die sich wahrscheinlich vor Angst kaum rühren konnte. Man sagte mir, dass sie noch als Leiche diesen schreckensstarren und grenzenlos überraschten Gesichtsausdruck hatte. Ich glaube nicht, dass sie sich gewehrt hat. Sie haben sie zu sich herangerissen, umgedreht und ihr die Kehle durchgeschnitten. Für beide Morde haben Sie nicht mehr als neunzig Sekunden gebraucht.«

Rykers gab ein helles Lachen von sich. »Eine schöne Geschichte. Allerdings mit ein paar entscheidenden Schwachstellen. Erstens: Woher sollte ich wissen, wann und wo dieser Diamanten-Deal über die Bühne gehen sollte? Und zweitens: Wie konnte ich in das Zimmer eindringen? Die Tür war garantiert verschlossen, und Ihre Kunstdiebe werden mich wohl kaum reingelassen haben.«

»Ja, das hat ein wenig gedauert, bis ich es begriffen habe, aber so schwer war es auch wieder nicht. Entscheidend war die Änderung des Übergabeortes in letzter Minute. Wer konnte das wissen und diese Information weiterleiten? Dottore Forsini in Florenz wusste davon, weil alle Fäden des Transfers über ihn liefen. Im Auftrag der Entführer informierte er die beiden Security-Leute und damit mich. Außerdem hatte natürlich das Pärchen, das Sie getötet haben, Kenntnis von der Planänderung. Infrage kamen also sechs Personen, von denen ich vier gleich wieder ausschließen konnte. Ich wusste, dass ich selbst nichts weitergegeben hatte, Forsini hatte ein fundamentales Interesse daran, dass der Deal ungestört über die

Bühne ging, und auch für die beiden Unterhändler gab es nicht den geringsten Grund, sich umbringen zu lassen. Blieben nur die Security-Leute Willem und Marinus übrig. Ich habe ihr näheres Umfeld und ihre Familienverhältnisse von einer Detektei durchleuchten lassen, und es stellte sich heraus, dass Willem Dijkstra der Mann Ihrer Schwester ist. Als ich deren Mädchennamen hörte, habe ich sofort an Sie gedacht. Der Rest war einfach.«

»Wieso sind dann die Bullen noch nicht hier gewesen?«

»Kann gut sein, dass sie im Laufe des Tages auftauchen. Natürlich hat auch die Amsterdamer Polizei sich sofort auf die Sicherheitsleute konzentriert, nur dass den Bullen bei dem Namen Rykers nicht gleich was aufgefallen ist. Mir schon! Es ist aber nur eine Frage der Zeit, bis sie auf den Zusammenhang zwischen Ihnen und mir stoßen.

Ich sag Ihnen, wie das Ganze abgelaufen ist: Sobald Amsterdam Security den Auftrag für die Überwachung des Deals bekam, haben Willem und Marinus die gesamte Planung einschließlich der kurzfristigen Änderung an Sie verraten. Als die beiden mich an diesem Vormittag verließen, haben sie ihre Schlüsselkarte irgendwo auf dem Flur für Sie hinterlegt. Sie sind damit ins Zimmer gekommen, haben die Artnapper getötet, die Diamanten an sich gebracht und versucht mich tatverdächtig aussehen zu lassen. Danach sind Sie raus, haben die Karte wieder dort deponiert, wo Willem und Marinus sie finden konnten und sind mit den Diamanten aus dem Hotel verschwunden. Ich hoffe, Sie haben ein gutes Versteck gefunden und sie nicht hier zuhause aufbewahrt?«

Rykers holte tief Luft. »Was wollen Sie von mir?«

»Ein paar Antworten.«

»Auf welche Fragen?« In Rykers' Stimme schwang ein Hauch Überdruss mit.

»Sie haben allen Grund, mich zu hassen, und das tun Sie auch. Warum haben Sie mich nicht umgebracht?«

Rykers klapperte mit dem Teegeschirr und nahm einen deutlich hörbaren Schluck aus der Tasse. »Ich habe Ihr Leben nicht nur verschont, sondern es *gerettet*.« Offenbar hatte er beschlossen, mit dem Leugnen aufzuhören.

»Als ich in das Zimmer kam, lagen Sie am Boden, und der Mann beugte sich über Sie. Er muss Sie beim ersten Mal nicht voll erwischt haben und holte gerade zu einem weiteren Schlag aus. Als ich hereinstürmte, fuhr er zu mir herum, schaffte es aber nicht schnell genug vom Boden hoch. Ich habe nach ihm getreten und mit der Schuhspitze seinen Kehlkopf getroffen. Er ist noch ein kleines Stück in Richtung Badezimmer gekrochen und auf der Türschwelle gestorben. Danach blieb mir nichts anderes übrig, als auch die Frau zu töten. Sie starrte mich an wie ein paralysiertes Kaninchen. Hat sich nicht mal getraut zu schreien. Ich denk nicht gerne daran.«

Cornelius verspürte eine leichte Übelkeit. »Was haben Sie empfunden, als Sie mich da liegen sahen?«

»Genugtuung! Und Wut! Selbstverständlich habe ich überlegt, Sie zu erstechen. Am liebsten hätte ich etwas mit Ihren Augen gemacht, aber das Thema war ja schon erledigt. Und dieser Gedanke hat den Ausschlag gegeben: Ich fand, dass Sie die Dunkelheit noch ein wenig auskosten sollten. Eines Tages, wenn Sie am wenigsten damit rechnen, würde ich kommen und Sie erlösen. Und damit es bis dahin nicht so langweilig ist, wollte ich Ihnen noch ein wenig Ärger machen. Nur so aus Spaß. Ich habe mein Messer dagelassen und Ihre Fingerabdrücke darauf platziert. Dafür habe ich den Totschläger, das Handy und natürlich die Diamanten mitgenommen. Ein hübsches Rätsel für Sie und die Ermittler, das Sie erwartungsgemäß schnell gelöst haben. Ich habe nicht ernsthaft damit gerechnet, dass die Bullen Ihnen die beiden Toten anhängen. Aber die Fotos im Internet waren echt sensationell. Besonders das, wo Sie mit blutigen Händen neben der Leiche sitzen. Schade, dass Sie es nicht sehen können. Keine Ahnung, woher die Presseleute so schnell kamen, aber sie haben die Sache wirklich rund gemacht.« Rykers lachte leise und trank noch einen Schluck Tee.

Cornelius hatte es satt. »Sind Sie fertig?«

»So halbwegs. Eine Frage hätte ich an Sie auch: Warum sind Sie nicht mit der Amsterdamer Polizei hier angerückt?«

Cornelius hatte mit der Frage gerechnet und sich die Antwort sorgfältig zurechtgelegt. Er musste das hier zu Ende bringen. Und zwar schnell. Es ging ihm zunehmend schlechter. In seiner Kehle steckte ein trockner Klumpen, der sich mit dem Earl Grey nicht herunterspülen ließ, und seine toten Augen brannten in den Höhlen. Die Zeit lief aus.

»Weil ich meine Schulden bezahle. Das tue ich immer. Was im letzten Jahr geschehen ist, hat Spuren hinterlassen. Nicht nur bei Ihnen. Zu sagen, dass es mir leidtut, wäre ein zynischer Witz, der nicht annähernd zum Ausdruck bringt, was ich empfinde. Sie kannten mich nicht und hatten mir nicht den geringsten Schaden zugefügt. Trotzdem habe ich nicht einen Augenblick gezögert, Sie zu opfern und Ihr Leben gegen das meiner Freundin einzutauschen. Ich habe alles darangesetzt, Sie zu finden. Und es ist wahr: Als ich Ihr Versteck verriet, wusste ich genau, was Valbon Hasani Ihnen antun würde. So etwas kann man nicht auf irgendeine Weise ›wiedergut machen‹. Aber ich biete Ihnen einen Handel an: Sie lassen mich in Ruhe und können die Diamanten behalten. Von mir erfährt die Polizei nichts. Was halten Sie davon?

Natürlich kann es sein, dass die ohne mich auf Sie kommen. Aber es gibt außer der Verwandtschaftsbeziehung keine weiteren Indizien gegen Sie. Wenn Sie sich mit den Steinen nicht allzu blöd anstellen, dürfte das auch so bleiben. Überzeugen Sie Ihre beiden Kumpane davon, die Diamanten mindestens zehn Jahre lang liegen zu lassen, bevor es ans Verkaufen und Teilen geht. Machen Sie es ihnen als Altersversorgung schmackhaft. Die Bullen werden Sie verdächtigen und monatelang massiv unter Druck setzen. Die ständigen Observationen und Schikanen zermürben einen, aber vermutlich gibt es keine wirklichen materiellen Beweise. Wenn Sie die Nerven behalten, werden Sie am Ende gewinnen.«

Rykers schwieg eine Weile. Er schien überrascht von der Wende, die das Gespräch nahm. Dann änderte sich sein höhnisch verbitterter Stimmton noch einmal in Richtung geschäftsmäßige Freundlichkeit.

»Was ist mit den Toten?«

»Schön, dass Sie danach fragen. Es ist mir nicht egal, dass Sie diese Leute umgebracht haben, aber ihr Tod bereitet mir auch keine schlaflosen Nächte. Schließlich wollten sie mich erschlagen. Außerdem waren sie an der Ermordung eines alten Mannes in Boston zumindest beteiligt. Ich will Sicherheit für mich und meine Freundin. Das bedeutet, ich will *Sie* vom Hals haben! Akzeptieren Sie den Deal?«

»Was sollte mich daran hindern, jetzt einzuschlagen und Ihnen, sagen wir mal, in fünf Jahren eine Kugel in den Kopf zu schießen?«

»Für diesen Fall liegt bei einem Notar in Frankfurt ein Dossier, das Sie mit meinem Tod und den beiden Leichen in Amsterdam in Verbindung bringt. Es reicht für mindestens zwanzig Jahre Knast. Im Gefängnis muss man seine Augen vor vielen Dingen verschließen. Kein guter Ort für einen Mann ohne Lider. In Freiheit und mit fünfzig Millionen sieht die Welt schon anders aus.«

Rykers gab ein kleines ächzendes Geräusch von sich. Man konnte beinahe *hören*, wie er sich zusammenriss. »Was für ein Ort ist denn die Welt für ein blindes Arschloch wie Sie?«

»Ein sehr dunkler«, sagte Cornelius. »Vielleicht lernen Sie ihn eines Tages kennen.«

Achtunddreißig

»Alles in orde, baas?«, fragte der Taxifahrer.

»Ja, alles in Ordnung.«

Cornelius nahm im Fond des Taxis Platz, schnallte sich an und atmete tief durch. Wie immer nach extremer mentaler Anstrengung spürte er eine überwältigende Müdigkeit, der er kaum etwas entgegenzusetzen hatte. Der Gedanke, jetzt nach Amsterdam Centraal zu fahren und von dort mit einem ICE nach Frankfurt zurückzukehren, lähmte ihn zusätzlich.

»Was würde es kosten, wenn Sie mich nach Frankfurt am Main bringen?« Er nannte dem Fahrer seine Adresse im Nordend.

»Momentje.«

Cornelius hörte das Navi fiepen, als die Strecke eingegeben wurde. »Von Nijmegen nach Frankfurt zu Ihnen nach Hause sind es 346 Kilometer. Das kann ich für 500 Euro machen. Ein pauschaler Sondertarif ohne Taxameter und ohne Quittung.«

»Fahren Sie los«, sagte Cornelius. Er ließ sich zurücksinken in den komfortablen Sitz und schlief beinahe sofort ein. Irgendwann wachte er auf, als die beinahe geräuschlose Limousine in hohem Tempo einen besonders holprigen Autobahnabschnitt passierte. »Wo sind wir?«

»Etwa auf halbem Wege«, sagte der Fahrer. »Sie haben knapp achtzig Minuten geschlafen.«

Cornelius fühlte sich fit und ausgeruht. Er ging in Gedanken das Gespräch mit Marten Rykers noch einmal durch und suchte nach Fehlern und Schwachstellen. Er konnte keine finden. Zumindest keine, die ihn betrafen. Zeit für den zweiten Schritt. Er beugte sich zum Fahrer vor.

»Wie spät ist es jetzt?«

»Kurz vor eins.«

Cornelius rechnete sechs Stunden zurück. In Massachusetts war es jetzt sieben Uhr früh. Konnte man um diese Zeit einen Kurator des Boston Museum of Fine Arts anrufen? Diesen schon. Cornelius sprach den Namen laut und deutlich in das Handy und hörte, wie eine lange Nummer gewählt wurde.

Kenneth Nakamura war Leiter der Abteilung für japanische Kunst im Museum der schönen Künste in Boston und zugleich einer der bekanntesten Spezialisten für Renaissance-Kunst an der amerikanischen Ostküste. Während seiner Zeit als Kurator im Berkeley Art Museum hatte Cornelius ihn auf einer Party kennengelernt und sofort überaus sympathisch gefunden. Seine Vorfahren waren vor vier Generationen in die USA eingewandert und einige von ihnen im Zweiten Weltkrieg nach dem Überfall auf Pearl Harbour noch Opfer der anschließenden Internierungswelle geworden, die sich gegen alle Japaner im Land richtete.

Nakamura hatte es wegen eines Jobs am Pacific Film Archive der Universität von Kalifornien in diesen Bundesstaat verschlagen, aber er hatte keinen Zweifel daran gelassen, dass er unbedingt so schnell wie möglich nach Massachusetts zurückkehren wollte. Nicht nur, weil er von seinem Naturell her ein typischer Ostküsten-Yankee war, sondern vor allem, weil er in diesem Teil des Landes ein einzigartiges Netzwerk aufgebaut hatte. Ähnlich wie Cornelius, als er noch sehen konnte, unterhielt Nakamura Beziehungen zu zahlreichen seriösen, aber auch zwielichtigen Händlern und Auktionatoren, Künstlern, Fälschern und Hehlern aller Art, und ebenso wie Cornelius in Deutschland und den Niederlanden war er in Boston als externer Berater für das Police Department tätig gewesen, zu dem er wahrscheinlich immer noch glänzende Beziehungen pflegte. Nakamura und er hatten sehr viele Gemeinsamkeiten, und über all die Jahre war der Kontakt nicht abgerissen. Cornelius hatte beschlossen, ihn um Hilfe zu bitten.

»Hi, Ken«, sagte er.

»Bist du das wirklich? Ich sehe deinen Namen auf meinem Display, aber ich kann es kaum glauben.« Trotz des immer ein wenig blasiert klingenden Neuengland-Akzents war die Freude in Nakamuras Stimme unüberhörbar. »Ich bin wirklich froh, mit dir sprechen zu können. Was in Amsterdam passiert ist, war auch hier in den Medien, und viele Kollegen haben sich Sorgen gemacht.«

»Ich bin okay. Hast du zehn Minuten Zeit für mich?«

»Klar! Worum geht es?«

»Um die ›Anbetung Jesu durch die Hirten auf dem Felde‹. Genauer gesagt um den Raub des Bildes in Beacon Hill und die Ermordung eines alten Mannes. Es geht um das Verbrechen, das der Ausgangspunkt war für all den Schlamassel, in den ich dann hineingeraten bin.«

»Ich höre«, sagte Ken Nakamura.

»Hast du immer noch gute Beziehungen zum Boston Police Department?«

»Ja!«

»Weißt du etwas über den Stand der Ermittlungen im Beacon-Hill-Mord?«

»Wenn ich mit dir darüber sprechen würde, wären die guten Beziehungen zum BPD schnell am Ende.«

»Ich muss nur wissen, ob die Polizei einen Verdacht hat. Vielleicht gegen eine besonders brutal und rücksichtslos vorgehende Einbrecherbande aus New Jersey, die über gute Kontakte nach Italien verfügt?«

»Wer hat dir das erzählt?«

»Spielt keine Rolle. Gibt es einen solchen Verdacht?«

»Ja«, erwiderte Nakamura widerstrebend. »Den gibt es. Aber keine Beweise.«

»Ja, das sieht bei den Verdächtigen hier in Europa genauso aus. Aber da ist ein entscheidender Unterschied: Die Gangster aus New Jersey haben bei dem Coup draufgezahlt. Sie sollten für den Diebstahl des Leonardo-Gemäldes fünfzig Millionen in Diamanten erhalten, um die man sie betrogen hat. Außerdem hat man zwei ihrer Leute umgebracht.«

»Wer ist ›man‹?«

»Genau darum geht es. Ich möchte, dass jemand im BPD an die Jungs aus Jersey durchsickern lässt, von wem sie in Europa verarscht wurden. Am einfachsten ist es, wenn ein paar Bullen es ihren V-Leuten erzählen. Könntest du das arrangieren?«

Nakamura schwieg und schien intensiv nachzudenken. »Um wen handelt es sich?«, fragte er schließlich.

»Antonio Forsini, Kunsthistoriker in Florenz, war der Drahtzieher der ganzen Geschichte und der Diamantenhändler Coen Malinsky in Antwerpen sein Komplize. Forsini kann ihnen sagen, wo die Diamanten sind. Sie müssen ihn nur intensiv befragen.«

»Du willst die beiden tot sehen. Warum?«

»Sie haben versucht, mich umzubringen. Eine zweite Chance werden sie nicht bekommen. Hilfst du mir oder nicht?«

Wieder überlegte Nakamura beinahe eine Minute lang. Schließlich sagte er »Ja« und unterbrach die Verbindung.

Gut! Cornelius hielt das Telefon einen Augenblick unschlüssig in der Hand. Zeit für Schritt Nummer drei. Er rief Rupert Wagner an und bat ihn, am späten Nachmittag in seinem Haus vorbeizukommen.

Dann lehnte er sich zurück und dachte darüber nach, was er getan hatte. Forsini hatte im Grunde schon den ersten Fehler gemacht, als er sich mit ihm in dem Hinterzimmer der Bar getroffen hatte. Aus purer Überheblichkeit und berauscht von der eigenen Cleverness. *Mit den Gangstern in New Jersey hatte ich niemals etwas zu tun*, hatte er triumphierend verkündet. *Alles lief über den Diamantenhändler in Antwerpen. Der kennt von mir nur einen falschen Namen. Denkbar wäre, dass die Typen in New Jersey wegen der entgangenen fünfzig Millionen so sauer sind, dass sie sich auf den Weg nach Europa machen. Sie werden sich an Coen Malinsky halten müssen. Die Spur endet bei ihm.*

Nein, du arroganter Drecksack, dachte Cornelius, das tut sie eben nicht. Jetzt nicht mehr! Coen Malinsky und Antonio Forsini würden einen sehr unschönen Tod sterben, vor allem, weil sie über das Verschwinden der Diamanten keine Auskünfte geben konnten.

Er spürte keinerlei Bedauern und erschrak ein wenig, als

ihm das klar wurde. Er handelte in Notwehr, oder? *So wie vor einem Jahr, als du Marten Rykers geopfert hast?* Jennys Stimme in seinem Kopf war leise, aber eindringlich. Was willst du, dachte er mürrisch, wenn ich es nicht getan hätte, wärst du jetzt tot. Er hatte wählen müssen zwischen einem Menschen, den er über alles liebte, und einem völlig Fremden, der ihm nichts bedeutete. Aber der Fremde hatte ihm niemals etwas getan. Dieser Umstand hatte sein Gewissen belastet und ihm zahlreiche Albträume beschert. Jetzt lagen die Dinge anders. Coen Malinsky hatte die günstige Gelegenheit genutzt, seine Rache an ihm mit der Optimierung der Geschäftsidee zu kombinieren, und Forsini hatte zugestimmt. *Der Antwerpener Mittelsmann war der Meinung, der immense Wert eines Kunstwerkes würde auch dadurch unterstrichen, dass Menschen dafür Morde begehen. Ich fand das durchaus plausibel.*

Na klar, dachte Cornelius, dass ein paar Berufsverbrecher von der amerikanischen Ostküste dir jeden Knochen einzeln brechen werden, weil sie denken, dass du sie verarscht hast, finde ich auch durchaus plausibel. Was sollen sie auch sonst denken? Bei mehreren möglichen Erklärungen ist die einfachste die richtige. Ockhams Rasiermesser, oder?

Jenny würde das hier nicht wollen.

Natürlich nicht.

Deswegen war sie ja auch nicht dabei.

Er durfte nicht vergessen, der schwer erziehbaren Göre ein Geschenk zu kaufen.

Es ist doch im Grunde sehr einfach, dachte er: Sie hätten sich nicht mit mir anlegen sollen. Der Gedanke verschwamm und löste sich dann auf. Sein Kinn sackte auf die Brust, sein Atem wurde gleichmäßiger, und als er wieder erwachte, hielt das Taxi vor seinem Haus in Frankfurt.

Neununddreißig

Cornelius schloss die Haustür hinter sich und atmete tief durch. Er war froh, wieder in Frankfurt zu sein, doch er fühlte sich müde und benommen. Der Taxifahrer hatte ihn aus einem traumlosen Tiefschlaf gerissen, und am liebsten hätte er sofort ein Bett angesteuert.

Negativ, dachte er, drei Sachen müssen noch erledigt werden. Zwei Telefonate und das persönliche Gespräch mit Rupert Wagner. Aber vorher musste er lüften. Im ganzen Haus roch es nach verwelkten Blumen und Staub. Er riss in allen Zimmern des Erdgeschosses die Fenster auf und inhalierte die warme Frühlingsluft, die bereits einen kleinen Vorgeschmack auf den Sommer bot. In der Küche schaltete er die Kaffeemaschine an und hockte sich schließlich mit einem dreifachen Espresso ans offene Wohnzimmerfenster. Dann wählte er Jennys Nummer. Der Anruf wurde sofort entgegengenommen, aber am anderen Ende der Leitung war statt Jenny eine rotzige, verdrossene Mädchenstimme. Im Hintergrund lief »Thunderstruck« von AC/DC.

»Ich hoffe, Sie haben einen verdammt guten Grund, hier anzurufen!«

»Wollte nur mal hören, ob sich dein Musikgeschmack gebessert hat. Klingt aber ganz okay!«

»Die Musik ist von meiner Tante … wer zum Henker? Cornelius, bist du das?«

»Hast du Jennys Handy geklaut?«

»Nee, sie lässt es überall rumliegen. Baut ziemlich ab, die Süße!«

Nele schien sich einen Augenblick vom Telefon zu entfernen, und die Musik wurde leiser. Dann war sie wieder da, und ihre Stimme hatte sich verändert. Klang jetzt eher verschwörerisch als rotzig. »Eigentlich schön, dass du anrufst. Wollte sowieso mit dir sprechen. Ich hab da eine Superidee! Willst du sie hören?«

»Hab ich eine Wahl?«

»Äääh hh, was? Also, pass auf! Was hältst du davon, wenn wir uns einen Hund teilen!«

Cornelius schwieg.

»Hab gewusst, dass dich das umhaut. Echt jetzt, wär doch cool! Eine Mischung zwischen Blindenhund und Kampfhund! So'n Tierchen, das dich durch die Gegend führt und auf mich aufpasst. Gibt hier in Mainz paar Locations, wo ich allein nicht hinkann, aber mit 'nem Hund …«

»Ich denk drüber nach. Gib mir mal deine Tante.«

Nele schien zu zögern und das Thema mit dem Hund nicht einfach so fallenlassen zu wollen, aber dann hörte Cornelius ihre Stimme gellen: »Hey Jenny, dein Blindi ist dran!«

Wenige Augenblicke später war sie da. »Hi, wie schön, dass du anrufst. Bist du wieder zuhause?«

»Seit zwanzig Minuten. Wie ist es bei dir gelaufen?«

»Gut! Ich hab dir ja gesagt, dass ich mit Nele klarkomme. Wenn sie mit mir zusammen ist, spricht sie leise und in ganzen Sätzen, und manchmal werde ich in den Arm genommen. Alles läuft gut. Wie war dein Treffen mit Rykers?«

Cornelius überlegte kurz, wie er anfangen sollte, und gab ihr dann einen ausführlichen und lückenlosen Bericht von seinem Besuch in Nijmegen. Sie schwieg, bis er fertig war, und räusperte sich dann ausgiebig. Ihre Stimme klang belegt und fassungslos. »Als du gesagt hast, du wolltest ihm seine Rache abkaufen, habe ich so etwas geahnt, aber ich habe nicht geglaubt, dass du es wirklich durchziehst. Du willst ihn mit zwei Morden und fünfzig Millionen davonkommen lassen?«

»Ich habe ihn vor einem Jahr benutzt, so wie Forsini und Malinsky später mich benutzt haben. Er hatte was gut bei mir. Also habe ich versucht, eine Schuld zu begleichen und gleichzeitig dafür zu sorgen, dass wir in Sicherheit sind. Zumindest Letzteres wird funktionieren.«

Jennys Atem ging heftig, er konnte sie am Telefon Luft ziehen hören. »Ich muss das erst verdauen«, sagte sie gepresst. »Lass uns später noch mal reden. Verdammt, ich wollte, ich könnte jetzt bei dir sein.«

»Ja, das wäre schön«, log er. »Aber Nele braucht dich jetzt mehr als ich.«

Am anderen Ende der Leitung wurde die Musik wieder hochgefahren. AC/DC spielten »Highway to Hell«, und Jenny legte einfach auf. Cornelius packte das schweißnasse Handy auf die Fensterbank, wischte seine Hände an der Jeans ab und trank den kalten Espresso aus. Das war knapp gewesen. Er ging noch einmal in die Küche, goss sich ein großes Glas Calvados ein und kehrte damit zu seinem Platz am offenen Fenster zurück. Dann befahl er seinem Handy, eine Nummer in Antwerpen anzurufen.

Nach dem sechsten Klingeln war Coen Malinsky am Apparat.

»Erkennen Sie meine Stimme?«

»Ja.« Malinsky klang ruhig und nicht überrascht.

»Dies wird das letzte Mal sein, dass wir miteinander reden. Hören Sie zu, und denken Sie gut nach. Ich habe mit Forsini in Florenz gesprochen. Er hat mir erzählt, was er getan hat und welche Rolle Sie bei dem mörderischen Schwindel gespielt haben. Ich weiß auch, dass Sie meine Beseitigung als freundliche Dreingabe angeregt haben. Sie verstehen sicher, dass mich das sehr verärgert hat.

Also habe ich meine Verbindungen spielen lassen und einen Kontakt zu den Herrschaften in den USA hergestellt, denen man für den Diebstahl des Leonardo fünfzig Millionen Dollar in Aussicht gestellt hatte, die sie aber nicht bekommen haben. Sie sind womöglich noch ärgerlicher als ich. Ich habe durchblicken lassen, dass Forsini und Sie wissen, wo die Diamanten sind. Sie müssen also demnächst mit Besuch aus Übersee und vielen Fragen rechnen. Nicht heute und nicht morgen, aber ziemlich sicher dann, wenn Sie nicht damit rechnen. Die nötigen Mittel, um für Schutz zu sorgen, stehen Ihnen ja zur Verfügung. Machen Sie das Beste daraus. Ach ja, eines noch: Grüßen Sie Eli Weidmann von mir. Er soll unbedingt auf seine Gesundheit achtgeben. In diesem Sinne: Masseltoff!«

Cornelius unterbrach die Verbindung und lächelte. Weidmann hatte ihm durch Coen Malinsky im letzten Jahr diesen Gruß in exakt dem gleichen Wortlaut ausrichten lassen. Ob er sich daran erinnern würde?

Die durch das Fenster fallenden Sonnenstrahlen wärmten sein Gesicht, und er dachte daran, wie sehr es ihn schmerzte, den Rhythmus der Jahreszeiten nicht mehr mit allen Sinnen erleben zu können. Er vermisste das helle Grün des Frühlings und die Vielfalt der Brauntöne im Herbst, und da auch der Wechsel von Tag und Nacht fehlte, wurden für ihn im Sommer die Tage zwar wärmer, aber nicht länger.

Auch das Reisen hatte sich grundlegend verändert. Er war in den letzten Tagen in zwei der faszinierendsten Städte Europas gewesen, die er als Sehender bereits ausgiebig kennengelernt hatte. Natürlich erinnerte er sich an Sehenswürdigkeiten und Panoramen, konnte Bilder vom Vondelpark, dem Rijksmuseum, der Kathedrale Santa Maria del Fiore oder den Uffizien abrufen, aber sie waren verblasst wie alte Postkarten. Wenn er jetzt an Florenz und Amsterdam dachte, erinnerte er sich an bestimmte Emotionen, Menschen und Gerüche, an Unterhaltungen, die er geführt, und Essen, das er genossen hatte. Um die Namen von Städten, die er kennenlernte, lagerten sich Erinnerungen an, die zunehmend nicht mehr aus Bildern bestanden. Würde er bei »Amsterdam« in Zukunft immer sofort daran denken müssen, wie abscheulich es sich anfühlte, als seine Finger in die Kehle einer toten Frau glitten? Und bei »Florenz« an das Gespräch mit Forsini und an die gleißende Wut, die ihn dabei zu überwältigen drohte? Wir werden sehen, dachte er mit einem Anflug von Bitterkeit.

Cornelius nahm einen großen Schluck von dem Calvados, streckte die Beine aus und drehte sein Gesicht noch ein wenig mehr in die Sonne. Der Alkohol entspannte ihn und brachte die Müdigkeit zurück. Rupert würde frühestens in zwei Stunden kommen. Kein Grund, sich ein Schläfchen zu versagen.

Vierzig

Eli Weidmann sah den Blinden die Haustür hinter sich abschließen und zündete sich eine Zigarette an. Genüsslich inhalierte er den Rauch, während Cornelius Teerjong den Teleskopstab ausfuhr und mit sicheren Schritten den Gartenweg entlangging. Er trug eine dunkle Brille, ein schottisches Sakko mit Lederflicken an den Ellenbogen und eine dazu passende Schirmmütze. Seinen rotblonden Kinnbart hatte er offenbar gekürzt. Gleich würde er durch das Gartentor auf die Straße treten und auf das Taxi warten, das ihn in die Innenstadt bringen sollte. Seit fünf Tagen die gleiche Routine. Zweimal war Weidmann in seinem alten Dacia dem Taxi gefolgt, um zu sehen, wohin Teerjong fuhr. Es waren immer Orte gewesen, die mit dessen Beruf zusammenhingen. Städelschule, Museumsufer, einmal eine Galerie in der Offenbacher Landstraße, nichts Auffälliges.

Teerjong stieg jetzt in sein Taxi, das wenige Augenblicke später aus Weidmanns Blickfeld verschwand. Der drückte die halb gerauchte Zigarette sorgfältig im Aschenbecher aus und überlegte, wie lange er warten sollte. Die letzten Tage hatten gezeigt, dass der Professor mindestens zwei Stunden wegblieb. Reichlich Zeit für alles. Die Dämmerung war schon weit fortgeschritten, in einer halben Stunde würde es dunkel sein.

Er sah zum Haus hinüber. Hinter den heruntergelassenen Lamellenrollos waren alle Fenster erleuchtet. Das war auch an den vergangenen Tagen so gewesen. Vielleicht ließ Teerjong die Lampen an, um etwaige Einbrecher abzuschrecken. Oder er wusste wegen seiner Blindheit einfach nicht, in welchen Zimmern noch Licht brannte. Egal, das Haus war jedenfalls leer. Er fragte sich, wo die Frau war. In Florenz hatten Teerjong und sie sich getrennt, und er hatte entschieden, sich an die Fersen des Blinden zu heften. In den sechs Tagen, die er den Professor und seine Lebensgewohnheiten jetzt ausgeforscht hatte, war Jenny Urban kein einziges Mal aufgetaucht. War sie verreist? Ausgezogen? Irgendwie hätte er es gerne gewusst, aber es spielte keine Rolle. Unsinnig, weiter darüber nachzudenken. Entscheidend war, dass sie ihm nicht in die Quere kam.

Heute Abend würde er zum allerletzten Mal ein menschliches Leben auslöschen. Dieser Entschluss war unumstößlich. Eli Weidmann zündete sich eine neue Zigarette an und lehnte sich zurück. Seine Gedanken wanderten in die Vergangenheit. Wie immer, sobald er die Augen schloss. Der 5. Juni 1967. Der große Sieg, der alles veränderte. Im nächsten Jahr war sein fünfzigster Jahrestag. Die Erinnerung daran war so unglaublich lebendig und detailgenau, dass sie sogar die Gerüche im Haus seines Großvaters mit einschloss, bei dem er gelebt hatte. Zehn Jahre alt war er gewesen, als die Feinde Israels das Land umstellten, um es vom Angesicht der Erde zu tilgen. Nicht nur seine Großeltern und Tanten hatten furchtbare Angst gehabt. Alle, die er kannte, waren in Aufruhr gewesen. Von überall wurden Hamsterkäufe gemeldet, und Rabbiner trafen Vorbereitungen für die Bestattung Zehntausender in Sportstadien. Aber Gott hatte das nicht zugelassen und Zahal auch nicht. Dieser Name für die israelische Armee war eines der ersten Worte gewesen, die er als Kind gelernt hatte, und es hatte einen starken und geheimnisvollen Klang gehabt. Am 5. Juni 1967 hatte er dann im Garten seines Großvaters an einem Transistorradio die unfassbaren Geschehnisse verfolgt. Unter dem Radar drangen israelische Piloten in den ägyptischen Luftraum ein und zerstörten den Großteil von Nassers Luftwaffe am Boden. Das Gleiche geschah am selben Tag mit den syrischen Kampfbombern. Unmittelbar danach begann auf dem Sinai die Bodenoffensive. An diesem Tag hatte er gewusst, dass er ein Teil von Zahal werden wollte.

Nur dass das Kämpfen nie wieder aufgehört hatte. Nach dem Krieg war immer auch vor dem Krieg, und eines Tages war es genug gewesen. Als im Jahr 2005 mit der Vereinbarung zwischen Mahmud Abbas und Ariel Sharon die zweite Intifada für beendet erklärt wurde, hatte auch Eli Weidmann es sattgehabt und das erste Mal den Entschluss gefasst, nicht mehr zu töten.

Fünf Jahre hatten die Aufstände gedauert. Sie hatten begonnen, nachdem Sharon in Begleitung von 1.000 Polizisten unbedingt den auch für Moslems heiligen Tempelberg besuchen musste. Für die einen ein politisches Zeichen gegen die Teilung Jerusalems, für die anderen ein leichenträchtiger Wahlkampfgag des damaligen Oppositionsführers. Verdammter Vollidiot, dachte Weidmann, der sich in dieser Frage festgelegt hatte.

Nach dem Ausscheiden aus der Armee war ihm wegen seiner exzellenten Sprachkenntnisse eine Stelle als Analyst beim Mossad angeboten worden, die sich im Laufe der Zeit als ausbaufähig erwies. Das waren gute Jahre gewesen. Bis zu diesem verdammten 19. Januar 2010 in Dubai. Man hatte ihm befohlen, an der Operation teilzunehmen, und gleichzeitig zugesichert, dass es nie wieder nötig sein würde. Er hatte ihnen geglaubt.

Es war die Aktion, mit der der holländische Geheimdienstler und sein deutscher Bulle ihn am Ende des letzten Jahres erpresst hatten. Immer noch verspürte er eine merkwürdige Mischung von Wut und Scham, wenn er daran dachte, wie er sich in Den Haag hatte vorführen lassen. Zwei Männer hatten ihn in seinem Apartment aufgesucht und in ein Gebäude in der Innenstadt gebracht. Er erinnerte sich an den schäbigen Büroraum im sechsten Stock. An die abblätternde Wandfarbe, das hässlich blaue Linoleum und die billigen Kunstdrucke an den Wänden. Durch das große Panoramafenster konnte man den schneeverhangenen Himmel und die Silhouette von *Het Strijkijzer* sehen, einem Wolkenkratzer, der die Form eines gefalteten Dreiecks aufwies und aus jeder Perspektive einen erstaunlichen Wiedererkennungswert hatte.

Der Mann, der ihm auf der anderen Seite des Tisches gegenübersaß, war groß, sehr mager und äußerst schlecht gelaunt gewesen. Er hatte schütteres Haar, einen dicken blonden Schnauzbart und trug ein marineblaues Sakko mit großen Silberknöpfen. Gereizt blätterte er in einem Plastikschnellhefter und blickte hin und wieder auf das Display eines Laptops vor sich auf dem Schreibtisch. An seiner Brust war ein Namensschild, auf dem Piet de Vries stand. Wie zuvorkommend.

Niederländischer Geheimdienst, hatte er gedacht, *was für eine grandiose Lachnummer.* In zwanzig Minuten würde er hier wieder raus sein.

Der Holländer hatte sich nicht mit langen Vorreden aufgehalten.

»Wissen Sie noch, was Sie am 19. Januar 2010 gemacht haben?«

In seinem Kopf waren alle Warnsysteme gleichzeitig hochgefahren und hatten sich bei *Code red* eingependelt.

»Keine Ahnung!«

»Ach, kommen Sie, Tage wie diesen vergisst man nicht: Am 19. Januar haben Sie als Mitglied eines Killerkommandos in Dubai einen Mann ermordet.«

»Was zum Teufel reden Sie da?« Der Schock war gewaltig, aber es war ihm gelungen, eine milde Empörung anklingen zu lassen und ansonsten völlig ruhig zu wirken, während seine Gedanken sich überschlugen.

»Nur Geduld«, hatte de Vries gesagt. »Ich komme gleich auf den Punkt. Der Mann hieß Mahmud al-Mabhuch. Ein Waffenhändler der Hamas, der schon lange auf einer Todesliste des Mossad stand. Er wohnte im vornehmen Bustan Rotana Hotel. Am 20. Januar wurde er tot in seinem Zimmer gefunden. Die spätere Untersuchung ergab, dass man ihn mit einem Elektroschocker betäubt und dann mit einem Kissen erstickt hatte. Ein rätselhafter Mord? Zunächst ja, aber nicht lange. Schließlich gibt es heute an jedem öffentlichen Ort Überwachungskameras. Flughafen, Zoll, Taxistände, Verkehrskreuzungen, Flure, Fahrstühle, was soll ich Ihnen sagen, den Herrschaften in Dubai macht da so schnell keiner was vor. Die dortige Polizei brauchte ein paar Wochen, um die Speicherkarten der Kameras auszuwerten und die einzelnen Filmsequenzen wie ein Puzzle zusammenzusetzen. Danach war klar, dass der Tod al-Mabhuchs das Ergebnis einer gezielten Kommandoaktion war. Alles dokumentiert. Wollen Sie mal sehen?«

»Die Bilder waren damals in allen Nachrichtensendungen. Ich habe sie hundertmal gesehen.«

»Schauen Sie einfach mit etwas zeitlichem Abstand noch mal drauf, und freuen Sie sich, wie gut Sie getroffen sind. Zuerst der Flughafen. Das Kommando besteht aus mindestens elf Personen. Zehn Männer und eine Frau. Sie reisen als Touristen getarnt mit falschen europäischen Pässen in Zweierteams an. Hier sehen Sie die ersten beiden Teams am Abfertigungsschalter. Sie kommen aus London und Paris. Die anderen treffen im Lauf des Tages ein. Nach der Einreise beziehen Sie verschiedene Hotels.«

»Wie gesagt, ich kenne diese Bilder bereits!«

»Okay, dann kürze ich ein bisschen ab. Von dem Mord selbst gibt es natürlich keine Aufnahmen, aber dafür haben *Sie* jetzt Ihren großen Auftritt.«

»Sie sind völlig verrückt!« Zum ersten Mal seit er das Büro betreten hatte, beschlich ihn das Gefühl, in ernsten Schwierigkeiten zu sein.

»Ich? *Ich* bin verrückt?« Die Laune des Holländers hatte sich im Lauf des Gespräches nicht gebessert, und dennoch war in seiner Stimme ein Hauch Bewunderung gewesen. »Marschier ich einfach irgendwo rein und bringe Leute um? Und lass mich auch noch dabei filmen? Das war die scheißarroganteste Aktion, die ich jemals gesehen habe. Hätte nur noch gefehlt, dass Ihre Leute den nackten Hintern in die Fahrstuhlkamera halten und den Mittelfinger zeigen. Aber egal:

Schauen Sie sich den letzten Akt an. Direkt nach dem Mord. Hier kommen sie alle wieder aus dem Flur, um mit dem Lift nach unten zu fahren. Zuerst die Frau. Sie nannte sich Gail Foliard. Falscher Name und falscher irischer Pass. Der Typ, der ihr zum Lift folgt, das sind *Sie*!«

In diesem Augenblick war wie auf ein Stichwort der Deutsche hereingekommen. Er hatte sich als Max Leonard von Europol vorgestellt und sich still auf einen Stuhl gesetzt.

Der Holländer hatte mit einem Tastendruck das Standbild eingefroren. »Hier, sehen Sie hin! Die Brille ist falsch. Sie tragen eine Perücke, Ihre Wangen sind ausgepolstert, und natürlich sind Sie etliche Jahre jünger, aber mit den heutigen technischen Möglichkeiten wird man Sie zweifelsfrei identifizieren können.«

»Was soll das alles?«

»Wir machen Sie fertig!«, hatte de Vries erwidert, dessen Stimmung sich bei diesem Satz zu bessern schien.

»Ich genieße diplomatische Immunität. Sie können mich nicht verhaften oder juristisch belangen.«

Der holländische Beamte hatte sich zurückgelehnt und gelächelt. »Wie kommen Sie auf die Idee, dass wir Sie juristisch belangen wollen? Ich sage Ihnen, was wir tun werden: Wir stellen speziell Ihre Filmsequenz aus Dubai ins Internet. Direkt neben ein Video, das Sie beim Verlassen und Betreten der israelischen Botschaft hier in Den Haag zeigt. Die Aufnahmen werden bei YouTube zu sehen sein und auf fünfhundert Facebook-Accounts, die wir extra Ihretwegen einrichten. Wissen Sie, was man im Netz einen viralen Renner nennt? Vielleicht ziehen wir es als Gewinnspiel auf. Masterfrage: *Sind diese beiden Männer identisch?* Wir schicken das Material an die Palästinensische Autonomiebehörde, die Polizei in Dubai und an jeden verdammten Geheimdienst auf der arabischen Halbinsel. Damit landen Sie auf mindestens zehn Abschusslisten. Die Bilder werden Wasser auf die Mühlen aller Gegner Israels sein. Mit ihnen bekommt der Todfeind ein Gesicht. Wie bei Salman Rushdie, Charlie Hebdo und Theo van Gogh. Klar, der Mossad kann Sie vielleicht beschützen, aber was für ein Leben wird das sein. In Europa sind Sie nirgendwo sicher, doch Sie können natürlich Ihre restlichen Tage in einem Kibbuz im Westjordanland verbringen! Hohe Zäune, Wachposten und immer gutes Wetter! Interessiert?«

Das war's, hatte er gedacht. Es gab keine wirklichen Beweise dafür, dass der Mossad für den Tod al-Mabhuchs verantwortlich war, doch darum ging es nicht. Das hier betraf ihn *persönlich*. Und die paar lausigen Jahre, die ihm vielleicht noch blieben. Nach der erfolgreichen Operation in Dubai hatte man ihm erlaubt, den aktiven Dienst zu quittieren und in die Niederlande zu ziehen, wo er sich bestens auskannte. Er hatte immer vorgehabt, seinen Lebensabend in Europa zu verbringen. Wenn der Holländer seine Drohung wahrmachte, konnte er das vergessen. Man würde ihn nach Tel Aviv zurückbeordern und für das verdammte Chaos zur Verantwortung ziehen. Das Ganze würde für alle Beteiligten unabsehbare Folgen haben. Falls es einen winzigen Hoffnungsschimmer gab, bestand er in dieser Tatsache.

»Hören Sie auf!«, hatte er geantwortet und versucht, die Angst aus seiner Stimme herauszuhalten. »Ich hab's kapiert! Sie haben mich an den Eiern! Aber ich bin sicher, dass Sie nicht tun *wollen,* was Sie sich da gerade ausgemalt haben. Die Konsequenzen wären auch für Sie verheerend. Also, lassen Sie uns Tacheles reden: Was wollen Sie wirklich von mir?«

Der deutsche Bulle hatte ihn spöttisch angegrinst. »Ich hab schon gedacht, Sie fragen nie.«

In diesem Augenblick hätte er ihn umbringen können. Und den mageren Holländer gleich mit. Das hätte auch funktioniert, dachte er. Ich bin immer noch schnell genug. Nur aus dem Gebäude wäre ich nicht mehr rausgekommen.

Schnee von gestern.

Eli Weidmann nahm einen Schluck aus seiner Mineralwasserflasche und riss ein neues Päckchen Camel auf. An diesem Abend war tatsächlich *alles* schiefgegangen.

Der Holländer hatte aus seinem Schnellhefter ein Foto gezogen und es ihm hingestreckt. Es zeigte ihn und Coen Malinsky vor dessen Geschäft. In Antwerpen. »Kennen Sie diesen Mann näher?«

»Ja, den kenne ich seit Jahren. Ein Diamantenhändler. Wir sind locker befreundet.«

»Wir haben ihn ein wenig beobachtet«, hatte de Vries erklärt. »Dabei sind *Sie* uns aufgefallen. Meneer Malinsky wird verdächtigt, an einem Anschlag beteiligt gewesen zu sein, bei dem ein ehemaliger Angehöriger unserer Streitkräfte schwer verletzt und verstümmelt wurde. Und Sie werden uns jetzt verraten, wie sich das alles abgespielt hat.«

Und so war ihm nichts anderes übrig geblieben, als dem Holländer und seinem deutschen Bullen die ganze irrsinnige Geschichte zu erzählen.

Seine Erinnerungen an die Ereignisse im Sommer des letzten Jahres waren lebendig und präzise. Er hatte in einem Straßencafé in der Nähe der Herengracht gesessen und Pinot Grigio getrunken, als der Anruf aus Tel Aviv ihn erreichte. Beim Anblick der Nummer auf dem Display hatte er den intensiven Drang verspürt, das Handy in die Gracht zu werfen. Amoz Bloch war ihm lange nicht begegnet, aber er erkannte die trockene modulationslose Gelehrtenstimme seines ehemaligen Vorgesetzten. Wie Eli Weidmann war er schon lange aus dem aktiven Dienst ausgeschieden, aber das hatte seine Machtfülle nicht eingeschränkt. Noch immer zog er als eine Art graue Eminenz in den inneren Zirkeln des Mossad die Fäden. Wenn er persönlich anrief, musste es sich um eine Sache von großer Dringlichkeit handeln.

»Können Sie mir einen Gefallen tun?« Wie früher kam Bloch gleich zur Sache, und Weidmann wusste, dass dieser harmlose Satz jede Menge Ärger und Probleme nach sich ziehen würde.

»Natürlich.«

Was hätte er sonst antworten sollen.

»Besuchen Sie in Antwerpen den Diamantenhändler Coen Malinsky und helfen Sie ihm, seine Probleme zu lösen. Tun Sie, was getan werden muss.«

Bevor er antworten konnte, wurde die Verbindung unterbrochen, und ihm war klar gewesen, dass er tatsächlich keine Wahl hatte.

Einige Stunden später hatte er Malinsky gegenübergesessen. Er war dem Diamantenhändler einmal bei einem Empfang der israelischen Botschaft in Den Haag vorgestellt worden, und Malinsky schien sich gut daran zu erinnern.

»Ich werde erpresst«, hatte er ohne Umschweife begonnen. »Von einem blinden Frankfurter Kunstprofessor namens Teerjong. Der Mann hat mir ein gefälschtes Foto präsentiert, das mich mit einem verurteilten Diamantendieb zeigt und mit dessen Verbrechen in Verbindung bringt. Er droht, das Bild an die Behörden weiterzuleiten.«

»Und Sie möchten, dass ich ihm das ausrede?«

»Nein, die Sache ist komplizierter. Dieser Professor wird offenbar ebenfalls massiv unter Druck gesetzt und ist nur deshalb bei mir aufgekreuzt, weil er allein nicht weiterweiß. Jemand hat seine Freundin entführt und droht sie zu töten, wenn er nicht den Aufenthaltsort eines bestimmten Mannes herausfindet.«

»Was will der Entführer von diesem Mann?«

»Ihn umbringen.«

»Warum?«

»Er macht Jagd auf drei Männer, denen er die Schuld an irgendwas Entsetzlichem gibt. Zwei von ihnen hat er getötet, aber den dritten, einen gewissen Marten Rykers, konnte er einfach nicht finden. Also ist er auf die Idee verfallen, den Professor zu zwingen, seine weitreichenden Verbindungen spielen zu lassen, um Rykers aufzuspüren. Und dieser Professor erpresst nun mich, ihm zu helfen. Also habe ich mich an Amoz Bloch gewandt.«

»Sie möchten, dass ich einen Mann finde, damit er getötet werden kann?«

Malinsky nickte.

»Wollen Sie diesen Teerjong mit der Nummer durchkommen lassen?«

Malinsky hatte den Kopf geschüttelt und gelächelt. Es war dieses Lächeln gewesen, das Weidmann ins Gedächtnis rief, warum Coen Malinsky in dem Ruf stand, ein gefährlicher Mann zu sein …

So weit, so schlecht. Eli Weidmann zündete sich eine neue Zigarette an und dachte an die Gesichter von Leonard und de Vries, als er mit seiner Geschichte fertig war. Der Deutsche hatte nicht besonders aufgeregt gewirkt, aber Piet de Vries war außer sich gewesen.

»Der ehrenwerte Professor Cornelius Teerjong hat also die Ermordung eines niederländischen Staatsbürgers billigend in Kauf genommen, um seine Freundin zu retten, und Sie höchstpersönlich haben den Mann ans Messer geliefert.«

»Soweit ich weiß, hat Rykers den Angriff überlebt.«

»Nicht Ihr Verdienst!«

Damit hatte der Holländer recht. Scheiß drauf! Schließlich hatte er nicht darum gebeten, in den ganzen Mist hineingezogen zu werden.

Wieso hatte Coen Malinsky so viel politischen Einfluss? In höchsten Regierungskreisen war man offenbar der Überzeugung, dass Tel Aviv dem Mann etwas schuldete. Hatte Teerjong das gewusst, als er ausgerechnet ihn erpresste? Wie auch immer. Dieser Diamantenhändler hatte Weidmanns Leben aufgemischt wie eine plötzliche Krebsdiagnose. Ein allerletztes Mal musste er gehorchen.

Einundvierzig

Eli Weidmann sah zu, wie sich die Dunkelheit herabsenkte, und rauchte eine Zigarette nach der anderen. Die erleuchteten Fenster in den Häusern ringsherum erzeugten einen Eindruck von Wohlstand und Behaglichkeit, der ihm gefiel. Eine ruhige Wohngegend im Frankfurter Nordend, in der sich die Leute um ihre eigenen Angelegenheiten kümmerten. Mehrere Tage hatte er mit seinem klapprigen Dacia stundenlang in Sichtweite von Teerjongs Haus am Straßenrand geparkt und eigentlich damit gerechnet, von irgendjemandem gefragt zu werden, was zum Teufel er hier tat. Er hatte sich eine gute Antwort zurechtgelegt, aber niemand war gekommen, um sie zu hören. Daran würde sich heute Abend nichts ändern. Und sollte wider Erwarten einer der Anwohner sein Autokennzeichen notiert haben, stellte das auch kein Problem dar. Der Dacia würde noch heute Abend ohne Nummernschilder in der Schrottpresse landen.

Zeit, es zu Ende zu bringen.

Eli Weidmann stieg aus, schloss den Wagen ab und schlenderte ein paar Meter den Gehweg entlang in Richtung von Teerjongs Haus. Dann schaute er sich schnell um und flankte über den Gartenzaun auf das Grundstück. Sofort trat er in den Schatten einer großen Buche und rührte sich nicht. Seine dunkle Kleidung ließ ihn mit der Umgebung verschmelzen, und die Fähigkeit, in einer bestimmten Körperhaltung reglos zu verharren, hatte er drei Jahrzehnte lang perfektioniert. Er lauschte und atmete flach. Auf dem Gehweg war niemand zu sehen oder zu hören, keine Stimmen aus den Nachbarhäusern, kein Hundegebell. Er wartete ein paar Minuten und schlich dann im Schatten der Bäume zur Hinterfront des Hauses, wo sich, wie er wusste, ein Eingang zum Keller befand. Das Schloss hielt seinen Bemühungen keine sechzig Sekunden stand. Geräuschlos öffnete er die Tür und betrat den Keller. Im Unterschied zum Rest des Hauses war er stockfinster. Weidmann zog eine kleine Stablampe aus der Tasche und versuchte, sich im Licht des dünnen Strahls zu orientieren. Er befand sich in einem weiß getünchten Raum, der in früheren Jahren wohl als Waschküche gedient haben mochte. An den Wänden waren große Spülbecken angebracht, und links von der Tür standen eine Wäscheschleuder und ein vorsintflutlicher Zuber. Alles sah alt und unbenutzt aus.

Eli Weidmann ließ den Strahl seiner Lampe herumwandern, durchquerte den Raum und betrat eine große Vorratskammer. Er sah ein gut gefülltes Weinregal, etliche Kisten mit Bier und Mineralwasser, Konservendosen und Obstkörbe. Mittendrin ein modernes, sehr teuer aussehendes Tandemfahrrad.

Es kamen noch zwei weitere Kellerräume, die bis auf die an den Decken gespannten Wäscheleinen leer waren, dann sah er die Treppe nach oben. Er stieg hinauf, öffnete die Tür zum Wohnbereich und stand in einem hellen Korridor, der in einen großen, spärlich möblierten Raum mündete.

Weidmann schaltete die jetzt überflüssige Stablampe aus und schaute sich um. Die gesamte Einrichtung bestand aus einem großen Esstisch mit acht Stühlen, einer Couchgarnitur und einer voluminösen Stereoanlage in einer Ecke des Zimmers. An der Wand rechts von ihm hingen ein Flachbildschirm und ein paar farbenfrohe Bilder von Miró. Eli Weidmann brauchte einen Augenblick, um zu begreifen, was ihn an dem Raum irritierte. Er war nach gängigen Maßstäben ausgesprochen ungemütlich und steril. Nirgendwo lag etwas herum, es gab keine Teppiche, keine Bodenvasen, Stehlampen oder andere Accessoires, mit denen sehende Menschen ihre Häuser wohnlich gestalteten. Dieser Teerjong hatte alle potenziellen Stolperfallen einfach entfernt. Wie seine Freundin den Raum wohl fand?

Ihr eigenes Reich hatte sie jedenfalls anders eingerichtet. Als er eine der drei vom Wohnzimmer abgehenden Türen öffnete, blickte er in ein heimelig vollgestopftes Arbeitszimmer. Am Fenster stand ein Schreibtisch mit PC, die Wände waren mit Fotos gepflastert, und überall stapelten sich Bücher, Zeitschriften und CDs.

Weidmann warf noch einen kurzen Blick in die Küche und in einen spartanisch eingerichteten Raum, der wahrscheinlich Teerjong als Arbeitszimmer diente. Mehr gab es nicht zu sehen. Bad und Schlafzimmer lagen offenbar im Obergeschoss und interessierten ihn nicht. Er ging zurück zur Couchecke und setzte sich. Wenn Teerjong seinen Gewohnheiten treu blieb, würde er in etwa einer Stunde nach Hause kommen. Er konnte ihn von hier aus erschießen, wenn er das Wohnzimmer betrat.

Liefern Sie das ganze Menü aus, hatte Malinsky gesagt. Er war außer sich vor Wut gewesen. Der blinde Idiot musste ihn maßlos provoziert haben.

Eli Weidmann zog aus einem Holster unter der Achsel eine Glock 17 hervor und schraubte den speziell für ihn angefertigten Schalldämpfer auf. Er mochte die Pistole. Sie bestand zu 40 Prozent aus Kunststoff, war dementsprechend leicht und sehr zuverlässig. Schade, dass sie spätestens um Mitternacht im Main versinken würde. Er legte die Waffe vor sich auf den Couchtisch und überlegte ein letztes Mal, ob er das hier wirklich tun musste. Wenn er seine Pension und den ruhigen Lebensabend in Holland retten wollte, lautete die Antwort eindeutig Ja. Der Mann, der aus Tel Aviv angerufen hatte, war mächtig genug, ihm alles wegzunehmen, was ihm etwas bedeutete. Cornelius Teerjong mochte sympathisch sein, aber das war kein Grund, ihn am Leben zu lassen. Es stand zu viel auf dem Spiel.

Mörderlogik hätte Rachel das genannt. Er dachte an seine zweite Frau, die ihn lange vor der Al-Aqsa-Intifada verlassen und sich »Schalom Achschwaw« angeschlossen hatte. Verrückte Idealisten, die man im Westen »Peace now«- Bewegung nannte. In letzter Zeit war Rachel oft in seinen Gedanken aufgetaucht. Nicht unbedingt wegen ihrer rigorosen Moralvorstellungen, sondern weil es so absolut fantastisch gewesen war, mit ihr zu schlafen. Ob sie wieder geheiratet hatte?

Er lehnte sich zurück und schloss die Augen. Rachel hatte beinahe schwarze Haare gehabt und eine unglaubliche Haut. Trotz ihrer Größe hatte sie sich mit katzenhafter Eleganz bewegt, und wenn sie auf ihm … der Gedanke riss ab, weil er tatsächlich eine Katze hörte. Unmöglich. Das war völlig verrückt. Er beugte sich vor, und da war es wieder. Maunzen und Miauen – und ein merkwürdiges … Schaben? Eher ein Kratzen, dachte er und wusste in diesem Augenblick, was er da hörte: Krallen auf Holz. Irgendwo im Haus war eine Katze eingesperrt, die sich von innen an der Zimmertür zu schaffen machte.

Weidmann stand auf, legte den Kopf schief und lauschte. Das Geräusch war über ihm. Ein Zimmer im Obergeschoss. Er trat hinaus in den Flur und sah die Treppe, die nach oben führte. Sollte er sich wirklich die Mühe machen, das Vieh rauszulassen? Er machte sich nichts aus Katzen, aber wenn Teerjong nach Hause kam, würde er das Gejammer hören und womöglich zuerst nach oben gehen. Konnte das den Plan durcheinanderbringen? Vielleicht. Das freigelassene Tier würde wahrscheinlich die Treppe hinuntersprinten. Was, wenn irgendetwas in seinem Verhalten Teerjong die Anwesenheit eines Eindringlings verriet? Er beschloss, es nicht darauf ankommen zu lassen, zumal ihm das Wimmern schon jetzt auf die Nerven ging.

Eli Weidmann stieg ein paar Stufen die Treppe hinauf und schaute nach oben. Das Miauen wurde immer flehentlicher. Die Geräusche kamen eindeutig aus dem Zimmer, das dem oberen Treppenabsatz direkt gegenüberlag. Er ging die Treppe ganz hinauf, griff nach der Türklinke und drückte sie …

In diesem Augenblick gingen überall im Haus die Lichter aus, und vollständige Finsternis umgab ihn. Die Tür schwang nach innen auf, er machte einen Schritt nach vorn, trat dabei auf etwas, das mit lautem Knirschen unter seinen Sohlen zerbarst, und aus der Dunkelheit raste etwas Schweres und sehr Hartes auf ihn zu. Es traf ihn frontal im Gesicht, brach ihm die Nase, zertrümmerte beide Jochbeine und schlug alle Vorderzähne aus. Der Schock und der unbeschreibliche Schmerz ließen ihn rückwärts taumeln. Vergeblich ruderten seine Hände in der Luft, versuchten am Geländer Halt zu finden und griffen stattdessen ins Leere. Für Sekundenbruchteile schossen durch sein Gehirn Bilder von Rachel und einem halbwüchsigen Jungen mit einer Steinschleuder in der Hand. Dann verlor er endgültig das Gleichgewicht und stürzte rücklings die Treppe hinunter. Auf der siebten Stufe von unten kam er so unglücklich auf, dass er sich zwei Halswirbel brach. Beim Aufprall seines Schädels auf das Parkett am Fuße der Treppe war er schon nicht mehr bei Bewusstsein.

Zweiundvierzig

Cornelius drehte den Zimmerschlüssel von innen herum, setzte sich auf den Fußboden und stellte das Bügeleisen neben sich ab. Mit zitternden Fingern strich er darüber. Es war ein Erbstück von seiner Urgroßmutter. Soweit er wusste, ihre einzige Hinterlassenschaft. Ein massives Eisen, das in den zwanziger Jahren des letzten Jahrhunderts noch auf der Herdplatte aufgeheizt worden war. Sehr groß, sehr schwer. Er hätte es kaum länger mit einer Hand halten können.

Sein Atem ging stoßweise, und das durch den Kreislauf rasende Adrenalin verursachte eine heftige Übelkeit, doch der schlimmste Teil war überstanden. Er lauschte, aber es war kein Geräusch vom Fuß der Treppe zu hören. Gut möglich, dass Weidmann tot war. Vielleicht auch nicht. Die Behörden würden das für ihn feststellen.

Schwer atmend wählte er den Polizeinotruf.

»Hier ist Professor Teerjong. Ich habe einen Mann niedergeschlagen, der in mein Haus eingedrungen ist. Er ist die Treppe heruntergestürzt, und ich weiß nicht, wie es ihm geht. Ich habe mich jetzt im Wirtschaftsraum meines Hauses eingeschlossen, weil ich nach wie vor Angst habe. Ich bin blind und dementsprechend hilflos. Kommen Sie schnell und bringen Sie einen Notarztwagen mit. Ich kann Ihnen nicht persönlich aufmachen, aber ich rufe meinen Assistenten von der Uni an. Er hat einen Zweitschlüssel und wird Sie reinlassen und …«

»Alles klar, Herr Professor, beruhigen Sie sich«, unterbrach ihn eine geduldige und mitfühlende Frauenstimme. »Wo genau in Frankfurt sind Sie?«

Cornelius gab seine Adresse durch und legte auf. Als Nächstes musste er Rupert Wagner anrufen. Rupert hatte am Anfang starke Einwände gegen den Plan gehabt. »Weidmann hat Sie mehrfach gesehen. Warum sollte er sich von mir täuschen lassen?« Doch Cornelius war sich seiner Sache sicher gewesen:

»Größe, Statur und Bart stimmen in etwa überein. Entscheidend aber ist, dass er einen Blinden erwartet und einen Blinden zu Gesicht bekommt. Mit Stock, dunkler Brille und Armbinde. Das gibt den Ausschlag.«

Rupert hatte seine Sache gut gemacht. An sechs Abenden hintereinander hatte er zur gleichen Zeit das Haus als Cornelius Teerjong verlassen, bis Weidmann seinen tödlichen Fehler beging.

Cornelius wählte Ruperts Nummer.

»Alles in Ordnung. Kommen Sie mit dem Türschlüssel zu meinem Haus und warten Sie auf die Polizei. Den Teleskopstab und die Blindenbinde haben Sie hoffentlich verschwinden lassen?«

»Klar!«

»Den Bart auch?«

»Jepp!«

»Okay, wir sprechen später!« Cornelius beendete auch dieses Telefonat, griff nach dem kleinen digitalen Aufnahmegerät, das Rupert ihm geliehen hatte, und kam damit mühsam auf die Beine. Er löschte die Aufnahme mit dem Katzengejammer, holte den Staubsauger aus dem Schrank und saugte das

Popcorn vom Boden auf. Das Zeug hatte es ihm für einen kurzen Moment ermöglicht, Weidmanns Position einigermaßen genau zu orten. Der Rest war Glück gewesen. *Wenn Sie eine Situation so einschätzen, dass Sie oder eine Person, die Ihnen nahesteht, wirklich in Gefahr sind, dann schlagen Sie zuerst zu, und zwar so hart wie möglich. Zögern Sie nicht und machen Sie keine halben Sachen.* Eines Tages würde er Ichiro Masamoto erzählen, wie er seinen Rat befolgt hatte.

Er griff noch einmal in die Hosentasche, und seine Finger umschlossen die Fernbedienung der Umweltkontrollanlage. Die Herstellerfirma hatte nicht übertrieben. Er hatte tatsächlich Zugriff auf alle Elektrogeräte, Stromkreisläufe und elektronischen Systeme in seinem *smart house*. Hatte er das, was heute Abend geschehen war, bereits im Kopf gehabt, als er die Handwerker bestellte? Cornelius schob die Frage beiseite. Das Ausschalten des Lichts konnte er gegenüber der Polizei problemlos zugeben. Er war im Hauswirtschaftsraum gewesen, um die Waschmaschine auszuräumen, als er im Untergeschoss verdächtige Geräusche wahrnahm. Selbstverständlich hatte er das Licht im Haus abgeschaltet. Der Eindringling musste ihn von unten gehört haben und war die Treppe hochgekommen. Warum er sich nicht einfach eingeschlossen und sofort die Polizei gerufen hatte? Der Türschlüssel war an einem Bund in seiner Hosentasche, was er erst später bemerkt hatte. Als die Tür aufschwang, hatte er per Knopfdruck den Strom im ganzen Haus unterbrochen und in Panik mit dem Bügeleisen zugeschlagen.

Eine gute Geschichte. Cornelius ging sie in Gedanken mehrfach durch und konnte keine gravierenden Schwächen entdecken. Fünf Minuten später schellte sein Handy. »Ich bin jetzt vor Ihrem Haus«, sagte Rupert. »Die Bullen und der Krankenwagen treffen auch gerade ein. Soll ich mit reinkommen?«

»Warten Sie und lassen Sie der Polizei den Vortritt. Ich bin nicht sicher, ob der Mann wirklich tot ist.«

Aber das war er.

Zwanzig Minuten später wimmelte das ganze Haus von Polizeibeamten. Cornelius stand auf dem oberen Treppenabsatz und hörte eine Männerstimme, die zweifellos einem Arzt gehörte. »Exitus! Da kommt jede Hilfe zu spät. Vermutlich Schädelhirntrauma. Hat ihn ein Pferd ins Gesicht getreten?«

»Ich glaube, das Pferd steht da oben«, sagte ein anderer Mann. »Herr Professor Teerjong? Bitte bleiben Sie, wo Sie sind. Hier unten muss erst die Spurensicherung ran.«

»Ist mein Assistent Rupert Wagner bei Ihnen?«

»Ja, Sie können ihn sprechen, wenn wir fertig sind! Haben Sie die Tatwaffe oben bei sich?«

»Ja!«

»Nicht noch mal anfassen! Es kommt jemand hoch, der sie sicherstellt.«

Cornelius ging in den Hauswirtschaftsraum zurück und setzte sich auf einen Stuhl. Durch die geöffnete Tür hörte er die Ermittler und Kriminaltechniker ihre Arbeit tun. Halblaute Stimmen diskutierten die seltsame Verrenkung der Leiche und schlussfolgerten, er müsse »jede einzelne Stufe mitgenommen« haben. Die Treppe wurde offenbar vermessen und der Tatort in allen Einzelheiten fotografiert. Mindestens hundert Mal hörte er das Klicken der Auslöser. Eine Frauenstimme sagte: »Keine Ausweispapiere …«

Jemand kam die Treppe herauf und klopfte an die offen stehende Tür. »Meissner vom Kriminaltechnischen Institut. Ich soll die Tatwaffe ...«

»Das Bügeleisen.« Cornelius deutete vage rechts neben sich auf den Boden.

»Wow! Wo haben Sie das Teil denn her?« Der Beamte verpackte das Eisen in knisterndes Plastik und trug es nach unten.

Cornelius versuchte, sich auf seinen Atem zu konzentrieren, so, wie Ichiro Masamoto es ihm beigebracht hatte. Jetzt, wo der Adrenalinausstoß nachließ, fühlte er sich leer und ausgebrannt. Er spürte nichts – weder Angst noch Bedauern oder Schuld. Ein wenig Sorge vielleicht, wie Jenny reagieren würde. Er beschloss, sie anzurufen, sobald das Verhör vorbei war und die Polizisten das Haus verlassen hatten. Würde sie von selbst darauf kommen, dass er diese angebliche Notwehrsituation bewusst herbeigeführt hatte? Jenny verfügte über eine intuitive, hellsichtige Klugheit, die man an keiner Universität erwerben konnte. Sie anzulügen war ein hartes Stück Arbeit.

Eine Stunde verging. Dann wurde das Stimmengewirr am Fuße der Treppe lauter, es herrschte offenbar Aufbruchsstimmung. »Bringen Sie den Leichnam in die Gerichtsmedizin. Obduktion gleich morgen früh um 7.00 Uhr. Sie können mich mittags wegen erster Ergebnisse anrufen.« Die Stimme des Arztes, der die Idee mit dem Pferdetritt gehabt hatte.

Auf- und zuschlagende Türen, mehrere feixende Männerstimmen, Fußgetrampel, dann rief jemand zu ihm hinauf: »Professor Teerjong? Sie können jetzt herunterkommen. Wir müssen uns unterhalten.«

Cornelius stieg die Treppe hinunter. Die Beamten warteten auf ihn. »Können wir in Ihr Wohnzimmer gehen? Wir werden dieses Gespräch zu viert führen. Mein Name ist Rossmüller, Kriminaloberkommissar hier in Frankfurt, meine Kollegin Frau Moll, ebenfalls Kripo Frankfurt, zu meiner Linken. Der Kollege an meiner rechten Seite ist ein alter Bekannter von Ihnen: Max Leonard von Europol in Den Haag, zurzeit zum BKA nach Wiesbaden zurückbeordert. Er wollte unbedingt mit Ihnen sprechen.«

Cornelius schluckte, aber er war beinahe sicher, keine Miene verzogen zu haben. »Kann mein Assistent Rupert Wagner dabei sein?«

»Nein«, sagte Leonard kalt.

»Dann lassen Sie ihn nach Hause gehen.«

»Meine Leute kümmern sich darum.«

Dreiundvierzig

»Wissen Sie, wer der Tote ist?«, fragte KOK Rossmüller.

»Er hat sich mir nicht vorgestellt.« Cornelius versuchte ruhig und höflich zu bleiben, aber er war entschlossen, sich von Anfang an nicht in die Defensive drängen zu lassen. Leonards unerwartete Anwesenheit hatte ihn ein wenig aus dem Konzept gebracht, aber nicht so sehr, wie der BKA-Mann vielleicht glaubte.

»Sein Name ist Weidmann. Elias Weidmann«, sagte Leonard jetzt freundlicher. »Formal angestellt als Sekretär bei der israelischen Botschaft in Den Haag. Tatsächlich aber ein altgedienter Mossad-Agent im Ruhestand, den Sie gut kannten. Er spielte eine wichtige Rolle bei der Befreiung Ihrer Freundin im letzten Jahr. Vor gar nicht langer Zeit hat er beim niederländischen Geheimdienst ausgepackt und erzählt, wie das damals wirklich abgelaufen ist. Bei dem Gespräch war ich dabei!«

»Ich kannte einen Eli Weidmann, der für den Diamantenhändler Coen Malinsky in Antwerpen arbeitete. Dass er der Eindringling von heute Abend ist, wusste ich nicht. Wie auch? Er hat keinen Ton gesagt und völlig neutral gerochen. Ich bin aber ganz und gar nicht einverstanden mit der Richtung, in die Herr Leonard dieses Gespräch lenken will: Es geht hier nicht um Dinge, die im letzten Jahr oder wann auch immer passiert sind, sondern um heute Abend. Der Mann, den Sie

Elias Weidmann nennen, ist in mein Haus eingedrungen. Warum hat er das getan?«

»Er hatte keine guten Absichten«, erwiderte Rossmüller. »Auf dem Couchtisch lag eine geladene Glock 17 mit Schalldämpfer. Ich nehme mal an, Weidmann hat sie da abgelegt, als er auf dem Sofa saß und auf Sie wartete.«

»Ob er auf mich wartete, können Sie nicht wissen. Ich war jedenfalls im Hauswirtschaftsraum und habe die Waschmaschine ausgeräumt. Dabei habe ich vermutlich Geräusche verursacht, die er mitbekommen hat. Also ist er die Treppe hochgestiegen, was wiederum ich gehört habe. Ich habe es mit der Angst zu tun bekommen und nach dem Bügeleisen gegriffen. Als die Tür aufschwang, habe ich zugeschlagen. Es war purer Zufall, dass ich ihn getroffen habe. Er hat einen furchtbaren Schrei ausgestoßen, ist zurückgetaumelt und die Treppe hinuntergestürzt. Es waren grässliche Geräusche, die ich nicht mehr vergessen werde.«

»Ja, das glaube ich«, sagte die Kriminalbeamtin, die Rossmüller als Frau Moll vorgestellt hatte, mitfühlend. »Aber etwas ist komisch. Der Eindringling hatte eine Pistole dabei, vermutlich, um Sie damit zu bedrohen oder zu erschießen. Er legte die Waffe auf den Couchtisch, während er auf dem Sofa saß. Sie haben recht, wir können nicht wissen, ob er auf Sie wartete. Aber eines wissen wir: Aus irgendeinem Grund ist er die Treppe zum Obergeschoss hinaufgestiegen. Ich vermute, irgendetwas hat seine Aufmerksamkeit erregt. Ein Geräusch, vielleicht? Wie auch immer. Als er dieses ›etwas‹ im Obergeschoss wahrnahm und nachschauen ging, ließ er jedenfalls die Glock auf dem Tisch liegen. Warum? Offenbar weil er Sie,

Herr Professor, als Ursache für was immer auch da oben war, ausschloss. Ansonsten hätte er die Pistole mit hochgenommen, oder? Das passt auch dazu, dass er vermutlich ein kleines Weilchen auf dem Sofa Platz genommen hat. Ich denke, er nahm an, dass Sie sich außerhalb des Hauses befinden. Wie ist er bloß auf die Idee gekommen? Ich meine, wenn ich irgendwo einbreche, um den Hausbesitzer umzubringen, beobachte ich das Haus doch vorher und vergewissere mich, ob mein Opfer darin ist oder nicht. Wie konnte er so dumm sein, das nicht zu wissen.«

»Eli Weidmann war alles Mögliche, nur dumm war er nicht!«, stimmte Leonard zu. »Was sagen Sie zu der scharfsinnigen Überlegung meiner Kollegin, Herr Professor Teerjong?«

»Gar nichts! Weil es nämlich nicht meine Aufgabe ist, mich in den Geisteszustand eines Mannes hineinzuversetzen, der mit einer geladenen Waffe in mein Haus eindringt. Dass er das getan hat, ist für jedermann offensichtlich. Worauf wollen Sie mit diesen Spitzfindigkeiten hinaus? Ich habe mich verteidigt. Was ich getan habe, war ein ziemlich verzweifelter Akt von Notwehr, und jeder Richter in diesem Land wird das ebenso sehen. Besonders, wenn man in Betracht zieht, dass meine Lebensgefährtin und ich im Frühjahr schon einmal überfallen wurden.«

»Ja, richtig«, erwiderte Leonard, »wo steckt denn eigentlich Frau Urban?«

»Sie ist in Mainz und passt auf das Kind ihrer Schwester auf.«

»Wie praktisch.«

»Sie können mich mal!«

Max Leonard lachte leise. »Alles zu seiner Zeit, Herr Professor. Schauen Sie, ich verstehe sehr gut, dass Sie das, was heute Abend geschehen ist, als ein singuläres Ereignis betrachten möchten. Aber als Historiker wissen Sie, dass alles eine Geschichte hat. Außer Ihnen bin ich der Einzige hier im Raum, der diese Geschichte von Anfang an mitbekommen hat. Lange Zeit habe ich bestimmte Aspekte nicht verstanden, aber an einem verschneiten Dezembertag im letzten Jahr hat der Mann, den Sie heute Abend getötet haben, mir in einem Büro des niederländischen Geheimdienstes alle meine Fragen beantwortet.

Er war es, der mir erzählt hat, dass Sie den Diamantenhändler Malinsky mit einem gefälschten Foto gezwungen haben, seinen Bluthund Eli Weidmann auf die Spur des dritten Opfers anzusetzen. Wie lebt es sich damit? Sie haben für den Mörder Hasani die Adresse Marten Rykers herausfinden lassen und dafür Ihre Freundin zurückbekommen. Mich haben Sie bei der Sache nach Herzenslust verarscht, aber das war nicht das Schlimmste.

Sie haben sich mit der Aktion Coen Malinsky zum Feind gemacht, der über enormen Einfluss verfügt. Der zum Beispiel jemanden wie Eli Weidmann beauftragen kann, Sie und Ihre Freundin in Ihrem Haus mit einem Elektroschock-Gerät anzugreifen. Ich weiß, dass er es war – und Sie wissen es auch.

Aber damit nicht genug. Kaum sind Sie wieder auf den Beinen, lassen Sie sich als Unterhändler und Geldbote bei einem komplizierten Kunstraub anheuern und geraten prompt in Teufels Küche. Die holländischen Kollegen müssen Sie leider aus Mangel an Beweisen laufen lassen, also kehren Sie nach

Frankfurt zurück und töten neun Tage später den Mann, der Ihnen als persönliche Geheimwaffe Malinskys am gefährlichsten erscheint. Ich wüsste wirklich gern, wie Sie das arrangiert haben.

Aber wissen Sie, was mich an Ihnen am meisten ankotzt? Die Art und Weise, wie Sie sich hier als armes blindes Notwehropfer inszenieren. Sie denken, dass Regeln und Gesetze für Sie nicht gelten, weil die Welt Ihnen wegen Ihrer Blindheit etwas schuldet! Aber das ist nicht so! Erinnern Sie sich daran, was ich Ihnen gesagt habe? Wenn Sie mich verarschen, bringe ich Sie in den Knast. Und es kümmert mich einen Dreck, dass Sie blind sind!«

»Das mit der Selbstinszenierung als blindes Notwehropfer ist eine prima Idee. Ich denke, Frau Urban wird morgen einen Artikel im *Frankfurter Generalanzeiger* platzieren können, der beleuchtet, wie ein leitender Beamter des BKA versucht, ein blindes Opfer zum Täter zu machen!

Und jetzt raus hier! Verlassen Sie mein Haus! Sie alle! Ich komme morgen mit einem Anwalt zu Ihnen, und wir machen ein Protokoll von meiner Aussage, das Sie mir anschließend gefälligst in Brailleschrift vorlegen. Und nutzen Sie die Zeit, um einen Haftbefehl zu beantragen. Viel Glück dabei! Ein kleiner Tipp noch: Verlassen Sie sich nicht auf das, was Eli Weidmann Ihnen beim AIVD erzählt hat. Entscheidend ist nicht, was er gesagt hat, sondern was sich davon beweisen lässt. Der Mann war ein Schwätzer. Ich nehme an, Sie haben ihn erpresst, und er hat Ihnen erzählt, was Sie seiner Meinung nach hören wollten. Schade, dass wir ihn nicht mehr fragen können. Und jetzt gehen Sie mir aus den Augen!«

Der letzte Satz machte ihm besonderen Spaß. Er hatte nicht wirklich damit gerechnet, dass die Polizisten einfach so verschwinden würden, aber sie taten es. Als die Haustür hinter ihnen ins Schloss fiel, ging er in die Küche und trank einen großen Schluck Calvados direkt aus der Flasche. Dann holte er sein Telefon heraus und wählte Jennys Nummer. Sie war sofort am Apparat.

»Kannst du ungestört sprechen?«

»Ja, Nele ist im Bad.«

»Du musst nach Frankfurt kommen. Ich brauche dich hier.«

»Das geht nicht. Wir haben hier eine schwierige ...«

»Es ist etwas passiert.«

»Was, gütiger Himmel?«

»Ich habe heute Abend Eli Weidmann getötet.«

»Du hast was? Wenn du mich ver...«

»Nein«, unterbrach Cornelius, »es ist mein voller Ernst. Er ist mit einer Waffe in unser Haus eingedrungen. Bitte komm hierher. Bring den Satansbraten mit. Sag ihr, wir sprechen über den gemeinschaftlichen Hund.«

»Über *was*?«

»Egal, sag es einfach!«

»Mach ich.«

Jenny legte auf, und Cornelius schlurfte zurück in die Küche. Er trank einen weiteren großen Schluck Calvados und grinste. Der Gedanke, Jennys Nichte persönlich kennenzulernen, fühlte sich gut an. Überraschenderweise! Er war beinahe sicher, dass sie kommen würde. Mit etwas Glück würde Nele die häusliche Situation so aufmischen, dass Jenny nicht das volle Ausmaß ihrer inquisitorischen Fähigkeiten entfalten konnte. Und wer weiß, vielleicht gefiel ihm das kleine Monster sogar. Oder umgekehrt. War er überhaupt fähig, ein Kind um sich zu haben? In den letzten Monaten hatte er sich diese Frage immer wieder mal gestellt, ohne eine Antwort darauf zu finden.

Warum nicht mit der denkbar schwierigsten Version anfangen, dachte er. Wenn er den Test bestand, konnte ihn nichts mehr erschüttern.

Epilog

»Hat dein Blindi was angestellt?«

»Sieht verdammt so aus!«

Mehr ist nicht zwischen ihnen gesprochen worden, seit sie ihrer Nichte gesagt hat, dass sie sofort nach Frankfurt fahren müssen. Nele ist ohne weitere Nachfragen ins Auto gestiegen und wenige Kilometer später eingeschlafen.

Jennys Blick huscht über das Kind auf dem Beifahrersitz, registriert die Steilfalten über der Nase und die abgesenkten Mundwinkel. Nele schafft es, selbst im Schlaf rebellisch und verdrossen auszusehen. Es wäre besser, sie nicht dabeizuhaben. Was für ein beschissenes Timing. Oder vielleicht auch nicht.

Cornelius' Worte klingen wie eine Endlosschleife in ihrem Kopf nach.

Ich habe Eli Weidmann getötet.

Er ist mit einer Waffe in unser Haus eingedrungen.

Ich brauche dich hier.

Noch immer ist sie benommen von der Wucht der Worte. Minutenlang hat sie mit dem Telefon in der Hand dagesessen und versucht zu begreifen, dass der Mann, den sie liebt, einen anderen Menschen getötet hat. Einen gefährlichen Menschen noch dazu. Wie hat er das gemacht? Sie weiß es nicht, und im Grunde will sie es auch nicht wissen. Was sie viel mehr beschäftigt, ist die Veränderung, die er durchmacht. Als er im letzten Jahr ankündigte, sich sein altes Leben zurückzuholen, hat sie sich nicht vorstellen können, wie er das meinte. Bis sie verstand, zu was er bereit gewesen war, um sie aus der Geiselhaft zu befreien. Und das war nur ein Vorgeschmack auf das, was jetzt passiert ist.

Sie hat es an seiner Stimme gehört, als er ihr von der Ungeheuerlichkeit erzählte. An dem ruhigen Tonfall, in dem eine fremde Härte mitschwang. Er hat keine wirkliche Angst gehabt, als Eli Weidmann ins Haus eindrang, und er hat auch keine Angst vor etwaigen Konsequenzen seiner Tat. Und auf eine merkwürdige Weise beruhigt sie das. Solange er bei ihr ist, wird auch sie keine Angst mehr haben. Zatōichi, denkt sie, der legendäre japanische Kämpfer. Mein blinder Samurai.

Anmerkungen

Genauso wie bei meinen anderen Büchern handelt es sich auch bei »Der blinde Samurai« um einen fiktionalen Text. Das bedeutet, dass ich mir die ganze Geschichte ausgedacht habe. Romanhandlung und Protagonisten sind frei erfunden, und etwaige Ähnlichkeiten der Figuren mit realen oder gar noch lebenden Menschen, insofern es nicht Personen der Zeitgeschichte sind, wären unbeabsichtigt und rein zufällig.

Wie der kunstbeflissene und gebildete Leser wahrscheinlich bemerkt hat, gibt es von Leonardo da Vinci (bislang) kein Bild mit dem Titel ›Die Anbetung Jesu durch die Hirten auf dem Felde‹. Zumindest ist mir keines bekannt. Wahrscheinlich ist es aber nur eine Frage der Zeit, bis man dieses Bild auf einem Speicher zufällig »entdeckt« und mittels der »Zuerkennung« durch international anerkannte Experten aus dem Nichts eine Riesensumme Geld generiert wird. Vielleicht sollte ich den Dachboden meines eigenen Hauses auch einmal sorgfältig unter die Lupe nehmen.

Schließlich kommt es gar nicht so selten vor, dass die Fantasie von der Realität überflügelt wird. Als ich in der Romanhandlung den Verkaufswert der »Hirten auf dem Felde« mit 300 Millionen Dollar bezifferte, kam mir diese horrende Summe selbst ein wenig unglaubhaft vor. Schließlich wurden wirkliche Rekordpreise seit Jahren nur mit Moderne und zeitgenössischen Künstlern erzielt. Das bisher teuerste Altmeister-Gemälde war Rubens' »Bethlehemitischer Kindermord«, das 2002 für 78 Millionen Dollar veräußert wurde. Meine Zweifel wurden zerstreut, als kurz nach der Abgabe des Manuskripts die Nachricht von der Versteigerung des »wiederentdeckten« Leonardo-Bildes »Salvator Mundi« durch die internationalen Medien ging.

Für den sensationellen Preis von 450,3 Millionen Dollar inklusive Gebühren wurde das Gemälde bei Christie's in New York im November 2017 verkauft. Angeblich von Leonardo da Vinci um 1500 eigenhändig gemalt, feierte die Fachwelt es als das erste neu entdeckte Leonardo-Werk seit 1909.

Eine Reihe von Experten hatte das Bild nach langen Streitereien Leonardo da Vinci zuerkannt, und allein die Bereitschaft der Käufer, unfassbare 450 Millionen Dollar dafür zu bezahlen, galt jetzt wiederum als Beweis für die Echtheit des Gemäldes. Was so teuer war, konnte einfach nicht falsch sein. Und zwar ungeachtet der Tatsache, dass etliche andere Experten der Meinung waren, das kleinformatige und ziemlich ramponierte Werk stamme allenfalls von Leonardos Gehilfen oder Epigonen, nicht aber gänzlich von ihm selbst.

Die Kunsthistorikerin Kia Vahland fasste in einem Artikel der *Süddeutschen Zeitung* vom 17. 11. 2017 zusammen, was geschehen war: »Eine kaum bedeutende Holztafel (...) wurde in einer beispiellosen PR-Kampagne wider besseren Wissens zum Meisterwerk verklärt, damit ein Milliardär oder eine Gruppe Superreicher nun mit dem ultimativen Statussymbol angeben kann.«

Eine letzte Bemerkung zum lukrativen Geschäft mit der Kunst: Im Roman wird das zweifelhafte Leonardo-Bild nicht über ein Auktionshaus, sondern privat angeboten und verkauft. Bei diesen immer häufiger stattfindenden Transaktionen sind die Verkaufspreise natürlich nicht öffentlich. Die Ausnahme war ein Meister der Moderne: Paul Gauguins Südseeszene »Nafea faa ipoipo« wechselte für den stolzen Preis von 300 Millionen Dollar den Besitzer.

Neben der Erfindung eines Leonardo-Bildes habe ich mir eine weitere kleine dichterische Freiheit hinsichtlich des Tatortes erlaubt: Es gibt in der Stadhouderskade in Amsterdam kein Hotel mit dem Namen »Emirates International«, was für die Romanhandlung völlig unerheblich ist. In dem sich dort tatsächlich befindenden Luxushotel wären die im Roman geschilderten Machenschaften jedenfalls ganz und gar undenkbar gewesen.

Die in Kapitel »Vierzig« thematisierten Videosequenzen aus Dubai, welche die Vorbereitungen zur Ermordung von Mahmud al-Mabhuch zeigen, sind an zahlreichen Stellen im Internet zu sehen. Stellvertretend für viele verweise ich auf eine Sendung von SPIEGEL-TV vom 22. 2. 2010.

Die in Kapitel »Elf« Cornelius Teerjong in den Mund gelegten Überlegungen zum Kunstbegriff und zur Kunstspekulation basieren auf einem sehr scharfsinnigen Artikel (»Diamantenfieber«) der bekannten Kunstkritikerin Dr. Astrid Mania in der *Süddeutschen Zeitung* vom 26./27. 9. 2015.

Die im Roman verwandten Informationen zur Renaissance-Kunst und zur Wertsteigerung von Kunstwerken mittels der sogenannten Zuerkennung durch international renommierte Experten entstammen einem Artikel von Kia Vahland in der *Süddeutschen Zeitung* vom 3./4. 10. 2015.

Bei dem einleitenden Satz am Anfang von Kapitel »Achtzehn« handelt es sich um ein Zitat von Woody Allen.

Auch beim Schreiben dieses Romans half mir das Buch »Im Dunklen sehen – Erfahrungsbericht eines Blinden« von John M. Hull, erschienen im C.H. Beck Verlag 1992, mich in die Lebenswelt spät erblindeter Menschen hineinzuversetzen, soweit dies einem Sehenden möglich ist.

LUKAS ERLER

Die Thomas-Nyström-Krimis

Ölspur

Kriminalroman, 336 Seiten, btb 74309

Der Neuropsychologe Thomas Nyström reist nach Hamburg, um seine Geliebte zu sehen, die Journalistin Helen Jonas. Doch er findet ihre Wohnungstür versiegelt vor: Helen Jonas ist tot. Natürliche Todesursache meint die Polizei, doch Nyström glaubt nicht daran. Tatsächlich stellt sich heraus, dass Helen einem gigantischen Umweltskandal auf der Spur war …

»Ein lakonisch erzählter Politthriller, der neben Tempo und Spannung auf hintergründigen Humor und pointierte Rededuelle setzt.«

Kieler Nachrichten

Mörderische Fracht

Kriminalroman, 288 Seiten, btb 74371

Als die Russin Elena bei dem Neuropsychologen Thomas Nyström in München auftaucht und behauptet, dass Tschetschenen einen Anschlag auf einen russischen Supertanker planen, setzt er alle Hebel in Bewegung, um ihr zu helfen. Doch den Behörden ist der Verdacht zu vage. Also versucht Nyström, auf eigene Faust das Attentat zu verhindern. Und trifft dabei auf einen alten Widersacher, der entschlossen ist, offene Rechnungen zu begleichen.